Nur tote Freunde
sind
gute Freunde

6 Episoden

EVA BENZ

Veröffentlicht als Taschenbuch, 2014

Copyright © 2011 Eva Benz

Umschlag und Foto © Eva Bauer

Layout Eva Bauer

EMA-BOOKS | info.emabooks@gmail.com

ISBN 10:   3000472037

ISBN 13:   978-3-00-047203-9

Namen, Personen, Orte und Handlung in diesem Roman sind frei erfunden. Übereinstimmungen mit noch lebenden oder toten Personen sind rein zufällig und nicht beabsichtigt

Episode 1

Ich hatte es zwar vorgeschlagen, doch später bezweifelte ich, dass Julian es schaffen würde, alle unter einen Hut zu bringen, um mit uns, auf dem Landsitz seiner Familie, Weihnachten zu feiern. Alle, das waren außer Julian und mir, seine exzentrische Schwester Rebecca, ihr Mann Juan, mein charmanter Schwager Robert und unsere Freunde Rachel, Tobias und Hazel. Ich konnte mir nicht vorstellen, dass sie sich dem obligatorischen Regen und grauen Himmel Englands aussetzen würden, um in einem alten Landhaus in den englischen Midlands das Fest der Liebe zu feiern, wenn sie stattdessen anderswo in der Welt den Schnee oder die Sonne genießen konnten. Außerdem waren wir schon lange nicht mehr ein Herz und eine Seele. Trotzdem sagten alle zu und so stand unserer Abreise von Berlin nach England, drei Tage vor Weihnachten, nichts mehr im Weg. Doch meine Gefühle waren gemischt, als wir in Birmingham aus dem Flugzeug stiegen. Einerseits war ich neugierig auf das Haus, das ich nur von Fotos und

1

Erzählungen kannte, anderseits war mir bewusst, dass wir uns dort in den Midlands, irgendwo auf dem Land, fernab von jeder Großstadt, bald auf die Nerven gehen würden. Wir kannten uns seit unserer Kindheit und uns verband nicht nur die gemeinsame Schulzeit in einer englischen Privatschule auf einer kleinen Baleareninsel.

Unsere Eltern waren zwar keine Hippies gewesen, aber die Aussteiger der siebziger Jahre und wir ein Produkt dieser Zeit. Tobias und ich sind deutscher Abstammung, Julian und seine Geschwister Engländer, Rachel Amerikanerin, Hazel Kanadierin und Juan de Silva ein Festlandspanier. In all den Jahren verloren wir uns nie aus den Augen, obwohl wir später zum Studieren in alle Winde verstreut wurden. Doch jedes Jahr trafen wir uns zu besonderen Anlässen und zur Sommerzeit auf der Insel. So kam es, dass ich nach meinem Studium Julian heiratete und Rebecca ihren Juan. Auch einige geschäftliche Fusionen wurden eingegangen und wieder aufgelöst, Affären angefangen und beendet und die zwischenmenschlichen Konflikte häuften sich. Trotzdem trafen wir uns ständig, außer in diesem Jahr.

Im Spätherbst wurde Julian immer unruhiger, so als wäre er auf Entzug. Und als er anfing, unsere alten Fotos mit dem Vorwand auszugraben, er müsse sie digitalisieren, verfiel er fast in eine Depression. Zu diesem Zeitpunkt machte ich den Vorschlag für diese weihnachtliche Zusammenkunft und Julians Stimmung veränderte sich augenblicklich. Ich hätte da bereits misstrauisch werden müssen, stattdessen freute ich mich über meine brillante Idee. Erst später kamen mir Bedenken, aber da war schon alles organisiert.

Bei unserer Ankunft auf dem Landsitz war der erste Eindruck von Bradshaw Mansion überwältigend. Wir fuhren auf einer langen Auffahrt einem großen, imposanten Herrenhaus entgegen, doch aus der Nähe und beim genaueren Hinsehen war es nur ein alter Kasten, an dem die

Jahre gezehrt hatten. Nichts war, wie ich es mir vorgestellt hatte, denn die Fotos, die ich kannte, waren aus einer Zeit, als das Anwesen noch lebte, die Grünanlagen bepflanzt waren und sich Menschen hier vergnügten. Aber außer Mrs. Smith, einer mächtigen, resoluten Endsechzigerin, die seit Kurzem den Landsitz der Bradshaws betreute, war an diesem trüben Spätnachmittag weit und breit niemand zu sehen. Sie führte uns nach einer knappen Begrüßung, die mir gegenüber etwas freundlicher hätte ausfallen können, ins Haus. Wir durchquerten eine düstere Halle, die in der Mitte von einem imposanten Treppenaufgang dominiert wurde, und betraten den auf der rechten Seite gelegenen Salon. Dort wurden wir von Mrs. Smith gefragt, ob wir Tee wünschten. Julian bejahte dankend, ich allerdings bat um ein Glas Wein. Woraufhin Julian und Mrs. Smith mich schräg ansahen. Mir war bewusst, dass ich mich damit versündigt hatte, denn den Engländern ist ihr Afternoon Tea heilig, aber ich hatte nicht vor, meine Gewohnheiten auf englischem Boden zu ändern. Und als sich dann Julian auch für Wein entschied, wusste ich, dass Mrs. Smith mich von diesem Moment an nicht mehr mochte, falls sie überhaupt jemals Sympathie für mich empfunden hatte. Sie verließ das Zimmer, nicht ohne mir einen verächtlichen Seitenblick zuzuwerfen und Julian folgte ihr, er wollte sich um das Gepäck kümmern.

Ich blieb alleine zurück und schaute mich um. Rote, jacquardgemusterte Vorhänge hingen schwer und etwas verblichen von der hohen Decke. Die Fenstergläser waren stumpf, aber vielleicht war es auch nur der Nebel, der die Sicht nach draußen trübte und drinnen alles schummrig erscheinen ließ. Jedenfalls suchte ich nach einem Lichtschalter, um meine Umgebung besser in Augenschein nehmen zu können. Ich bin Innenarchitektin, daher gilt mein Interesse immer der Ausstattung eines Hauses. Mir sagt das viel über die Menschen, die darin leben oder wie hier, einmal darin gelebt hatten. Julians Eltern erbten dieses Anwesen, bewohnten es doch nie, und so sah es auch aus. Alles war aus einer vergangenen Zeit, und wie es aussah, nicht sonderlich gepflegt worden. Selbst Julian kannte es nur von den Besuchen bei seinen Großeltern, hatte aber gute Erinnerungen an diese Zeit, was wohl der Grund war, weswegen er so sehr daran hing. Die Dämmerung war nun vollends eingebrochen. Schemenhaft nahm ich die geblümten Chintz-Sitzgruppen wahr, die über den riesigen Raum verteilt waren, dazwischen die kleinen Tischchen mit allerlei Krimskram. Auf der Suche nach einer Lampe stolperte ich über einen Bärenkopf am Boden, eines der vielen Hässlichkeiten, die durch das flackernde Kaminfeuer mal mehr und mal weniger sichtbar wurden. In einer Ecke hatte ich eine Stehlampe erblickt, die ich gerade anknipsen wollte, als Mrs. Smith den Raum wieder betrat.

»Stopp«, rief sie, »nicht anschalten, die ist defekt, Sie bekommen einen Stromschlag. Das weiß doch jeder hier.«

Dass jeder das wüsste, murmelte sie leise aber vorwurfsvoll und ich fragte sie, woher ich das denn wissen sollte. Worauf sie noch vorwurfsvoller meinte, dass ich sie hätte rufen sollen, sie sei in diesem Haus für alles zuständig. Ich konnte mir nicht verkneifen zu sagen, sie hätte dann diese Lampe in Ordnung bringen sollen. Danach war auch der letzte Funke von Sympathie erloschen, wie gesagt, wenn es je einen ihrerseits gegeben hatte. Wie sich später herausstellte, mochte sie generell keine Deutschen, allerdings hatte Tobias weniger darunter zu leiden als ich. Aber sie mochte auch keine Amerikaner und schon gar nicht die Spanier, Kanadier ließ sie gerade noch gelten. Ich ließ sie also die Tischlampen anschalten und ging mit meinem Glas zum Kamin, der fast meine Größe hatte und ein wahrer Blickfang war. So hatte ich mir unsere Ankunft nicht vorgestellt und wo steckte Julian so lange? Er würde die Zimmer inspizieren und zuteilen, informierte mich Mrs. Smith, bevor sie sich wieder entfernte. Außer dem Salon und der finsteren Eingangshalle hatte ich noch nichts gesehen. Auch ich hätte gerne einen Rundgang durch das

Haus gemacht, um die Räumlichkeiten in Augenschein zu nehmen, doch offensichtlich hatte mich Julian dafür nicht vorgesehen. Ich kam mir wie eine unerwünschte Fremde auf Besuch vor und hoffte, dass unsere Freunde mich aus dieser Misere erlösen werden. Aber die erwarteten wir erst am nächsten Tag, und als Julian endlich auf der Bildfläche erschien, war ich ziemlich ungehalten.

»Was soll denn das?«, fragte ich ihn. »Wo warst du die ganze Zeit?«

»Wieso? Ich hab mich umgesehen, ob alles in Ordnung ist.«

»Und? Ist alles in Ordnung?«

»Ja, ich glaube schon, außer dem Master Bedroom, der kann nicht bewohnt werden. Da gab es einen Wasserschaden, daher haben wir getrennte Schlafzimmer. Macht dir doch nichts aus, oder?«

»Was soll ich sagen? Doch, es macht mir was aus. Und was dann?«

Julian antwortete nicht darauf und mir machte es zu diesem Zeitpunkt tatsächlich nichts aus, ich war nämlich sauer. Wir hatten seit geraumer Zeit Eheprobleme. Wie man so schön sagt, hatten wir uns auseinander gelebt. Ich hatte zwar gehofft, Weihnachten auf dem Landsitz seiner Familie würde uns wieder einander näherbringen, aber stattdessen hatten wir getrennte Schlafzimmer und ich musste die Nacht alleine in einem fremden, und wie sich später herausstellte, lieblos eingerichteten Gästezimmer verbringen.

Am nächsten Morgen, nach einer unruhigen Nacht in einem unbehaglichen Bett, war meine Laune kein Deut besser. Das änderte sich jedoch bei der Ankunft von Robert. Er hatte auf seinem Weg Tobias und Hazel vom Flughafen abgeholt und gegen Mittag erreichten sie Bradshaw Mansion. Zum ersten Mal sah ich Mrs. Smith lächeln, als sie Robert begrüßte, bei den anderen verdüsterte sich ihr Gesicht wieder, und ich fühlte mich auf einmal nicht mehr ausgegrenzt. Aus Dankbarkeit drückte ich Tobias und Hazel besonders herzlich. Alle waren guter Laune, machten einen zufriedenen Eindruck und sahen blendend aus. Hazel war zwar ein wenig blass, und wie immer, etwas schludrig, aber so kannten wir sie. Sie legte noch nie großen Wert auf Kleidung und Aussehen. Nicht nur was Äußerlichkeiten betraf, war Tobias das krasse Gegenteil. Er sah stets aus, als wäre er gerade einem Männermodemagazin entsprungen, während mein Schwager Robert wie ein unkonventioneller Künstler daherkam, obwohl er das nur bedingt war.

Auch dieses Mal hatte Mrs. Smith kein Glück mit ihrem Tee. Robert bestand auf Champagner zur Begrüßung, was mich sehr freute, so musste ich mich nicht ihrem Not-Amused-Blick aussetzen. Ich hatte mir nämlich ein Glas Champagner verdient, denn den ganzen Vormittag brachte ich damit zu, die Polstermöbel so zu arrangieren, dass wir in einer großen Runde um den Kamin sitzen konnten. Außerdem hatte ich alles entsorgt, was meinen Augen wehtat, dazu gehörten das verfilzte Bärenfell und die Staubfänger auf den Beistelltischchen. In dieser Zeit hatte Julian den noch ungeschmückten Weihnachtsbaum in der Mitte des Raums aufgestellt und Mistletoes im Haus aufgehängt.

»Ich wusste gar nicht, dass es hier so gemütlich sein kann. Ich hab das in ganz anderer Erinnerung, alles Kraut und Rüben durcheinander. Sabrina, meine Liebe, warst du das?«

Ich nickte nur.

»Da sieht man die Fachfrau, du hast das super gemacht. Wenn ich heirate, dann musst du unsere Wohnung einrichten. Apropos, wann kommt Rachel?«

Julians Kopf war bei dieser Frage in die Höhe geschnellt. »Heißt das, du willst tatsächlich Rachel heiraten?« Er hatte sich aufgesetzt und starrte seinen Bruder an.

»Jeder von uns weiß, du inbegriffen, dass ich das schon seit Jahren vorhabe. Aber irgendwie kam immer etwas dazwischen.«

»Ein anderer Liebhaber«, lachte Hazel verächtlich.

»Was weißt du schon«, erwiderte Robert gereizt. »Rachel hat immer nur mich geliebt, mal mehr und mal weniger.«

»Mit der Betonung auf 'hat geliebt' und jetzt ist es gerademal wieder weniger, nehme ich an«, sagte Hazel herablassend.

»Woher willst du das schon wissen, halt einfach die Klappe.«

»Rachel will überhaupt nicht heiraten, hat sie mir jedenfalls erzählt«, warf Julian ein.

Ich war äußerst erstaunt. »Ach ja? Wann hast du denn mit Rachel gesprochen?« Allerdings bekam ich von meinem Mann keine Antwort darauf.

Und Robert meinte nur: »Papperlapapp, Unsinn. Ich hab sie nur noch nicht gefragt, aber ich habe vor, das nachzuholen, dann werdet ihr schon sehen.« Doch sein Lächeln war verschwunden.

»Und wie geht es dir, Sabrina? Ich war mir nicht sicher, dich auch hier zu sehen«, sagte Hazel und blickte mich dabei süßlich lächelnd an.

»Warum bitteschön, sollte ich nicht hier sein? Ich bin doch nicht krank.« Ich war irritiert, allerdings kannte ich Hazel, sie wusste immer alles von allen, manchmal sogar mehr, als man selbst über sich wusste.

»Dann ist alles wieder in Ordnung?«, fuhr Hazel fort und schaute von mir zu Julian.

Ich wollte gerade fragen, was sie damit meine, aber mein Mann kam mir zuvor. »Ja, bei ihr ist alles in Ordnung«, erwiderte er schnell, dann wandte sich an Tobias mit der Frage: »Was macht dein neustes Projekt?«

Tobias lag ausgestreckt auf der Couch und folgte der Unterhaltung mit Interesse. Ich hatte den Eindruck, dass er bis zu diesem Zeitpunkt froh war, nicht selbst unter Beschuss zu sein. Er steckte ständig in neuen Projekten, brauchte immer Geld und setzte meistens seine Vorhaben in den Sand. Nicht weil seine Ideen schlecht waren, er ließ sich nur konstant mit den falschen Leuten ein. Aber er antwortete leichthin: »Alles super.« Doch ich konnte sehen, er war auf der Hut, bereit jeden Angriff sofort zu parieren.

»Gut zu hören, dass es so super läuft«, schaltete sich Hazel wieder ein, »dann kannst du mir auch das Geld zurückzahlen, was du mir noch schuldest.«

Robert schüttelte den Kopf und sagte vorwurfsvoll: »Hazel, muss das jetzt sein? Wir sind gerade mal 'ne Stunde hier und du fängst schon zu nerven an.«

Wieder einmal musste ich mir eingestehen, dass Robert definitiv zu meinen Favoriten gehört, speziell in Zeiten, in denen es darum ging, brenzlige Situationen zu beschwichtigen. Er gehört zu den sanftmütigeren Männern, jedenfalls meistens, sehr kunstbeflissen, unkonventionell und sieht zudem noch extrem gut aus. Seine blonden Haare sind zwar viel länger als die von Julian, aber es ist unübersehbar, dass sie Brüder sind, jedoch auch, dass beide sehr unterschiedliche Lebensauffassungen haben. Julians kantiges Gesicht strahlt Strenge aus, seine meist gelangweilt schauenden Augen, Arroganz. Dabei sieht er nicht nur wie ein erfolgreicher Geschäftsmann aus, er ist es auch. Während Roberts Gesichtsausdruck weicher und empathischer ist. Er ist und war immer schon ein Bohemien, und diese Rolle steht ihm gut. Dann überraschte er uns mit der Neuigkeit, dass es über Weihnachten schneien soll. »In Schottland schneit es schon in Massen, in der Nacht soll es die Midlands erreichen, sagt jedenfalls der Wetterbericht.«

»Großartig, dann ist ja alles perfekt, nichts kann mehr schiefgehen und Weihnachten fällt gottlob nicht ins Wasser«, meinte ich, denn für mich gehört Schnee, auf den wir in unserer Jugendzeit auf einer sonnigen Insel im Mittelmeer verzichten mussten, einfach dazu.

»Sabrina, Süße, du solltest uns besser kennen, bei uns ist nie alles perfekt und es kann immer etwas schiefgehen«, entgegnete Hazel und schüttelte über meine Naivität den Kopf.

»Und du hast immer deine Finger dabei im Spiel. Sag mal, wird dir das nicht langweilig?« Tobias sprach aus, was wir alle dachten und aus Erfahrung wussten.

Hazel zuckte nur mit den Schultern, denn sie sah es anders.

»Wie sieht eigentlich der Plan für die nächsten Tage aus? Ich meine, außer dass wir ständig aneinandergeraten?«

Tobis Frage blieb allerdings unbeantwortet, denn in diesem Moment fuhr der Wagen meiner Schwägerin vor. Um die Ankommenden zu begrüßen, nahmen wir den kürzesten Weg durch die französischen Fenster auf die Terrasse, nur Hazel blieb vor dem Kamin sitzen. Rebecca stieg als Erste aus dem Auto und winkte uns zu. Sie ist unser Paradiesvogel und sah aus, als hätte sie sich bei Vivienne Westwood eingekleidet, um auf eine Gala zu gehen. Juan folgte ihr, er war der südländische Banderas-Typ und zusammen waren sie das Glamourpaar der Londoner Gesellschaft. Zuletzt kam Rachel zum Vorschein. Die kleine, feine, zerbrechliche Schönheit war in ihrem tadellos sitzenden Reisekostüm ein eher unscheinbarer Kontrast, aber meiner Meinung nach hatte sie es faustdick hinter den Ohren, speziell, was Männergeschichten anging.

Es dauerte eine Weile, bis sich der Begrüßungstrubel gelegt hatte und wir wieder um den Kamin herum saßen. Abgesehen von Rachel, hatte jeder von uns ein Glas Champagner in der Hand. Die Misstöne waren verklungen, alles schien in bester Ordnung, außer dass mein Ehemann mich total ignorierte. Doch das störte mich recht wenig. Nur als man auf Julian anstieß, nachdem er sich gebrüstet hatte, dass dieses Zusammentreffen nur zustande gekommen sei, weil er diese grandiose Idee hatte, hätte ich ihm am liebsten ans Schienbein getreten. Irgendwie häuften sich die Irritationen und mir wurde wieder einmal bewusst, wie weit wir uns voneinander entfernt hatten.

Am weiteren Verlauf des Tages änderte sich nicht mehr viel. Wir tranken, aßen und redeten, bis uns am späten Abend das Holz ausging und das Feuer im Kamin erlosch. In dieser Nacht schlief ich wie ein Murmeltier. Und am nächsten Morgen versetzte mich der Anblick des frischen Schnees, der das ganze Land über Nacht in eine Winterlandschaft verwandelt hatte, in eine euphorische Stimmung, mit einer fast kindlichen Vorfreude auf den Heiligen Abend. Aber nicht nur ich befand mich in einem verzauberten Zustand. Niemand am Frühstückstisch war schlechter Laune, obwohl einige nach Aspirin fragten. Sogar Mrs. Smith war uns wohlwollend gesinnt, bis sie erfuhr, dass wegen des Schneetreibens die Köchin nicht kommen konnte.

Wir hatten tags zuvor unsere Aktivitäten für diesen Tag besprochen und entschieden, ein gemischtes deutsch-englisches Weihnachtsfest zu feiern. Heiligabend wie in Deutschland und Christmas Day wie in England. Tagsüber wollten Tobias, Rebecca und Juan nach Stratford fahren, denn Tobi musste unbedingt das Shakespeare-Haus besuchen oder mindestens einen Blick darauf werfen. Robert und Julian würden sich mit meiner Hilfe den Tannenbaum vornehmen und danach den Knights Pub im nächsten Ort aufsuchen. Rachel und Hazel wollten faulenzen. Jedoch das Ausbleiben der Köchin brachte unsere Pläne vollkommen durcheinander. Mrs. Smith weigerte sich alleine in der Küche zu arbeiten, das würde nicht zu ihrem Aufgabenbereich gehören. Also wurde die Fahrt nach Stratford gestrichen und Rebecca zur Küchenarbeit verdonnert, auch Hazel und Tobias wurden dazu abkommandiert. Erstaunlicherweise machte das Rebecca weniger aus als Hazel, die sich auf ihren Gaststatus berief, allerdings ohne Erfolg. Nur Rachel rutsche irgendwie durch die Maschen. Von ihr wurde komischerweise nichts verlangt, aber so war das immer schon gewesen. Sie hat diese unerklärliche Art sich unsichtbar zu machen, wenn es um Arbeit, Verpflichtungen oder Unannehmlichkeiten geht. So kam es auch, dass sie den ganzen Tag nicht auf der Bildfläche erschien. Julian war ebenfalls zeitweilig unauffindbar und Hazel sah ich nur ab und zu mit unterschiedlichen Gesprächspartnern und dann, in nicht immer harmonisch wirkenden Situationen. Da ich aber ständig beschäftigt war und nach dem Dekorieren des Weihnachtsbaums die Aufgabe übernommen hatte, die Füllung für den Truthahn zuzubereiten, blieb mir nicht viel Zeit darüber nachzudenken. Jedenfalls veränderte sich während des Tages das Verhalten von Mrs. Smith mir gegenüber. Sie war nicht mehr so herrisch, wirkte sogar fast freundlich. In einer ruhigen Minute nahm sie mich zur Seite und fragte, ob Julian mir nicht gesagt hätte, dass der Master Bedroom nicht bewohnbar sei. Ich sah sie erstaunt an.

»Doch hat er. Warum?«

»Offensichtlich hat jemand darin geschlafen, und wie es aussieht, nicht alleine«, antwortete Mrs. Smith, dabei schaute sie forschend zu mir hinunter.

»Ich werde meinen Mann fragen, oder besser, Sie fragen ihn. Ich weiß nicht, wo er momentan ist.«

»Wollen Sie nicht nachsehen, wie es darin aussieht?«

»Mrs. Smith, mir ist das ziemlich egal. Tut mir leid, aber dafür ist eher mein Mann zuständig.«

»Meinen Sie? Naja, ich hab es Ihnen jedenfalls gesagt. Was Sie damit machen, ist Ihre Sache.«

Diese Bemerkung ließ mir dann doch keine Ruhe und ich machte mich kurze Zeit später auf die Suche nach Julian, da ich keine Ahnung hatte, welches der Zimmer der Master Bedroom war. Er bewohnte sein früheres Kinderzimmer und ich dieses blöde Gästezimmer am entgegengesetzten Ende des Flurs, gefühlte hundert Meter entfernt. Als auf mein Klopfen keine Antwort kam, öffnete ich die Tür zu Julians Schlafzimmer. Mit Betroffenheit stellte ich fest, dass das Bett von Julian unberührt war. Mrs. Smith hatte ausdrücklich gesagt, dass sie für solche Arbeiten an solch einem Tag keine Zeit hätte, daher muss er die Nacht in einem anderen Bett verbracht haben. War es das, was Mrs. Smith mir sagen wollte? Zudem fiel mir die defekte Stehlampe auf. Er hatte sie einfach in der Mitte seines Zimmers abgestellt, nachdem ich ihn gebeten hatte, sie zu entsorgen. Jedenfalls setzte ich danach die Suche nach Julian nicht mehr fort. Ich wollte nicht wissen, was genau sich abgespielt hatte; außerdem hatte ich genug davon, angelogen und von oben herab behandelt zu werden. Stattdessen machte ich mich auf den Weg zum Salon, mit einem Umweg über die Küche, wo ich mir ein Glas Wein einschenkte. Ich weiß nicht, wie lange ich vor dem Kamin saß und ins Feuer starrte, doch während dieser Zeit kam ich zu einem Entschluss und fühlte mich hinterher viel besser. Von meiner Euphorie war zwar nichts mehr übrig geblieben, aber eine angenehme Ruhe legte sich über meinen aufgewühlten Gemütszustand, die für den Rest des Tages anhielt.

Ich verließ nur einmal meinen Platz am Kamin, um mich für den Abend umzuziehen. Als ich zurückkam, erschienen auch die anderen nach und nach im Salon. Alle waren festlich gekleidet und als die Christbaumkerzen angezündet wurden, erstrahlte der Baum und verwandelte den Raum in einen prachtvollen Festsaal. Kleine Geschenke wurden verteilt und alle schienen zufrieden und glücklich, außer mir. Julian war auf die Idee gekommen, mir einen Diamanten zu kaufen, nicht etwa weil ich verrückt danach bin, für ihn war es eine Investition, egal wie ich dazu stehe. Doch da ich das Ding verkaufen konnte, meckerte ich nicht, lediglich Hazel ließ die Bemerkung fallen, dass alles seinen Preis hätte.

Die Festtafel war im Esszimmer gedeckt, dorthin wechselten wir nach der Bescherung. Da einige von uns einen Anteil an der Zubereitung des Diners hatten, lobten wir uns gegenseitig während des Essens. Trotz der angenehmen Atmosphäre war die Unterhaltung bei Weitem nicht so lebhaft wie am Abend zuvor. Das änderte sich auch nicht, als wir später beim Cognac vor dem Kamin saßen. Ich vermied es Julian anzusehen, Rachel und Robert vermieden sich anzusehen und die anderen schienen mit sich selbst beschäftigt und am Alkoholkonsum mehr interessiert zu sein, als an einem regen Gedankenaustausch, daher schleppten sich die Gespräche mühsam dahin. Nur Hazel sah aus, als würde sie sich großartig amüsieren. Es war immer schon so, dass sie ständig alles sehr genau beobachtete, um dann zu überraschenden Schlussfolgerungen zu kommen, meistens lag sie damit sogar richtig.

»Es ist stets ein Quell der Freude euch zu beobachten. Alle Jahre wieder bahnt sich ein neues Drama an«, bemerkte sie amüsiert.

Ich schaute erstaunt auf und fragte mich, ob sie Julian und mich damit meinte, als Robert gelangweilt erwiderte: »Du bist ja nur neidisch, weil du keine Heldin spielen darfst.«

»Auf diese Rolle verzichte ich gerne.«

»Es lässt dich sowieso niemand mitspielen.«

»Wartet nur ab, morgen spiele ich zur Abwechslung mal die Hauptrolle. ihr werdet euch noch wundern.«

In diesem Moment schlug die Standuhr in der Halle elfmal. Hazel stand auf, und bevor sie wortlos den Salon verließ, warf sie mir, begleitet von einem kleinen Nicken, einen verständnisvollen Blick zu. Niemand wunderte sich über ihren plötzlichen Abgang, bei einigen hatte ich sogar das Gefühl, sie waren froh Hazel von hinten zu sehen.

»Kann mir jemand erklären, warum sie immer so ätzend ist?«, fragte Rachel und atmete tief durch.

»Ist wohl eine Berufskrankheit, rumschnüffeln, sich einmischen, Leute aus der Reserve locken, Reaktionen beobachten. Vielleicht will sie uns provozieren und wir sind der nächste Stoff für ihre Kolumne«, entgegnete Rebecca. Sie sah ganz und gar nicht glücklich bei diesem Gedanken aus, denn diese Art von Presse wollte sie auf keinen Fall.

»Mir jedenfalls reicht es bald mit ihr. Ständig diese Andeutungen. Es wird Zeit, dass ihr jemand das Maul stopft«, forderte Rachel und schaute zu Robert, der ihr gegenüber auf der Couch saß, sie aber keines Blickes würdigte.

Ich fand, und das sagte ich auch, dass Hazel immer schon so war, nicht erst, seit sie sich einen Namen als Klatschreporterin gemacht hatte. Der Beruf habe sie nicht verändert, im Gegenteil, sie hätte ihre Veranlagung zum Beruf gemacht.

Nichtsdestotrotz gab es einmal eine Zeit, in der ich sie sehr mochte. In früheren Jahren war sie ein aufgeschlossenes, hübsches Mädchen gewesen, keine auffallende Schönheit wie Rebecca oder so zierlich wie Rachel, aber sie war intelligent und interessierte sich für alles Mögliche. Wir konnten über Gott und die Welt reden und über die gleichen Dinge lachen, bis sie anfing, überkritisch zu werden, dann wurde sie zynisch und ich ihrer überdrüssig. Denn sie attackierte besonders Julian und seine Geschwister, aber auch Tobias und Rachel, und ich musste ständig alle in Schutz nehmen.

Ein heftiges Flackern der Lampen im ganzen Raum, das einige Sekunden anhielt, katapultierte mich augenblicklich zurück in die Gegenwart. Ich hörte, wie Tobias erschrocken fragte: »Verdammt, was war denn das?«

Robert, der mittlerweile schon recht betrunken war, entgegnete: »Entweder der Weihnachtsmann oder marode Elektroleitungen, hier müsste alles überholt werden.«

»Warum verkaufen wir diesen Schuppen nicht? Ich könnte das Geld gut gebrauchen«, sagte Rebecca an Julian gerichtet.

Ich war vollkommen ihrer Meinung. Das Haus kostete zu viel an Reparaturen und Unterhaltung und wir benutzten es nie, außer Robert, der manchmal seine Wochenenden hier verbrachte. Doch Julian war es, der ständig nach England fliegen musste, um nach dem Rechten zu sehen, aber er war taub auf diesem Ohr. Auch Juan war dagegen. »Du brauchst doch immer Geld. Wenn es nach dir ginge, dann hätten wir weder Haus noch Hof nur eine Unmenge Kleider im Schrank.« Außer ein paar Höflichkeiten war von Juan während der beiden Tage kaum etwas zu hören gewesen, aber Geld war ein Thema, das ihn aus der Reserve locken konnte. Er musste schon einmal ein Haus verkaufen, weil er und Rebecca total verschuldet waren. Und nicht nur einmal hatte ich die Befürchtung, dass sie über ihre Verhältnisse lebten. Rebecca hatte einen extravaganten Kleidergeschmack und glaubte, aufzufallen würde ihre Karriere fördern. Juan jedoch meinte, von ihr würden nur gute schauspielerische Leistungen erwartet. Da keiner von uns an ihrer Auseinandersetzung interessiert war und es so aussah, als würden sich die beiden in etwas hineinsteigern, löste sich die Gesellschaft fast gleichzeitig auf. Zurück blieben Juan, Rebecca und eine schlechte Stimmung.

Es war eine stille Nacht. Der Schnee hatte sich wie Watte über das gesamte Anwesen gelegt. Kein Geräusch war weit und breit zu hören, auch nicht in diesem alten Haus, wo eigentlich die Dielen knarren und die Türen quietschen sollten. Angestrengt in die Dunkelheit lauschend, schlief ich nach einer Weile ein.

Wir hatten uns am ersten Weihnachtsmorgen, um zehn Uhr im Salon verabredet. Wer wollte, konnte vorher sein Frühstück im Esszimmer einnehmen. Ich jedoch hatte so früh keine Lust auf gebratene Nierchen und Bratkartoffel oder Bacon and Eggs, stattdessen rauchte ich eine Zigarette auf der Terrasse. Es schneite nicht mehr, aber eine klirrende Kälte hing in der Luft und ein unangenehmer Wind wehte über die unberührte Schneedecke. Am liebsten hätte ich jedem von uns Hausarrest verordnet, um die weiße Pracht nicht zu zerstören. Zu diesem Zeitpunkt ahnte ich noch nicht, wie schnell der Weihnachtsmann meinen Wunsch erfüllen würde.

Als ich zitternd vor Kälte den Salon betrat, waren Robert, Tobias, Rebecca und Juan schon anwesend.

»Ich dachte, du hast zu rauchen aufgehört«, bemerkte Robert.

»Merry Christmas to you, too«, antwortete ich auf dem Weg zum Kamin, um dort meine Hände über den Flammen aufzuwärmen.

»Ach ja. Fröhliche Weihnachten, meine Liebe. Wo ist denn dein Mann?«

»Keine Ahnung. Frag doch Rachel, falls du weißt, wo sie ist.«

Robert schaute mich überrascht an, sagte aber nichts. Als kurz darauf Rachel und Julian gemeinsam den Salon betraten, warf mir Robert abermals einen fragenden Blick zu. Alle Augen waren auf die beiden gerichtet und eine unangenehme Stille trat ein. Ich hingegen versuchte, unbeteiligt zu erscheinen. »Jetzt fehlt nur noch Hazel. Wo steckt sie eigentlich? Sie sollte schon dabei sein, wenn wir ihre Umschläge öffnen.«

Hazel hatte darauf bestanden, dass ihre Geschenkumschläge erst am Weihnachtsmorgen in ihrer Gegenwart geöffnet werden sollen, damit sie auch etwas davon habe.

»Sie macht es mal wieder spannend, wie das nervt. Ich gehe uns etwas zu trinken holen«, sagte Robert, während er, mit einem Seufzer, schwerfällig aufstand.

»Du fängst mal wieder früh an«, bemerkte Rebecca und warf ihm einen missbilligenden Blick zu. Man konnte sehen, dass sie an diesem Morgen angespannt und sichtlich nervös war. »Hab ich euch gesagt, dass ich heute schon abreise? Ich muss in London für eine neue Rolle vorsprechen, eine ganz große Sache.«

»An Weihnachten? Und das fällt dir jetzt ein?« Julian schüttelte den Kopf. »Na dann viel Spaß bei diesem Schnee.«

»Ich lass mich abholen und fliege nach London. Juan bleibt ja noch. Er kommt, sobald es möglich ist, mit dem Auto nach.«

Als Robert mit einer Flasche Champagner in der Hand zurückkam, hatte sich seine Laune nicht gebessert. Er regte sich wieder darüber auf, dass Hazel immer noch nicht da war und meinte, jemand solle nach oben gehen, oder sie auf dem Handy anrufen, andernfalls würde er auf das Weihnachtsgeschenk von ihr verzichten. Er habe keine Lust mehr, auf den großen Auftritt der Dame zu warten.

»Du bist heute wohl mit dem falschen Fuß aufgestanden. Dir macht es doch sonst nichts aus, einfach rumzuhängen und Champagner zu trinken.« Das war das Erste, was wir an diesem Morgen von Rachel hörten und als Mrs. Smith mit einem Tablett den Raum betrat, wandte sich Rachel an sie: »Smithy, gehen Sie mal unsere Freundin Hazel rufen. Sagen Sie ihr, sie würde ihren Auftritt verpassen, wenn sie nicht sofort runterkommt, denn wir hätten keine Lust noch länger zu warten.«

Mrs. Smith war nach dieser Anrede wie versteinert stehen geblieben, und wenn Blicke hätten töten können, wäre Rachel augenblicklich tot umgefallen. Jedenfalls war Rachel jetzt die meist gehasste Person in diesem Haus, stellte ich mit Genugtuung fest.

Es dauerte eine Weile bis Mrs. Smith wieder erschien. Von der Flügeltür zum Salon, so als wolle sie Abstand zu uns wahren, schaute sie herausfordernd in die Runde und sagte: »Ich fürchte, Miss Hazel wird nicht kommen können.« Hier machte sie eine Pause und räusperte sich, was Robert veranlasste, seinen Gefühlen über die blöde Kuh, wie er Hazel nannte, Ausdruck zu verleihen. Als Mrs. Smith die Gelegenheit hatte fortzufahren, sagte sie mit der gleichen unbeteiligten Stimme: »Wie es aussieht, ist sie tot. Ermordet nehme ich an. Ich habe die Polizei benachrichtigt, sie ist schon unterwegs. Man bat mich Ihnen zu sagen, Sie sollen diesen Raum vorläufig nicht verlassen und alles so zu lassen, wie es ist.«

Ich dachte zuerst, nicht richtig gehört zu haben. Unwirklich, wie aus einem Theaterstück, kam mir der heruntergerasselte Text vor. Jedoch die betroffene Reaktion der anderen ließ keinen Zweifel, etwas Furchtbares war passiert, etwas, mit dem niemand gerechnet hatte. Aber Mord? Ich versuchte mir einzureden, dass ich nur die unqualifizierte Aussage einer alten Frau gehört hatte, die höchstwahrscheinlich einen Hang zum Schwarzen Humor hat. In der Hoffnung, dass sie sich einen üblen Scherz erlaubt hatte, erholte ich mich langsam von dem Schock und hörte dann Rachel sagen: »Hazel hat doch gestern gesagt, sie würde heute die Hauptrolle spielen. Vielleicht hat sie sich umgebracht. Wir sollten mal in unsere Umschläge schauen, könnte doch sein, dass es Abschiedsbriefe sind.«

Es herrschte Stille bis Robert meinte: »Oder sie wollte uns etwas mitteilen, was die Polizei besser nicht wissen sollte.«

»Wie kommst du denn darauf?«, fragte ich.

»Du kennst doch Hazel. Sie hat sich doch immer Peinlichkeiten für uns ausgedacht.«

»Und du meinst, so eine *Peinlichkeit* wollte sie uns zu Weihnachten schenken?«

»Ist ihr zuzutrauen. Sie hatte jedenfalls mir gegenüber gewisse Andeutungen gemacht«, sagte Julian und alle nickten zustimmend.

»Was für Andeutungen?« Jetzt wollte ich es genau wissen. Warum waren sich alle so sicher? »Los, nun sag schon. Was ist vorgefallen?«

»Nichts ist vorgefallen. Sie hat mir nur gesagt, dass es eine schöne Überraschung geben wird und wir uns vorsehen sollten, es käme noch einiges auf uns zu.«

»Das kann alles Mögliche heißen. Vielleicht plante sie eine Überraschungsparty oder so etwas, aber doch nicht das.«

»Träum weiter. Sag mal, bist du so naiv oder tust du nur so?« Julian schaute mich kopfschüttelnd an. Sein verächtlicher Blick versetzte mir einen Stich durch die Brust, aber ich unterdrückte meine verletzten Gefühle und sagte stattdessen: »Okay, vielleicht hat Rachel ja recht, also lasst uns nachsehen. Immerhin sind die Umschläge für uns und wir verlassen den Raum nicht, also machen wir nichts, was wir nicht machen sollen.«

Für den Augenblick hatten wir Hazel und ihr Schicksal vergessen. Das Einzige, was uns interessierte war, was hat sie uns hinterlassen, verbunden mit der Befürchtung, dass wir nichts Gutes von ihr erwarten konnten. Ich stand immer noch neben dem Kamin, daher war ich den Kuverts, die mit einer roten Schleife zusammengebündelt auf dem Sims lagen, am nächsten. Kaum hatte ich sie in der Hand, musste ich feststellen, dass von den sieben Briefumschlägen nur noch vier übrig waren. Auch Tobias, der sie entgegennahm, bemerkte das. »Wie es aussieht, haben sich wohl einige schon bedient.« Er behielt einen Umschlag für sich und reichte die anderen zu Rachel, Juan und mir. Und wir, die welche bekommen hatten, schauten fragend zu den anderen.

»Wer sagt denn, dass Hazel für jeden von uns ein sogenanntes Geschenk hatte?«, warf Julian ein.

»Weil alles andere keinen Sinn macht. Außerdem habe ich gestern sieben Umschläge gesehen«, antwortete ich. »Also wo ist dein Umschlag?«

»Keine Ahnung. Sag mir lieber, was in deinem ist.«

Eigentlich wollte ich gar nicht wissen, was Hazel mir mitzuteilen hatte. Aber unter den erwartungsvollen Blicken öffnete ich mein Weihnachtsgeschenk und las laut vor: *»Liebste Sabrina! Ich würde dir gerne eine wertvolle Information schenken, allerdings sind mir noch die Hände gebunden, daher bekommst du nur meinen gut gemeinten Ratschlag: Öffne endlich mal deine schönen Augen! Deine Hazel.«*

Ich glaube, jeder von uns wusste, was Hazel damit gemeint hatte. Ich schaute Julian an, der aber zeigte keine Regung. So weit war es also schon gekommen, jeder hier hielt mich für naiv, blind und wahrscheinlich auch für total verblödet. Ich wäre am liebsten im Erdboden versunken. Doch von meinen Freunden kam keine Reaktion, die waren begierig zu erfahren, was Hazel an Rachel, Tobi und Juan geschrieben hatte.

"An Rachel! Sorry kein Geschenk für dich. Aber ich bin mir sicher, du bekommst auch ohne mich, was du verdienst. Hazel"

"Hi Tobias. Vielleicht sollte ich allen einmal sagen, wie du dein Geld verdienst, aber ich lasse es. Sieh es als mein Geschenk an dich."

"Hola Juan. Das Füllhorn der Fee ist leer, aber dafür hat Rebecca ein extra großes Geschenk bekommen, von dem du auch profitierst."

»Also Rebecca, wo ist dein extragroßes Geschenk. Du konntest es wohl nicht abwarten und bist in der Nacht schon darüber hergefallen«, meinte Tobi.

Ich stellte mir gerade das Tohuwabohu vor, wenn Hazel in diesem Moment anwesend gewesen wäre, stattdessen herrschte Totenstille im Raum, als Rebecca sich erhob. Sie ging hinüber zu den bodentiefen Fenstern und starrte hinaus. Während sie wahrscheinlich die Schönheit der schneebedeckten Natur nicht einmal wahrnahm, konnten wir ihre langen, feuerroten Locken und ihre schlanke, hochgewachsene Figur, eingehüllt in einem seidenen Hausmantel, eine geraume Zeit von hinten bewundern. Wie unwohl sie sich fühlte, war sowohl an der anhaltenden Stille als auch an den eng um den Brustkorb geschlungenen Armen zu erkennen, so als wolle sie sich schützen und niemanden an sich heranlassen. Noch immer den Rücken zu uns gewandt, rückte sie endlich mit der Sprache heraus. »Hazel wollte meine Karriere ruinieren, wenn ich ihr nicht den Kontakt zu unserem Intendanten verschaffe.«

»Mit was konnte sie deine Karriere ruinieren? Was hatte sie denn gegen dich in der Hand?«

»Ihr glaubt doch nicht im Ernst, dass ich euch das auf die Nase binde.«

Ich kannte Rebecca und den Tonfall in ihrer Stimme gut genug, um zu wissen, dass sie über diese Sache kein weiteres Wort mehr verlieren würde, daher wandte ich mich an meinen Ehemann. »Und du? Was hat sie dir geschenkt?«

»Mir? Nichts!«

»Es hört sich aber so an, als hätte dein Geschenk auch etwas mit meinem zu tun, also raus mit der Sprache, mit was konnte Hazel dich unter Druck setzen?«

»Sie hat mich nicht unter Druck gesetzt.«

»Es hat ganz den Anschein, als hätte sie es besonders auf euch Bradshaws abgesehen. Also was habt ihr zu verbergen? Bei Julian, wie es aussieht, seine Affäre mit Rachel und vielleicht noch ein bisschen mehr. Nicht wahr? Sie wollte alles an die große Glocke hängen. Bei Rebecca bestimmt eine Drogensache, die Presse hätte sich mit Wonne auf dich gestürzt. Und bei Robert? Was könnte das wohl sein? Los Robert, raus mit der Sprache!«, forderte Tobias.

Wir warteten auf Roberts Reaktion, doch mein Schwager schwieg, saß nur da und starrte Rachel an, die nach Aussage von Tobias, eine Affäre mit meinem Mann hat. Ich ignorierte diese von mir bereits erahnte Tatsache und sagte leise aber eindringlich: »Du weißt schon, dass die, die sich nicht äußern, auf der Liste der Verdächtigen ganz nach oben steigen. Das heißt, wenn Hazel wirklich ermordet wurde.« Robert hatte zwar seine Fehler, doch er war kein schlechter Mensch, auch wenn ihm derzeit seine charmante Seite abhandengekommen war. Es war höchstwahrscheinlich, dass irgendetwas zwischen ihm und Hazel vorgefallen war.

Unruhig wanderten seine Augen hin und her, als er mit leiser Stimme sagte: »Wieso verdächtig? Glaubt ihr denn, einer von uns hat Hazel umgebracht?«

»Wer denn sonst? Der Weihnachtsmann vielleicht? Und an Selbstmord glaube ich nicht, denn Abschiedsbriefe hat sie uns jedenfalls nicht geschrieben«, entgegnete Tobi.

Robert schaute verzweifelt in die Runde, dann sagte er: »Sie hat mich erpresst. Sie verlangte von mir, für sie als ihr Manager und Agent zu arbeiten.«

»Und was solltest du managen? Und vor allem, was hatte Hazel gegen dich in der Hand?«, wollte ich wissen.

»Sie hat wohl ein pikantes Buch geschrieben, das sie unter einem Pseudonym veröffentlichen wollte.«

»Und warum solltest du das tun, du bist doch Theateragent und nicht Literaturagent«, sagte ich erstaunt.

»Sie hatte Pläne in beide Richtungen und ich habe die besten Kontakte. Ohne meine Hilfe hätte sie keine Chance gehabt.«

»Und mit was konnte dich Hazel erpressen?«

»Sie war dabei, als ich einen Unfall hatte und ohne anzuhalten weggefahren bin. Ich hatte getrunken«, jammerte Robert und verbarg sein Gesicht in den Händen.

»Wenn das kein Motiv ist«, sagte Tobi und schaute bestürzt zu Boden. »Wir stehen zwar alle unter Verdacht, allerdings habt ihr Bradshaws wirklich astreine Motive und allen Grund sie los zu werden. Aber ich verspreche euch, ich werde nicht schweigen, wenn es mir an den Kragen geht.«

Tobi war nie ein Held gewesen, aber auch keine Petze, das war ein neuer Charakterzug an ihm. Ich wollte ihm sagen, er solle sich zurückhalten doch irgendwie war es mir egal, wie er sich verhalten würde. Ich wandte mich stattdessen an Julian. »Du stehst immer noch ganz oben auf der Liste, oder willst du dich jetzt vielleicht äußern? Liegt Tobi richtig mit seiner Annahme?«

Doch Julian reagierte nicht, er schien nicht einmal ein schlechtes Gewissen mir gegenüber zu haben. Rachel hatte sich wieder unsichtbar gemacht, Robert saß wie ein Häufchen Elend da, Rebecca kaute an ihren Fingernägeln und

Juan hatte die Augen geschlossen, als die Polizeiautos vor-
fuhren.

Mrs. Smith, als diejenige, die die Tote gefunden hatte,
übernahm das Kommando und geleitete die Beamten die
Stufen hinauf zu der toten Hazel. Ein uniformierter
Constable überprüfte zwischenzeitlich unsere Personalien
und notierte sich die Namen und Adressen. Dann kam
Detective Chief Inspector Brown zu uns und fing mit
seiner Befragung an. Er wollte wissen, was sich am Abend
zuvor zugetragen hatte und wie unser Verhältnis zu Hazel
gewesen sei. Wann wir und mit wem wir zu Bett gingen.
Ob außer uns sonst noch jemand im Haus sei, uns etwas
Ungewöhnliches aufgefallen wäre oder Hazel uns etwas
erzählt hätte, was hilfreich bei den Ermittlungen sein
könnte.

Niemand konnte mit einer dienlichen Information
aufwarten, nach Aussage der anderen sind alle, außer Rebecca und Juan, alleine zu Bett gegangen. Über Hazels
Briefe schwiegen wir.

»Hatte Ihre Freundin Feinde?«

»Sie hatte bestimmt nicht nur Freunde«, erwiderte ich
ausweichend.

»Geht es auch etwas genauer?«

»Sie schrieb für den SUNDAY.«

»Ja und?«

»Eine Kolumne über das Privatleben von Promis, was
die meisten Prominenten nicht gerne gedruckt sehen.
Mehr weiß ich auch nicht, ich hab dieses Blatt nie gelesen,
wir leben in Berlin, müssen Sie wissen.«

»Ja, ich weiß«, antwortete Inspector Brown und
schaute auf die Liste mit unseren Namen, die sein Kollege
ihm gereicht hatte. »Und deswegen muss ich Sie und alle
anderen bitten, hier in England verfügbar zu bleiben. Je-

denfalls solange wir noch am Anfang unserer Ermittlung stehen.«

»Wie ist Hazel denn gestorben?«, fragte ich zaghaft.

»Die genaue Todesursache wissen wir erst nach der gerichtsmedizinischen Untersuchung, aber es war kein natürlicher Tod, soviel steht fest. Wir werden jetzt einige Sachen, wie Laptop und Aktentasche der Toten, mitnehmen und die Spurensicherung wird noch eine Weile im Zimmer des Opfers beschäftigt sein. Außerdem wird ein Officer Ihre Fingerabdrücke nehmen, das ist Routine, dann aber sind Sie wieder unter sich. Sollte Ihnen währenddessen etwas Wichtiges einfallen, dann rufen Sie mich bitte unverzüglich an, hier ist meine Karte. Wenn nicht, können Sie davon ausgehen, dass ich in den nächsten Tagen noch ein paar Fragen an Sie habe, deswegen möchte ich, dass Sie alle anwesend sind.«

Mit diesen Worten war Inspector Brown aufgestanden. Er verabschiedete sich und verließ den Raum, nicht ohne einen bewundernden Blick auf unseren Weihnachtsbaum zu werfen.

Eine geraume Zeit herrschte vollkommene Stille bis Tobias das Wort ergriff. »Warten wir also die Untersuchung ab, vielleicht war es ja ein Unfall, aber wenn Hazel wirklich getötet wurde, dann kann es ja nur jemand von uns gewesen sein.«

»So stark sind die Motive nun auch wieder nicht«, entgegnete Rachel.

»Es wurden Leute bereits wegen 5 Euro umgebracht.«

»Es kann auch ein Fremder gewesen sein. Jemand, der ihr bis hierhin gefolgt ist«, meinte Julian.

»Dann hätte er sie bestimmt schon eine Nacht vorher getötet und nicht vierundzwanzig Stunden draußen in der Kälte gewartet«, gab ich zu bedenken.

»Warum denkt ihr, dass es ein Mann gewesen war und wie soll er ins Haus gekommen sein? Ich habe jedenfalls nichts gehört, keinen Mucks. Es war total still vergangene Nacht, so still, dass ich Schwierigkeiten hatte, einzuschlafen«, sagte Tobias.

»Ihr seid doch die Letzten gewesen, hab ihr nichts bemerkt?« Die Frage war an Rebecca und Juan gerichtet, aber beide schüttelten den Kopf.

»Vielleicht hat Rebecca ja, nachdem sie ihren Umschlag geöffnet hatte, einfach kurzen Prozess gemacht und Hazel ins Jenseits befördert.«

»Tobias, sag mal spinnst du? Ich hatte zwar eine Stinkwut, aber der Schlampe ihren Wunsch zu erfüllen wäre bei Weitem einfacher gewesen, als sie umzubringen. Sie wollte ihr verdammtes Drehbuch an den Mann bringen und den Kontakt zu unserem Intendanten hätte mich nur ein Wort gekostet, deswegen wollte ich auch nach London zurück«, entgegnete Rebecca.

»Nun gut. Aber Robert hätte für lau für sie arbeiten müssen, wie ein Sklave, keine schöne Vorstellung. Und immer mit der Angst, sie geht doch zur Polizei. Da ist es besser, sie aus dem Weg zu räumen«, sagte Tobias.

»Ich weiß, es sieht nicht gut aus, aber ihr müsst mir glauben, ich habe damit nichts zu tun.«

»Irgendwie kommt mir Julian zu gut weg. Er sagt einfach, er hätte keinen Umschlag erhalten und denkt, er ist damit aus dem Schneider. Also was wollte Hazel von dir?« Ich schaute Julian forschend an.

»Nichts wollte sie von mir. Ich wiederhole mich gerne, aber es tut mir leid, euch enttäuschen zu müssen.«

Ich kannte Julian, er würde stur bleiben. Noch mit dem Umschlag in der Hand würde er leugnen ihn bekommen zu haben. Mir reichte es, ich stand auf und verließ den Salon, denn soweit ich wusste hatten wir keinen Stubenarrest. Ich ging nach oben, um mich auf meinem Zimmer frisch zu machen. Düsterer als zuvor erschien mir der lange Flur in der oberen Etage. Die vielen Türen rechts und links waren in einem schlechten Zustand, sie schrien geradezu nach frischer Farbe. Auf meinem Weg dem Ende des Flurs entgegen, kam ich an einem Polizisten vorbei, der neben der offenen Türe von Hazels Gästezimmer stand. Die Leiche hatte man schon abtransportiert, nur die Spurensicherung war noch dabei, auf der am Boden liegenden Stehlampe, Fingerabdrücke zu nehmen. Überrascht blieb ich stehen, ich kannte diese Lampe, aber was machte sie in Hazels Zimmer, oder gab es zwei davon?

Um sicherzugehen, drehte ich mich um und ging zum anderen Ende des Flurs, öffnete Julians Zimmertür und schaute hinein. Die Stehlampe, die am Tag zuvor in der Mitte dieses Raumes gestanden hatte, war verschwunden.

Als ich in den Salon zurückkam, hatte sich das Bild kaum verändert. Ich ging zum Kamin, türmte einige Holzscheite über die Glut und beobachtete, wie langsam die trockene Rinde Feuer fing und Flammen aufloderten.

»Wie kommt die defekte Stehlampe aus deinem Zimmer in Hazels Zimmer?«, fragte ich Julian geradeheraus.

»Woher soll ich das wissen. Zauberei vielleicht, keine Ahnung.«

»Du wusstest, dass sie defekt und lebensgefährlich ist, warum hast du sie nicht entsorgt?«

»Ich kam wohl nicht dazu. Außerdem wollte ich schauen, ob sie noch zu reparieren ist«, antwortete Julian eine Spur gereizter als vorher.

»Warum fragst du Julian das?«, wollte Rebecca von mir wissen.

»Diese Stehlampe ist lebensgefährlich, wenn sie also absichtlich in Hazels Zimmer gestellt wurde, dann nur mit dem Ziel sie umzubringen.«

Alle starrten mich an.

»Sabrina, das geht zu weit. Du willst doch nicht wirklich Julian verdächtigen?«

»Wen sonst? Fakt ist, dass die Lampe gestern noch in Julians Zimmer stand und heute in Hazels Zimmer auf dem Boden liegt und von der Spurensicherung nach Fingerabdrücken untersucht wird.«

»Ich habe sie nicht zu Hazel gebracht, vielleicht hat sie sich die Lampe selbst geholt oder du warst es. Offensichtlich wusstest du, wo sie zu finden ist, genauso wie Robert, er wusste auch von der Lampe.« Julian schaute mich herausfordernd an, so als wollte er sagen 'wer andern eine Grube gräbt, fällt selbst hinein'.

Tobias kam mir zur Hilfe. »Du schaffst es immer wieder, alles von dir fernzuhalten. Kein Umschlag, keine Probleme mit Hazel und keine Ahnung, was mit der Lampe passierte.«

»Ich weiß nicht, was dein Problem mit mir ist, aber du steckst genau so tief im Schlamassel. Erstens schuldest du Hazel Geld und zweitens wusste sie etwas von deinen Geldquellen, die offensichtlich nicht ganz koscher sind. Ich nenne das ein Motiv.«

Beide schauten sich hasserfüllt an. Ich hatte die Befürchtung, sie würden sich jeden Moment an die Gurgel springen. Um die Gemüter zu beruhigen, sagte ich resignierend: »Das bringt doch wirklich nichts, wir beschuldigen uns hier gegenseitig, dabei sollten wir lieber die Ergebnisse der Polizei abwarten. Wir wissen noch nicht einmal, wie Hazel gestorben ist.«

»Sabrina hat recht, wir sollten abwarten, was der Inspektor herausfindet.« Wieder einmal war Rachel unbehelligt davongekommen und machte nur mit dieser Bemerkung auf sich aufmerksam. »Ich jedenfalls gehe jetzt frühstücken.«

Mit Rachel verließ auch Julian den Raum und Rebecca wandte sich mit der Frage an mich, was denn mit uns los sei.

»Frag doch Julian, aber ich möchte wetten, dass er darauf genau so wenig eine Antwort hat wie auf alles andere.« Ich war frustriert, und wenn ich gekonnt hätte, hätte ich meine Koffer gepackt und wäre abgereist.

Bevor die Polizisten das Haus verließen, mussten wir noch unsere Fingerabdrücke abgeben. Ich weiß nicht, was die anderen fühlten, ich jedenfalls fühlte das Misstrauen der Obrigkeit. Den Rest des Tages hielten wir Abstand voneinander und mir wurde der Vorteil von verstreut über den Raum platzierten Sitzgruppen bewusst. Jetzt, wo alle Sitzmöglichkeiten um den Kamin herum gruppiert waren, saßen wir zwar zusammen, aber wir sprachen nur das Nötigste, dafür tranken alle mehr als gewöhnlich. Das Misstrauen hatte um sich gegriffen. So schleppte sich der erste Weihnachtstag dahin, nur das von Mrs. Smith servierte Essen war eine angenehme Unterbrechung. Die Köchin war während des Tages wieder aufgetaucht. Wahrscheinlich hatte die Nachricht von dem Mord bereits das Dorf erreicht und sie, die die Möglichkeit hatte, sich aus nächster Nähe ein Bild von den Geschehnissen zu machen, konnte dem nicht widerstehen, Schnee hin, Schnee her. Wie dem auch sei, sie wollte uns jedenfalls mit einem Rostbraten, Yorkshire Pudding, Gemüse, Mincemeat Pie und Stilton mit Sherry verwöhnen, denn sie meinte, dass niemand solch ein fürchterliches Weihnachtsfest verdient hätte. Obwohl ich den ganzen Tag nichts gegessen hatte, hielt sich mein Appetit in Grenzen. Und während die Männer aßen, als wäre es ihr letztes Mahl, stocherten wir Frauen lustlos in unserem Essen herum. Es herrschte eine Atmosphäre von kühler Distanz in einem grell erleuchteten Esszimmer, über dem eine dunkle Wolke hing. Obwohl sich alle nicht wohlfühlten, das war unübersehbar, wollte niemand alleine sein, nur für mich war die gereizte Spannung unerträglich, deshalb zog ich mich nach dem Essen auf mein Zimmer zurück.

Im Schloss meiner Zimmertür fehlte der Schlüssel, also schob ich einen Stuhl unter die Türklinke. Ich hatte Angst, auch wenn ich nicht wusste vor wem oder was und hoffte, die Nacht gut zu überstehen. Diese Nacht war keine stille Nacht. Ich hörte das Knarren der Holzdielen, wie Türen geöffnet und geschlossen wurden und wie huschende Schritte über den Flur liefen. Die Ungewissheit und die Vorstellung, dass einer von uns ein Mörder sein könnte, zehrte an meinen Nerven, und am nächsten Morgen war ich alles andere als ausgeschlafen.

Es schneite wieder und der kalte Wind blies mir ins Gesicht, als ich auf der Terrasse meine erste Zigarette rauchte, ansonsten war nichts wie am Tag zuvor. Ich war ein Nervenbündel. Schon der Anblick des dunklen Autos in der Ferne, dicht gefolgt von einem weißen Polizeiauto, ließ mein Herz in die Hose rutschen. Noch bevor ich meine Zigarette zu Ende geraucht hatte, parkte Chief Inspector Brown mit seinen Kollegen vor dem Haus.

»Der Weg ist durch den Schnee nicht mehr auszumachen, ich hoffe wir sind nicht über Ihre Blumenbeete gefahren«, entschuldigte er sich und reichte mir die Hand zur Begrüßung.

Da mir das total egal war, zuckte ich nur mit den Schultern und gab ihm ebenfalls die Hand. Der warme, kräftige Händedruck und sein freundliches Lächeln gaben mir zum ersten Mal seit Hazels Tod ein Gefühl der Sicherheit.

»Es tut mir leid, dass wir Sie so früh belästigen müssen.«

Ich bat ihn ins Haus und zusammen setzten wir uns an das wärmende Kaminfeuer. Nachdem Inspector Brown für einige Sekunden die lodernden Flammen beobachtet hatte, drehte er sich mir zu und fragte, wie lange Mrs. Smith schon bei uns arbeiten würde.

»Ich weiß es nicht genau, ein halbes Jahr etwa. Mein Mann hatte sie eingestellt, als er das letzte Mal in London war.«

»Kannte das Opfer Mrs. Smith persönlich?«

»Nein, Hazel hatte jedenfalls nichts dergleichen angedeutet.«

»Dann hat Ihre Freundin Mrs. Smith mit keinem Wort erwähnt?«

Ich schüttelte den Kopf. »Nicht in meiner Gegenwart.«

»Oder haben Sie gesehen, dass die beiden sich unterhielten oder stritten?«

»Nein. Warum fragen Sie?«

»Wir haben im Laptop Ihrer Freundin einige Recherchen gefunden, darunter Fotos von Mrs. Smith und Zeitungsartikel.«

»Hazel war bei der Zeitung, vielleicht wollte sie einen Artikel über Haushälterinnen schreiben.« Ich war ratlos.

»Der Zeitungsartikel war über eine gewisse Mary Bloom, eine verurteilte Mörderin.«

»Tut mir leid, ich hab noch nie etwas von einer Mary Bloom gehört.«

»Mary Bloom ist Ihre Mrs. Smith.«

Ich schluckte zweimal und schaute den Inspektor ungläubig an, über seine Schulter fiel mein Blick nach draußen, wo Mrs. Smith gerade von zwei Beamten abgeführt wurde. »Und sie soll Hazel umgebracht haben, aber warum?«

»Ihre Freundin hatte Mary Bloom erkannt, daran besteht kein Zweifel, obwohl die ihr Aussehen verändert hat. Die Notizen, die wir im Laptop des Opfers gefunden haben, bestätigen das. Mary Bloom ist während einer medizinischen Behandlung aus dem Krankenhaus entflohen und hat sich unter falschem Namen als Mrs. Smith bei Ihnen abgesetzt, dazu war Ihr abgelegener Landsitz geradezu perfekt. Mary Bloom muss herausgefunden haben, dass Ihre Freundin Kenntnis davon hatte, wahrscheinlich wurde sie sogar von ihr damit konfrontiert. Ihre Freundin war sehr unvorsichtig, Sie allerdings auch. Sie hätten vorsichtiger bei der Einstellung Ihres Personals sein müssen, diesen Vorwurf muss ich Ihnen schon machen.«

»Machen Sie den meinem Mann, ich hab damit nichts zu tun.«

»Aber das ist noch nicht alles. Wir haben vor nicht allzu langer Zeit einen unbekannten Toten in dieser Gegend gefunden. Er starb genau wie Ihre Freundin an einem Stromschlag mit den gleichen Verbrennungen an den Händen. Jedoch in welchem Verhältnis er zu Mrs. Smith alias Mary Bloom stand, wissen wir jetzt noch nicht, das werden die Ermittlungen ergeben. Aber wir wissen, dass die Stehlampe, die wir bei Ihnen sichergestellt haben, für beide Todesfälle verantwortlich ist. Sie wurde entsprechend präpariert, daran besteht kein Zweifel, außerdem waren die Fingerabdrücke Ihrer Freundin und des Opfers im Wald darauf zu finden.«

Ich war sprachlos und bestürzt. Mir lief ein Schauer über den Rücken bei dem Gedanken, mit einer mehrfachen, kaltblütigen Mörderin unter einem Dach gewohnt zu haben. Gleichzeitig empfand ich Erleichterung, dass alles vorbei war und wir nicht mehr zu den Verdächtigen gehörten. Mir war es bei Weitem lieber, die Haushälterin wurde verhaftet, als einer von uns. Trotzdem hatte ich Bedenken, ob der Chief Inspector die richtigen Schlüsse gezogen hatte, jedenfalls was Hazels Ableben betraf, denn er wusste ja nicht, was wir wussten. Allerdings hätte ihm auffallen müssen, dass sich unsere Trauer über ihren Tod in Grenzen hielt. Doch für mich war in diesem Moment das Wichtigste, dass ich von Detective Chief Inspector Brown die Erlaubnis bekam, Bradshaw Mansion noch am selben Tag verlassen zu können, sodass ich meinen Entschluss, mich von Julian zu trennen, nicht nur mit mir rumtragen, sondern in die Tat umsetzen konnte.

Episode 2

Zuerst wollte ich nur meine beiden Brüder Julian und Robert und meine Schwägerin Sabrina einladen. Ich dachte, mein Geburtstag wäre eine gute Gelegenheit Julian und Sabrina wieder zusammenzubringen. Seit ihrer Trennung nach dem katastrophalen Weihnachtsfest ging es Julian sehr schlecht. Jedenfalls hatte ich diesen Eindruck, als er uns in London besuchte. Er hätte seine Affäre mit Rachel sofort, nachdem der Mord an Hazel aufgeklärt war, beenden und sie nach Hause schicken sollen. Stattdessen blieb sie bei ihm auf unserem Landsitz in den Midlands, während wir die Koffer packten und nacheinander abreisten. Sabrina war noch am Tag von Mary Blooms Verhaftung nach Berlin zurückgekehrt, hat die gemeinsame Wohnung geräumt und sich ein eigenes Apartment gemietet. Tobias flog einen Tag nach Sabrinas Abreise nach München zurück und ich machte mich mit Juan und Robert, nachdem die Straßen wieder befahrbar waren, auf den Heimweg nach London.

Von dem, was an Weihnachten passiert war, ging Robert die Affäre von Rachel und Julian mehr unter die Haut, als dieser grässliche Mord. Seit Jahren hatte er vor, Rachel zu heiraten, ohne ihr je einen Antrag zu machen. Wir wussten, dass dieser unausgesprochen im Raum stand, und dass Rachel sofort *Ja* gesagt hätte, daran zweifelte ich keinen Augenblick. Sie war ein Golddigger, sie würde sich diese Gelegenheit nicht entgehen lassen. Ich nehme an, mit ihrem Rumgemache mit Julian wollte sie Robert aus der Reserve locken. Sie hatte schon mit früheren Affären Erfolg damit, doch dieses Mal ging es total daneben. Nicht nur, weil Robert nichts mehr von ihr wissen wollte, auch die Ehe von Julian und Sabrina zerbrach daran. Juan meinte jedoch, mein Geburtstagsfest wäre für Robert die Gelegenheit, sich mit Rachel auszusprechen und wir sollten ihr noch eine Chance geben. Außerdem kenne mein Bruder ihre Allüren und Seitensprünge und das hätte ihm früher recht wenig ausgemacht, nur deswegen stand Rachel letztendlich doch auf der Gästeliste. Als das beschlossen war, gab es keinen Grund, Tobias nicht einzuladen, obwohl ich sauer war wie er uns, speziell Julian, attackiert hatte. Und hätte Hazel noch gelebt, dann wären wir vollzählig gewesen. Aber jetzt waren wir nur noch zu siebt und, wie es schien, nach wie vor unzertrennlich und das schon seit unserer Schulzeit.

Zu dem Zeitpunkt, als Juan die Idee zu diesem Fest hatte, fühlte ich mich von der Welt verlassen. Das Theaterstück, in dem ich die Hauptrolle spielte, war abgesetzt worden und kein anderes Engagement in Sicht. Mein Horoskop sagte mir sogar eine Karriereflaute von Februar bis Ende Juni voraus. Das veranlasste mich, mehr als sonst zu trinken und zu rauchen, sodass Juan anfing, sich Sorgen um mich zu machen, nicht wegen meines Cannabiskonsums, eher wegen meiner Gemütsverfassung. Mein vierzigster Geburtstag wäre ein Anlass groß zu feiern, meinte Juan. Ich jedoch sah keinen Grund dazu, denn meine Zeit als jugendliche Verführerin schwand dahin. Nur der Gedanke, London für ein paar Tage zu entfliehen, stimmte mich um, denn Juan hatte entschieden, in der Villa der de Silvas, an der Costa Brava die ganze Gesellschaft zu empfangen. Nachdem ich die Einladungen verschickt hatte, kam allmählich sogar Freude bei mir auf. Wir hatten uns seit drei Monaten nicht mehr gesehen, außerdem würden wir das Haus an der Küste für uns allein haben, denn die Familie meines Mannes lebt in Andalusien und kommt nur selten in den Norden von Spanien.

Die de Silvas sind eine wohlhabende Familie mit einem langen, recht ungewöhnlichen Stammbaum. Zu Reichtum kamen sie durch Piraterie und zu Ansehen, weil sie im 15. Jahrhundert maßgeblich an dem Ende der Maurenherrschaft beteiligt waren. In Andalusien, genauer gesagt bei Cádiz, ist der Familiensitz, doch womit sie heute ihr Geld verdienen, darüber wurde in meiner Gegenwart stets geschwiegen.

Noch vor unserer Abreise rief mich Sabrina an, um mir mitzuteilen, dass sie nicht in der Verfassung sei zu kommen. Ich hatte große Mühe sie umzustimmen, erst nach langem hin und her willigte sie ein. Alle anderen schickten E-Mails, dass sie sich freuten, nur Juan wurde immer unruhiger. Ich sah ihn nur selten ohne Handy in der Hand und die Gespräche, meist in Spanisch, verschlechterten seine Stimmung von Mal zu Mal. Am Tag unserer Abreise verkündete er, dass er wegen wichtiger Geschäfte seinen Flug um einen Tag verschieben müsse. Wir sind schon etliche Jahre verheiratet und in der gesamten Zeit hatte ich noch nie etwas von wichtigen Geschäften gehört. Eigentlich hatte ich noch nie von irgendwelchen Geschäften gehört, denn Juan arbeitet nicht, jedenfalls nicht bis zu diesem Tag. Einerseits war ich ganz stolz auf meinen Mann, der plötzlich solche vorrangigen Unternehmungen hatte, dass er deswegen sogar einen Flug verschieben musste, andererseits war ich irritiert, dass ich alleine fliegen musste und niemand da war, der sich um das Gepäck kümmern konnte. Julian würde von Birmingham fliegen, denn er wohnte seit Weihnachten ständig auf unserem Familienlandsitz, und Robert hatte einen späteren Flug von Heathrow gebucht.

Bei meiner Ankunft in Barcelona entschädigte mich jedoch die strahlende Sonne für alle Unannehmlichkeiten. Es war Ende März und die Temperaturen noch ziemlich niedrig, aber bei Weitem angenehmer als in London. Ich nahm mir ein Taxi zum Haus meiner Schwiegereltern und ließ das Mietauto für Juan stehen. Die 70 Kilometer zu dem Anwesen an der Costa Brava wollte ich ohne Stress zurücklegen, denn so gut kannte ich die Gegend nicht. Dieser Landstrich gehört nicht zu den von mir favorisierten, die Küste ist wild und die Strände im Sommer überfüllt. Aber zu dieser Jahreszeit hielt sich der Tourismus in Grenzen, außerdem lag die Villa abseits aller Hotels auf einem felsigen Küstenstreifen. Als ich aus dem Taxi stieg, stürmte mir nicht nur der raue Wind aus den Pyrenäen, sondern auch Eulalia, die Haushälterin, entgegen. Sie ist um die sechzig und hat aus irgendeinem Grund den Narren an mir gefressen, dementsprechend überschwänglich begrüßte sie mich, bevor sie dem Taxifahrer half, meine Koffer ins Haus zu tragen. Juan hatte sie über unsere Ankunft in Kenntnis gesetzt und Eulalia freute sich sichtlich über die Abwechslung. Da ihr Englisch ungefähr meinem Spanisch entspricht, konnte ich problemlos ihre Fragen beantworten, wann die anderen Gäste eintreffen würden und vor allem, wo Juan sei. Er war ihr am liebsten von allen de Silvas und sie kannte ihn seit der Kindheit, nur hatte sie ihn schon lange nicht mehr gesehen.

Während sie mir begeistert berichtete, dass sie ein hinreißendes Foto von mir in einem Magazin gesehen hätte, führte sie mich in unser Zimmer auf der ersten Etage der Villa. Es hat einen kleinen Balkon, mit einem grandiosen Blick auf das Meer. Nur der Park ringsum und die vom Wind stark gebeutelten Pinien auf den Felsen, deren

Wurzeln sich tief in den Felsspalten festklammern mussten, verdeckten teilweise die Sicht auf die Bucht. Dort lag im Sommer das Motorboot meiner Schwiegereltern vor Anker, eine große, dunkelblaue Jacht, die ich einmal als modernes Piratenschiff bezeichnete, worauf ich missbilligende Blicke erntete. Daher wunderte es mich, später am Tag eine viel kleinere, weiße Motorjacht zu sehen, die wie eine Nussschale auf dem aufgewühlten Meer hin und her schaukelte. Ich wollte Eulalia fragen, wem das Boot gehört, kam aber nicht mehr dazu, denn als ich nach unten gehen wollte, fuhr ein Taxi vor und Rachel stieg aus. Mir wäre es lieber gewesen, sie wäre als Letzte angekommen, doch ich tröstete mich, dass ich nicht lange mit ihr alleine sein würde, denn außer Sabrina und Juan erwartete ich noch Julian, Robert und Tobias an diesem Tag. Meine Stimmung war seit meiner Ankunft, dank Eulalia, ausgezeichnet und ich wusste, dass sie sich um Rachel kümmern würde. Also konnte ich mir Zeit lassen und noch einen Joint drehen. Gras hat immer eine entspannende Wirkung auf mich, es verbessert meine Gemütslage. Trotzdem hielt ich, nach meiner Ansicht, meinen Marihuana Konsum in Grenzen, da bei Dauergebrauch das Kurzzeitgedächtnis nachlassen soll. Fatal für eine Schauspielerin, die Texte lernen und behalten muss. Aber derzeit gab es nichts einzustudieren, doch das deprimierte mich nicht im Geringsten, nein, ich fühlte mich vollkommen entspannt, als ich später den Salon betrat.

»Du konntest es wohl nicht abwarten, wieder Unruhe zu stiften«, begrüßte ich Rachel und hielt ihr meine Wange hin. Sie berührte sie leicht mit ihrer und erwiderte: »Ich freue mich auch, dich zu sehen. Wo sind die anderen?«

Ich gab darauf keine Antwort, stattdessen sagte ich: »Ich erwarte von dir, dass du dich zurückhältst, was meine Brüder betrifft.«

»Um mir das zu sagen, hast du mich eingeladen?«

»Wenn es nach mir gegangen wäre, hättest du nicht kommen müssen.«

»Rebecca, das kann ich nicht glauben. Eine Feier ohne mich? Wo doch schon Hazel verhindert ist? Außerdem habe ich dir rein gar nichts getan.« Rachel machte eine Pause, dann fuhr sie fort: »Es war also Juans Idee. Warum wohl?«

»Das frage ich mich auch.«

»Das solltest du tatsächlich«, erwiderte Rachel mit einem süßlichen Lächeln.

Ich weiß nicht, was meine Brüder an ihr finden. Sie ist eine kleine, recht hübsche Person, aber für meine Begriffe eine unscheinbare Maus. Doch sie versteht es, bei den Männern Beschützerinstinkte hervorzurufen. So war das immer schon gewesen und dabei übersahen sie ihre hinterhältige Art. Da sie nach dem Tod ihrer Mutter bei uns lebte, kannte ich sie besser als mir lieb war. Besonders in den letzten Jahren hätte ich gerne auf ihre Gegenwart verzichtet, aber wir waren offensichtlich seit Jahren schon zu einer verhängnisvollen Einheit verflochten.

Eulalia servierte mir gerade ein Glas Rioja und Rachel ein Aqua Minerale con Gas, als das nächste Auto vorfuhr.

»Wo steckt eigentlich dein Mann? Oder habt ihr euch auch getrennt?«

»Hättest du wohl gerne, ich muss dich jedoch enttäuschen, falls du es jetzt auf Juan abgesehen hast.«

»Eine Ehe ist kein Hinderungsgrund, wie dir bestimmt bekannt ist«, meinte Rachel und zwinkerte mir zu.

Hätte ich nicht vorher Gras geraucht, dann wäre mein Rotwein in ihrem Gesicht gelandet, aber so nahm ich ihre Bemerkung mit einem Schulterzucken hin. »Du wirst dich noch wundern, was dir das bringt. Ich werde jedenfalls alles tun, dass Sabrina und Julian wieder zusammenkommen.«

In diesem Moment betrat Tobias gefolgt von Robert den Raum. »Wer kommt wieder zusammen? Rebecca du siehst blendend aus, hat dir das heute schon jemand gesagt?«, rief Tobias und stürmte auf mich zu.

Robert war, als er Rachel erblickte, wie versteinert auf der Schwelle stehen geblieben. Mir zugewandt sagte er: »Wer hat sich denn das ausgedacht?«

»Damit meinst du wahrscheinlich mich«, antwortete Rachel. »Wie ich höre, war es Juans Idee, aber ich finde es gut, dass wir uns auf neutralem Boden wiedersehen, denn ans Telefon gehst du ja nicht mehr, wenn ich anrufe. Robert, jetzt habe ich wenigstens die Gelegenheit dir zu sagen, dass mir das alles unendlich leidtut. Ich wollte dich ein wenig eifersüchtig machen, glaub mir, das war nichts Ernstes mit Julian, jedenfalls nicht so, wie bei uns. Ich weiß, und du weißt es auch, dass wir zusammengehören.«

Was Rachel vor uns allen so unverhohlen eingestand und kundtat, überraschte nicht nur Robert. Es war auf einmal völlige Stille eingetreten. Ich konnte sehen, wie mein Bruder zwischen Ablehnung und Dahinschmelzen schwankte. Er ist ein Traumtänzer, der sich in der Theaterwelt am wohlsten fühlt und ich bin überzeugt, wäre er in einem englischen Internat aufgewachsen, er würde ein schwules Leben führen und nicht versuchen, irgendwo dazwischen einen Platz zu finden. Früher hatte ich sogar den Verdacht, er und Tobias hätten etwas miteinander. Jedenfalls passte Rachel seit Jahren gut in sein Konzept, sie war seine Alibifrau, daher konnte er ihr auch jeden Fehltritt verzeihen, denn im Grunde seines Herzens war sie ihm egal. Allerdings hoffte ich, er würde es ihr nicht zu einfach machen, denn dass er sich mit ihr versöhnen würde, stand für mich außer Frage.

»Wir können später darüber reden«, sagte er zu Rachel, dann wandte er sich an mich. »Tobi hat recht, du siehst betörend aus, kein Tag älter als achtundzwanzig.«

Es machte Rachel nichts aus, links liegen gelassen zu werden, sie stand ohnehin nie im Mittelpunkt. Das war ihr Vorteil, denn wenn man sie wieder bemerkte, hatten besonders die Männer Schuldgefühle, sie nicht beachtet zu haben und schenkten ihr dann die größte Aufmerksamkeit, die nicht selten im Bett endete. Für mich als Unbeteiligte, war dieser Ablauf immer interessant zu beobachten, speziell, wenn Fremde involviert waren, doch bei meinem Bruder Julian hatte ich die Entwicklung nur ungern verfolgt.

»Wann kommt Julian? Und wo ist Juan?«

»Unser Bruder sollte jeden Moment eintreffen und mein Mann hatte dringende Geschäfte zu erledigen«, sagte ich ganz stolz. Ich wusste, dass alle darüber lästerten, dass Juans Rolle nur darin bestand, mich zu verwöhnen und zu begleiten. Doch statt Anerkennung kam die Frage: »Habt ihr finanzielle Probleme?«

»Nicht, dass ich wüsste. Warum?«

»Naja, du hast doch den Vorschlag an Weihnachten gemacht, Bradshaw Mansion zu verkaufen.«

»Ich bin der Meinung, das Anwesen ist zu kostenaufwendig, wir sollten ernsthaft darüber nachdenken, den Landsitz loszuwerden. Aber du kennst ja Julian, er ist wie Juan, der trennt sich auch nicht gerne von Immobilien.«

»Eure Sorgen möchte ich haben«, meinte Tobias. Er stand mitten im Raum und schaute sich um. Erst als er das Geräusch eines Motors vernahm, ging er an die Verandatür. »Ich glaube, da kommt Julian.«

Rachel saß ruhig, fast unbeteiligt in ihrem Sessel und harrte der Dinge, die da kamen. Und ich war gespannt, wie mein Bruder auf seine Exaffäre reagieren würde. Wir brauchten nicht lange zu warten.

»Hallo alle zusammen, ich freu mich....«, sagte Julian, als er den Salon betrat, dann blieb sein Blick an Rachel haften und die Worte in seinem Hals stecken. Seine Miene verfinsterte sich und Falten bildeten sich auf seiner Stirn. Das alles passierte innerhalb von wenigen Sekunden, daraufhin wanderten seine Augen zu mir, seine Stirn glättete sich, ein Lächeln kam in sein Gesicht und er fuhr fort: ».... Euch zu sehen, wo ist Juanito?«

Juan hasste es so genannt zu werden, daher traute sich Julian auch nur, ihn in seiner Abwesenheit so zu nennen.

»Er besorgt sich gerade eine Pistole um dich zu erschießen, wenn du ihn noch einmal so nennst. Komm her großer Bruder, lass dich drücken.«

Julian kam langsam auf mich zu, nahm mich in den Arm und flüsterte mir ins Ohr: »Keine gute Idee Rachel einzuladen, gar nicht gut.«

Als ich mich aus der Umarmung gelöst hatte, sagte ich in die Runde: »So, für heute sind wir vollständig, wenn ihr nichts dagegen habt, dann kann Eulalia die Paella servieren, ich sterbe vor Hunger.«

*

Es war spät, als wir uns auf unsere Zimmer zurückzogen. Die Jugendstilvilla war ein imposantes Gebäude mit unzähligen Gästezimmern, alle sehr komfortabel eingerichtet. Tobias und Rachel waren zum ersten Mal hier zu Besuch und daher beeindruckt von dem Ambiente. Ich weiß zwar nicht, was sie erwartet hatten, aber offensichtlich hatten sie sich ein spanisches Haus anders vorgestellt. Ich lege auf solche Dinge wenig Wert, im Gegensatz zu Sabrina, die jedes Haus, in das sie kommt, bis ins Kleinste inspizieren muss. Bei ihrem ersten Aufenthalt in der Villa, und der liegt bereits etliche Jahre zurück, ging sie stundenlang auf Entdeckungsreise und fotografierte alles. Speziell der Garten hatte es ihr angetan, während ich genauso lange im Wintergarten lag und Texte lernte. Ich freute mich schon auf ihre Ankunft am nächsten Tag, denn wir hatten seit Weihnachten nur wenig miteinander telefoniert. Von ihr wanderten meine Gedanken zu Juan. Ich wunderte mich, wieso er nicht anrief, er hätte sich wenigstens erkundigen können, ob wir mit allem zurechtkamen. Ohne Eulalia wäre das auch nicht möglich gewesen und ich hoffte, dass sie nicht vergessen hatte, das große schmiedeeiserne Tor für die Nacht abzuschließen.

Ich wollte gerade zu Bett gehen, als ich ungewöhnliche Geräusche im Park vernahm, denn der Wind hatte sich gegen Abend gelegt und außer dem Zirpen der Zikaden herrschte Stille, nicht einmal die Brandung war zu hören. Im Schlafanzug öffnete ich die Balkontür. Von dem Wortwechsel, wie im Streit, konnte ich nichts verstehen, auch nicht, in welcher Sprache gesprochen wurde. Die beiden heftig gestikulierenden Gestalten sah ich nur schemenhaft. Die Beleuchtung rechts und links der Auffahrt zum Haus war bereits ausgeschaltet und im Mondschein war es unmöglich zu erkennen, wer sich dort zu später Stunde traf. Jedenfalls hätte es jeder aus dem Haus sein können, ich allerdings tippte auf Julian und Rachel, aber auch nur weil ich annahm, dass sie einen Grund für eine Auseinandersetzung hatten. Dann trennten sich die beiden Figuren, die eine entfernte sich Richtung Meer, die andere verschwand seitlich unter den Bäumen. Mein Blick wanderte zur Bucht, die im schwachen Mondlicht sehr geheimnisvoll aussah. Das Boot schaukelte immer noch auf dem Wasser, nur ein erleuchtetes Kabinenfenster ließ eine Besatzung vermuten. Aber das interessierte mich wenig, meine Befürchtung war, dass Eulalia vergessen hatte, das Tor abzuschließen.

In dieser einsamen Gegend gab es offensichtlich einen Grund, warum das ganze Anwesen mit Tor und einer hohen Steinmauer abgesichert war, daher zog ich meinen Hausmantel über und machte mich auf den Weg nach unten. Ich hatte vorher etwas geraucht, sonst hätte ich mir vor Angst in die Hose gemacht, immerhin befand ich mich auf mehr oder weniger unbekanntem Terrain. Doch es gab weder eine Hemmschwelle, die mich zurückhielt, noch war mir eine Gefahr bewusst. Außerdem fühlte ich mich als Gastgeberin, solange Juan nicht da war, für die Sicherheit meiner Gäste und das Anwesen verantwortlich. Natürlich hätte ich auch Eulalia rufen können, doch ich genoss meine Rolle, ich wollte selbst nach dem Rechten sehen. Ich trat hinaus in die kühle Nachtluft und schon nach wenigen Metern spürte ich, wie die Kälte langsam über meinen Körper kroch. Der Weg bis zur Asphaltstraße zwischen den Klippen und dem Anwesen erschien mir auf einmal extrem weit, daher war ich froh, als ich aus der Ferne sah, dass das Tor nicht offenstand. Frierend drehte ich mich um. In diesem Moment fiel mein Blick auf eine dunkle Gestalt, die regungslos unter den Bäumen stand und mich beobachtete. In meiner Panik wollte ich davonlaufen, doch ich war nicht dazu in der Lage. Plötzlich war mir heiß, mein Herz pochte so laut, dass ich nur mit Mühe die Worte wahrnahm: »Was machst du denn hier draußen in diesem Aufzug?« Es war die Stimme von Tobias. Trotz der Erleichterung war ich verärgert, sowohl über mich als auch über ihn, und entgegnete aufgebracht: »Sag mal, bist du verrückt? Was soll das, willst du mich zu Tode erschrecken? Und was machst du hier?«

Mittlerweile war Tobias nähergekommen, er schaute mich verunsichert an. »Ich wollte noch einen Spaziergang machen, oder ist das nicht erlaubt?«

»Hast du dich vorher mit jemandem gestritten?«

»Wie kommst du darauf? Nein, natürlich nicht, oder siehst du außer mir noch jemand hier?«

»Ich hab auch nicht *jetzt* gesagt, sondern *vorher*, vor etwa zehn Minuten.«

»Nein, warum?«

»Ich habe vom Balkon zwei Gestalten gesehen, die sich gestritten haben und jetzt bist nur du da, also wo ist die andere Person und wer war das?«

»Rebecca, du kiffst zu viel. Das hast du dir bestimmt nur eingebildet. Komm lass uns zurück zum Haus gehen. Dir ist kalt, du zitterst ja.«

Tobias legte seinen Arm um meine Schulter, mit einem leichten Druck schob er mich voran, dem Haus entgegen. »Ich habe allerdings auch Stimmen gehört, aber niemanden gesehen. Das war wahrscheinlich jemand vom Personal oder so, also mach dir keine Sorgen, du kannst beruhigt schlafen, hier ist nichts.«

Am nächsten Morgen schien die Sonne in mein Zimmer. Das Licht war zu grell für meine Augen, außerdem dröhnte mein Kopf. Es dauerte eine Weile, bis ich mich erinnerte, wo ich mich befand. Tobias hatte recht, ich sollte nicht so viel kiffen und Alkohol dazu trinken, vielleicht war das der Grund, weswegen Rachel ständig Wasser trank. Sie will wohl in unserer Gegenwart immer einen klaren Kopf bewahren, kam mir in den Sinn. Langsam machte ich mich im Bad fertig, trug etwas Make-up auf und band mir die Haare zusammen. Für meine Begriffe sah ich trotz der Kopfschmerzen ganz passable aus, und als ich endlich den Salon betrat, wirkte bereits das Aspirin. Nur Julian und Robert waren anwesend, doch auch Tobias und Rachel ließen nicht lange auf sich warten.

Es war eine Angewohnheit der de Silvas, im Wintergarten zu frühstücken, dort hatte Eulalia auch für uns den Tisch gedeckt. Und als sich Rachel neben Julian setzen wollte, verfinsterte sich sein Gesicht. »Warum bist du eigentlich hier? Ein bisschen Abstand wäre angemessen gewesen, findest du nicht auch?«

»Julian, jetzt mach mal keinen Zwergenaufstand, ich bin nicht deinetwegen hier. Zwischen uns ist doch alles geklärt, also was soll das.«

»Und wegen wem bist du hier? Wegen Robert vielleicht, ich glaube der kann ganz gut auf dich verzichten.«

Unerwartet kam Robert Rachel zur Hilfe. »Auf wen ich verzichten kann, musst du schon mir überlassen.« Und an Rachel gewandt fügte er hinzu: »Du hast recht, es gibt noch einiges, worüber wir sprechen sollten, nur deswegen hättest du nicht an die Costa Brava kommen müssen.«

»Juan wollte es aber so, ich bin auf seine Einladung hin gekommen, nur zu eurer Information«, entgegnete sie patzig.

Daraufhin schaltete ich mich ein: »Es stimmt, er dachte, jetzt weiß ich nicht mehr genau was, jedenfalls meinte er, es sei gut, wenn sie käme.«

»Gut für wen und was? Um schlechte Stimmung aufkommen zu lassen?«, fragte Julian.

»Jetzt krieg dich mal wieder ein, an eurer Affäre ist nicht nur Rachel schuld«, meinte ich.

»Es geht gar nicht um unsere Affäre, es geht um was ganz anderes. Sie weiß genau, was ich meine,« entgegnete Julian und fuhr hämisch fort, »wie hast du Juan dazu gebracht, hast du ihm vielleicht auch einen kleinen Dienst erwiesen?«

»Gar nichts habe ich, wir haben uns zufällig auf dem Flug von Kolumbien nach London getroffen.«

»Kolumbien? Wie kommst du nach Kolumbien?« Ich war total verwirrt. Natürlich wusste ich wie Rachel dorthin kam, sie war Flugbegleiterin, aber was machte Juan in einem Flugzeug von oder nach Südamerika und warum wusste ich nichts davon.

Rachel hielt kurz inne, dann sagte sie: »Hab ich Kolumbien gesagt? Tut mir leid, ich habe mich versprochen, ich meinte British Columbia, Kanada.«

Das machte für mich ebenso wenig Sinn, was sollte Juan dort wollen? Meines Wissens wurde er des Öfteren von seinem Vater nach Cádiz beordert, aber von Kanada hatte ich keine Ahnung und auch Rachel wusste, dass ich keinen blassen Schimmer hatte, das sagte mir ihr Blick.

»Dass ihr euch im Flugzeug getroffen habt, ist kein Grund hierher zu kommen. Nach allem, was passiert ist, hättest du absagen sollen«, meinte Julian tadelnd.

Er konnte ein überhebliches Arschloch sein und eine seiner Eigenarten war, nicht aufzugeben und sich an einem Thema festzubeißen, wie ein Geier an seinem Aas.

»Stop it, es ist genug! Ich will jetzt nichts mehr darüber hören, verstanden? Wenn es dir nicht gefällt, wen Juan einlädt, packst du besser deine Koffer und reist ab.« Ich hatte trotz aller Zweifel an meinem Mann das unwiderstehliche Bedürfnis, ihn in Schutz zu nehmen. Mein Ausbruch überraschte jeden am Tisch, aber am meisten Julian. So kannte er mich nicht, ich war für ihn die kleine Schwester, die andauernd kiffte und nur an sich und ihre Karriere dachte. In dieser Rolle fühlte ich mich auch am Wohlsten, die habe ich mein ganzes Leben gespielt, ohne großen Applaus, aber auch ohne nennenswerte Kritik.

Für geraume Zeit herrschte Stille am Tisch und bei mir stellte sich so etwas wie ein Erfolgserlebnis ein, mein ältester Bruder, der immer alles bestimmte und den Ton angab, hielt seinen Mund. Ich genoss den Moment und schaute nach draußen in den Park. Zum ersten Mal an diesem Morgen nahm ich die Schönheit des Gartens wahr. Ein Baum mit großen, weißen Blüten fiel mir auf, ich wür-

de Sabrina nach seinem Namen fragen, sie wusste so etwas. In die Stille bemerkte ich: »Übrigens, Sabrina landet
um zwölf, jemand von euch sollte sie am Flughafen Girona
abholen.«

Tobias sah sofort die Möglichkeit zur Flucht und ergriff sie. Er war die Memme unter uns, ging gerne allen
Problemen aus dem Weg, daher war die Fahrt zum Flughafen genau das Richtige für ihn.

Etwas später hörte ich zum zweiten Mal: »Keine gute
Idee Sabrina einzuladen, gar nicht gut.« Julian war mir in
den Salon gefolgt und stellte sich breitbeinig vor mich.

»Das nächste Mal werden wir dich fragen, wen wir
einladen dürfen und wen nicht«, entgegnete ich.

»Rebecca, was soll das werden? Familienzusammen-
führung oder eine Problembewältigungstherapie? Wenn
ich das geahnt hätte, dann wäre ich nicht gekommen.«

»Mein lieber Julian, wir sind nicht deinetwegen hier.
Falls du es vergessen hast, morgen ist mein Geburtstag
und Sabrina ist nicht nur deine Frau, sie ist auch meine
beste Freundin. Und was Rachel betrifft, das war wirklich
Juans Idee, ich hätte gut auf sie verzichten können.«

»Wo steckt er überhaupt?«

»Keine Ahnung. Er hat nicht einmal angerufen, aber
er wird heute noch kommen, hat er mir gestern versprochen.«

Durch das Fenster konnte ich Robert und Rachel beobachten. Sie spazierten auf dem Rasen unter dem blü-
henden Baum auf und ab. Robert gestikulierte aufgebracht, während Rachel mit gesenktem Blick neben ihm
ging. Dann blieben sie stehen und Rachel legte ihre Hände
auf Roberts Arm. Er versuchte halbherzig sie abzuschüt-
teln, aber ohne Erfolg. Bald würde Rachel ihn küssen und
er würde es zulassen, später würde er glauben, dass er alles

im Griff gehabt hätte, und es wäre seine Entscheidung gewesen, ihr nach intensiven Überlegungen zu verzeihen.

Julian hatte wie ich die Szene im Park eine Weile kopfschüttelnd verfolgt und sich dann zurückgezogen. Was sich dort abgespielt hatte, tangierte ihn wohl weniger als die bevorstehende Ankunft seiner Frau. Da er nichts an der Situation ändern konnte, würde er Sabrina so gut wie möglich aus dem Weg gehen, aber das war mir egal.

Robert und Rachel verkündeten, nachdem sie sich versöhnt hatten, sie würden einen Ausflug nach Tossa de Mar machen, da Rachel zum ersten Mal in dieser Gegend war und etwas mehr als nur das Meer vor ihrer Nase sehen wollte. Der kleine Touristenort, mit der mittelalterlichen Stadtmauer und einer romanischen Klosterruine lag irgendwo im Binnenland, wo wahrscheinlich der Wind weniger stark als in unserer Bucht blies. Darunter litten auch die windgebeutelten, recht kleinwüchsigen Pinien am Küstenrand, sie strebten allesamt in die südöstliche Richtung, weil der aus dem Nordwesten kommende Pyrenäenwind ihnen die Möglichkeit genommen hatte, aufrecht in die Höhe zu wachsen.

Ich hatte mich derweil in den sonnigen, windgeschützten Wintergarten zurückgezogen und nahm mit Wohlgefallen meine Umgebung wahr, der ich vorher wenig Beachtung geschenkt hatte. Zum ersten Mal seit langer Zeit war ich nicht nur mit mir beschäftigt. London mitsamt seinen Theatern war weit entfernt und keine Irritation in Sicht. Juan wird sich freuen, mich in dieser Gemütsverfassung anzutreffen, dachte ich.

Aber dieser Zauber war nur von kurzer Dauer. Schon bald holten mich, mit der Ankunft von Sabrina, die Probleme wieder ein. Sie hatte von Tobias erfahren, dass auch Rachel anwesend war und darüber war sie keineswegs erfreut. Einer ihrer ersten Sätze lautete: »Rebecca, wie konntest du mir das nur antun? Ich würde am liebsten sofort zurückfliegen.«

»Meine Liebe, dann seid ihr schon zu zweit, dein Mann übrigens auch.«

Sabrina schaute mich erstaunt an, offensichtlich wusste sie nicht, dass die Affäre der beiden die Weihnachtsfeiertage nicht lange überlebt hatte. Nur allmählich beruhigte sich Sabrina und es folgte die obligatorische Frage: »Wo ist eigentlich Juan?«

Sie erhielt die gleiche Antwort wie alle anderen, allerdings drückte sie ihr Erstaunen über die wichtigen Geschäfte von Juan aus. Dann erzählte sie mir von ihrem neuen Singleleben, mit dem sie besser zurechtkäme, als sie angenommen hätte und deswegen auch nichts mehr daran ändern wolle.

»Vom biologischen Standpunkt waren Julian und ich länger zusammen, als es sinnvoll war. Wenn ich während dieser Zeit ein Kind bekommen hätte, wäre es im Interesse von uns gewesen auch nach drei Jahren sich darum zu kümmern, wenn aber kein Kind gezeugt wird, ist es nach drei Jahren an der Zeit, sich einen anderen Partner zu suchen.«

»Stimmt das? Aber willst du denn Kinder?« Ich war total perplex.

»Rebecca, das ist nur eine Theorie, weswegen der Sex und die Liebe nach drei Jahren nachlassen.«

»Wirklich? Dann sucht sich Juan bestimmt gerade eine Frau, mit der er sich fortpflanzen kann«, sagte ich leichthin. Es sollte ein Witz sein, aber die Idee war nicht so absurd. Juan war sehr kinderlieb und ich hatte, genau wie Sabrina, immer nur an meine Karriere gedacht. Sie ist eine gefragte Innenarchitektin und führt ein selbstbestimmtes Leben, jedenfalls seit sie sich nicht mehr auf die Macken meines Bruders einstellen muss. Deswegen konnte ich ihre

Entscheidung gut verstehen, auch wenn ich es lieber anders gesehen hätte. So aber blieb mir nichts anderes übrig, meinen Plan, beide wieder zusammenzubringen, als wenig erfolgreich einzustufen.

Wie Julian wollte auch Sabrina ein Zusammentreffen so lange wie möglich hinauszögern, deshalb schlug sie mir, nachdem sie sich frisch gemacht und umgezogen hatte, einen Spaziergang auf den Klippen vor. Meine Schwägerin kannte nicht nur das Anwesen der de Silvas sehr gut, auch die nähere Umgebung war ihr bestens bekannt, daher hatte sie ein bestimmtes Ziel im Auge. Als sie sich einhakte, meinte sie: »Du wirst sehen, der Platz ist absolut windgeschützt und in der Sonne bekommen wir vielleicht ein bisschen Farbe. In Berlin waren die letzten Tage ein Horror, sag ich dir, nur Regen und Schneegestöber.«

Auf dem Weg durch den Park fragte ich sie dann nach dem Baum mit den wunderschönen Blüten und erfuhr, dass es sich dabei um eine Magnolie handele. Sabrina war ein wandelndes Gartenlexikon. Sie konnte mir so ziemlich alle Pflanzen aufzählen, die sich auf dem Anwesen befanden, darunter Rhododendron, Azaleen, Hyazinthen, Zypressen und Palmen, doch vor allem Pinien, von denen die meisten außerhalb der hohen Steinmauer wuchsen. Ich habe Sabrina immer schon bewundert, nicht nur wegen ihres Wissens. Sie ist in meinen Augen eine wirkliche Lady. Eine elegante Erscheinung, freundlich zurückhaltend, mittelblonde, durch die Sonne gesträhnte lange Haare, fein geschnittene Gesichtszüge und sie ist äußerst beliebt, bedauernswerterweise derzeit nicht bei meinem Bruder, aber vor allem ist sie meine beste Freundin. In der Glimmerwelt, in der ich mich bewege, gibt es keine Freundschaften, dort ist sich jeder der Nächste. Früher war ich oft eifersüchtig, weil sie Hazel ebenfalls sehr mochte und zwischen uns keinen Unterschied machen wollte. Allerdings änderte sich das, nachdem Hazel als Klatschreporterin sämtliche Grenzen des guten Geschmacks überschritten hatte. Das wurde ihr dann auch zum Verhängnis, doch Sabrina beharrte auf ihrem Verdacht, den sie nur mir am Tag ihrer Abreise mitteilte, dass jemand von uns Hazel auf dem Gewissen hat, was meiner Ansicht nach völliger Schwachsinn ist.

»Weiß du, dass ich neben Cornwall diese Küste am meisten liebe?«, sagte Sabrina.

Fasziniert von dem Anblick, blieb sie am Rand der Klippen stehen. Zwangsläufig musste ich ebenfalls stehen bleiben, da ich mich an ihr festgehalten hatte, um nicht bei einem Fehltritt in eine Felsspalte zu stürzen. Meine Begeisterung hielt sich allerdings in Grenzen, statt meinen Blick über die wilde Küste streifen zu lassen, schaute ich aufs Meer und stellte fest, dass das weiße Boot seinen Ankerplatz in der Bucht verlassen hatte. Sabrina hatte jedoch etwas anderes entdeckt, sie zeigte in die Ferne unter uns und sagte: »Schau mal, was dort unten liegt. Sieht wie ein Bündel Kleider aus. Komm, lass uns mal nachschauen.«

Nun ja, alte Kleider, die in der Landschaft liegen, waren noch nie interessant für mich, daher folgte ich ihr nur widerwillig. Aus Angst abzustürzen waren unsere Blicke auf den zerklüfteten Untergrund gerichtet, sodass Sabrina erst wenige Meter vor dem Fundort bemerkte, dass auf dem tiefer gelegenen Felsvorsprung ein menschlicher Körper lag. Sie drehte sich sofort zu mir um und verdeckte mir die Sicht, denn sie kannte meine hysterischen Ausbrüche, wenn ich mit etwas Unangenehmen konfrontiert werde. In solchen Situationen habe ich das Gefühl, mir bleibt die Luft weg und um das zu verhindern, schreie ich los, danach geht es mir normalerweise besser. Doch dazu kam es nicht, denn Sabrina befahl mir: »Geh zurück und rufe die Polizei und einen Krankenwagen. Und schau dich nicht um, verstehst du! Hier liegt jemand der Hilfe braucht.«

Ich bin zwar daran gewöhnt Regieanweisungen zu befolgen, aber privat lehne ich es ab, herumkommandiert zu

werden. Daher meinte ich, wir sollten zuerst mal nachschauen, ob wir helfen könnten oder vielleicht, schliefe
diese Person nur und wäre gar nicht verletzt.

»Glaub mir, so liegt niemand der schläft, außer für die
Ewigkeit.«

Ich lehnte mich zur Seite und schaute an Sabrina vorbei, dann sah ich die verdrehte Haltung, die blutverschmierte Hand, und auf einmal kam mir alles bekannt
vor. Der Siegelring am Finger, die Uhr am Handgelenk, der
Anzug, die Schuhe, danach verlor ich das Bewusstsein.

*

»Warum musstest du Rebecca an diesen gottver-
dammten Ort bringen?«, hörte ich Julian vorwurfsvoll
sagen, als ich wieder zu mir kam.

Sofort erinnerte ich mich und mir wurde klar, es war
kein Traum gewesen. Ich hielt meine Augen geschlossen,
um die Realität im Dunkeln zu lassen. Doch das Bild, das
ich gesehen hatte, tauchte in aller Deutlichkeit erneut auf.
Schlafen wäre gut und erst aufwachen, wenn das Vergessen
die Erinnerung ausgelöscht hat. Doch das war nicht möglich, denn Sabrina antwortete in einem sarkastischen Tonfall: »Weil ich nicht wusste, was uns dort erwartet. Ihr hättet mir ja vorher sagen können, dass Juan dort entsorgt
wurde.«

Ich hatte mich also nicht getäuscht, es war mein
Mann, der in den Klippen lag, jetzt nur noch ein Bündel
menschlicher Überreste. Ich wolle schreien, aber meine
Kehle war wie zugeschnürt und langsam liefen mir Tränen
über die Wangen.

»Was soll das, willst du etwa sagen, wir hätten etwas damit zu tun? Sag mal, bist du übergeschnappt und warum bist du eigentlich hier? You are just a pain in the neck.«

Es war so viel Hass in Julians Stimme, dass ich unwillkürlich meine Augen öffnete. Die beiden standen sich dicht gegenüber und ich hatte die Befürchtung, mein Bruder könnte die Beherrschung verlieren. Sabrina dachte wohl das Gleiche. Sie machte einen Schritt zurück, drehte sich um und schaute mir in die Augen. Ihre Züge wurden augenblicklich weicher, sie beugte sich zu mir hinunter und strich mir zärtlich über die Haare. »Es tut mir so leid, Süße.« Mehr sagte sie nicht, dabei füllten sich ihre Augen mit Tränen und zusammen heulten wir, bis ich keine Tränen mehr hatte. Erst dann fragte ich: »Wie konnte das nur passieren, ist er gestürzt?«

»Wir wissen auch nicht mehr als du. Die Polizei und die Spurensicherung sind noch in den Klippen bei Juan, sie wollen später kommen und alle befragen. Geht es dir besser, kannst du aufstehen, oder soll ich ihnen sagen, dass sie morgen kommen sollen?«

Ich schüttelte den Kopf. Mir war es ganz recht, mit dem Kommissar zu sprechen und so viel wie möglich in Erfahrung zu bringen. Es gab so viele Fragen, wann war es passiert, wie war es passiert und warum war es passiert. Es konnte nur ein Unfall gewesen sein, so viel stand für mich fest, ich brauchte nur noch den Bericht der Polizei, der das bestätigte. Allerdings würde diese Bestätigung Juan auch nicht wieder lebendig machen. Ohne ihn war ich verloren und wieder liefen mir die Tränen über das Gesicht.

»Eulalia hat Juans Familie benachrichtigt. Carlos hat sich sofort auf den Weg gemacht, er wird in ungefähr zwei Stunden eintreffen.«

In mir sträubte sich alles. Carlos war der Letzte, den ich in diesem Moment sehen wollte. Juan hatte nie ein gutes Verhältnis zu seinem Bruder und jetzt sollte er derjenige sein, der sich um ihn kümmert. Aber Carlos war der ältere und kümmerte sich schon seit Jahren um alles, jedenfalls was die de Silvas und ihre Geschäfte betraf. Mir war bewusst, dass ich den Lauf der Dinge nicht aufhalten konnte, außerdem war ich kaum in der Lage einen klaren Gedanken zu fassen. Resignierend schloss ich wieder die Augen, bis der Comisario eintraf. Zu unserer Überraschung sprach er fließend englisch und deutsch. Er stellte sich als Kommissar Valero vor und drückte sein Beileid aus. Nachdem er Platz genommen hatte, wollte er von Julian wissen, wer die Leiche gefunden hatte, offensichtlich hatte er die Rangordnung unter uns sofort erkannt.

»Meine Schwester Rebecca de Silva und meine Frau. Sie waren auf einem Spaziergang an der Küste«, antwortete Julian. Er nahm es als ganz selbstverständlich hin, dass die Frage an ihn gerichtet war.

Der Kommissar wandte sich dann an mich: »Können Sie mir sagen, was Ihr Mann dort wollte? Er war nicht für einen Spaziergang in den Klippen gekleidet.«

»Ich weiß es nicht. Er sollte eigentlich gar nicht hier sein«, antwortete ich und fing wieder zu heulen an.

»Wie meinen Sie das?«

»Ich habe ihn erst heute gegen Abend erwartet.«

»Aber nach der vorläufigen Einschätzung des Gerichtsmediziners lag die Leiche die ganze Nacht in den Klippen, er muss also schon gestern Abend hier gewesen sein. Wann sind Sie angekommen? Und wer wohnt sonst noch im Haus?«

Ich war froh, dass Julian wieder das Wort ergriff, und wie zur Untermauerung seiner Angaben, erschienen Robert und Rachel im Wintergarten. Fragend blickten sie in die Runde und erhielten von dem Kommissar eine knappe Erklärung. Nur dass es ein Unfall war, wollte er nicht bestätigen.

»Wir haben Anlass zur Vermutung, dass Señor de Silva gewaltsam zu Tode kam. Es gibt Anzeichen, die auf einen Kampf hinweisen, aber Genaueres können wir erst nach der Obduktion sagen. Gab es einen Streit oder wissen Sie, ob Señor de Silva Feinde hatte.«

Ich war bereit dem zu widersprechen, aber Julian antwortete an meiner Stelle. »Wie meine Schwester schon sagte, wir wussten gar nicht, dass Juan hier ist. Jedenfalls war er seit unserer Ankunft nicht in diesem Haus, niemand von uns hat ihn gesehen. Und über Feinde wissen wir nichts.«

»Können Sie das bestätigen?«

Dieses Mal war die Frage direkt an mich gerichtet. Ich nickte.

»Wann haben Sie Ihren Mann zuletzt gesehen?«

»In London, vor meiner Abreise.«

»Warum sind Sie nicht zusammen verreist?«

Ich erklärte dem Kommissar, dass Juan einen geschäftlichen Termin hatte, den er nicht verschieben konnte. »Er wollte heute nachkommen.«

»Wissen Sie, mit wem er sich treffen wollte und was für Geschäfte das waren?«

»Tut mir leid, ich habe keine Ahnung. Wieso ist das wichtig? Er ist doch nicht in England gestorben.«

»Alles und jeder Kontakt ist von Bedeutung, auch ob er sich anders als sonst verhalten hat. War er nervös oder bekam er bedrohliche Anrufe? Wenn Ihnen also etwas aufgefallen ist, dann sollten Sie es mir sagen.«

»Es war ungewöhnlich, dass er geschäftlich unterwegs war. Mein Mann geht sonst eigentlich keinen Geschäften nach, soweit ich weiß«, entgegnete ich und hatte den Eindruck, dass der Kommissar darüber nicht erstaunt war. Er nickte auf eine Art, als hätte er nichts anderes erwartet, offensichtlich war ihm die Familie de Silva ein Begriff.

»Haben Sie in der letzten Nacht etwas Ungewöhnliches gehört oder gesehen?«

»Ich habe Stimmen im Park gehört, aber das ist nicht ungewöhnlich, denn hier wohnt außer uns auch das Personal«, erwiderte ich.

»Und gesehen haben Sie nichts?«

»Zwei schemenhafte Figuren. Und als ich nach unten kam, sah ich Tobias, sonst niemanden. Aber mir ist tagsüber eine Motorjacht aufgefallen. Sie lag in der Bucht vor Anker und heute ist sie weg.«

Der Kommissar wollte von mir eine Beschreibung, doch alles, was mir dazu einfiel war, dass sie weiß und kleiner war, als die Jacht von Juans Eltern.

Dann wandte sich Kommissar Valero an Tobias, der mittlerweile aufgestanden war und mit gesenktem Blick seine Fingernägel inspizierte.

»Und was haben Sie in der Nacht im Park gemacht? Für einen Spaziergang war es doch schon sehr spät.«

»Ich wollte noch ein wenig frische Luft schnappen«, erwiderte Tobias und fügte schnell hinzu, «ich habe auch Stimmen gehört, aber niemanden gesehen. Ja und dann kam Rebecca und wir sind zusammen zum Haus zurückgegangen.«

»Und Sie?«, fragte der Kommissar in die Runde, »haben Sie etwas bemerkt?«

Als nur allgemeines Kopfschütteln kam, stand der Kommissar auf und verabschiedete sich, nicht ohne uns eindringlich zu bitten, ihm alles, was uns noch einfallen sollte, mitzuteilen, da jedes Detail wichtig sei. »Sie dürfen natürlich Spanien und diesen Ort vorerst nicht verlassen.

Ich werde noch einige Fragen an Sie haben, sobald uns die Todesursache bekannt ist, also halten Sie sich bitte zur Verfügung.«

*

»Kann mal jemand etwas zu trinken holen? Ein Ciento Tres würde mir gut tun«, meinte Sabrina. Es war eigentlich immer Robert, der sich dem Alkohol zuwandte, wenn die Situation unangenehm wurde, daher war er auch derjenige, der sofort aufstand, um Sabrinas Aufforderung nachzukommen. »Tja, wenn Hazel noch leben würde, dann würde sie jetzt sagen, *alle Jahre wieder bahnt sich ein neues Drama an.«*

Das waren Hazels Worte gewesen, nicht viel später war sie tot, ermordet. Und jetzt Juan, es erschien mir unvorstellbar, dass man ihn umgebracht haben soll. Ich bestand darauf: »Es muss ein Unfall gewesen sein. Wer hätte ihn töten sollen? Die Polizei muss sich geirrt haben.«

»Rebecca, in solchen Angelegenheiten irrt sich die Polizei nicht, die kennen die Fakten und Fakt ist, dass es einen Kampf gab. Und was hätte Juan auch alleine in den Klippen machen sollen? Er wäre doch zum Haus gekommen und nicht in der Nacht auf den Felsen spazieren gegangen.«

Ich schaute auf den Korbsessel, auf dem er immer saß, aber statt Juan hatte Rachel dort Platz genommen. »Steh sofort auf, du sitzt auf Juans Sessel«, fauchte ich.

Rachel erhob sich langsam. »Den braucht er jetzt aber nicht mehr«, erwiderte sie patzig und verließ den Wintergarten.

»Rebecca, ich versteh dich ja, aber Rachel kann nichts dafür«, bemerkte Robert, der mit Eulalia und einer Flasche

Cognac zurückgekommen war. Ich hasse Cognac und fragte Eulalia nach einem Glas Rotwein, dann änderte ich meine Meinung zu Weißwein, die Farbe Rot erinnerte mich an Blut und die blutverschmierte Hand von Juan, viel mehr hatte ich ja nicht von ihm gesehen. In dem vernunftfreien Zustand, in dem ich mich befand, kam mir plötzlich die Idee: »Vielleicht ist es ja gar nicht Juan, nur jemand der auch so einen Ring und eine Uhr hat.«

»Ich musste ihn identifizieren. Es war Juan, tut mir leid Rebecca«, sagte Sabrina und nahm meine Hand.

»Was muss er sich auch in Geschäfte einlassen, die offensichtlich eine Nummer zu groß für ihn waren«, sagte Julian, dabei schüttelte er den Kopf.

»Wer sagt das? Und was weißt du von seinen Geschäften?«

»Ich weiß gar nichts, aber was soll es sonst gewesen sein? Jedenfalls hatte er früher nie Geschäftstermine.«

»Das hört sich an, als wärst du bestens informiert.«

»Immerhin kümmere ich mich um eure Finanzen, also so ganz unwissend bin ich nicht, was das betrifft.«

Es stimmte, Julian war der Vermögensverwalter von mir und Robert, zwangsläufig wusste er auch von den monatlichen Zuwendungen von Juans Familie.

»Wo bleibt denn Carlos, er sollte eigentlich schon längst hier sein«, bemerkte Julian.

»Juan mochte ihn nicht.« Mehr fiel mir dazu nicht ein.

»Das spielt jetzt keine Rolle«, erwiderte Julian.

Natürlich war das unerheblich, aber ich würde Carlos nicht mit offenen Armen empfangen, das war ich meinem Mann schuldig.

Der Wintergarten war sonnendurchflutet und puristisch schön, modern eingerichtet stand er im krassen Gegensatz zu dem ornamentalen Jugendstil in den übrigen Räumen. Die komfortablen Korbsessel hatten weiße Bezüge über den Polstern. Es gab ein im Boden eingelassenes, quadratisches Wasserbecken, auf dem das grüne Blätterwerk der weißen und roséfarbenen Wasserlilien, wie ein Teppich, fast die gesamte Fläche bedeckte. In der Ecke reichten die gefächerten Blätter einer Palme bis unter das Glasdach, durch die das Sonnenlicht ein abstraktes Muster auf den anthrazitfarbenen Schieferboden zeichnete. Warum hatte ich das alles nicht schon früher in dieser Intensität bemerkt, dachte ich. Warum jetzt? War es meine Psyche, die sich in das Schöne flüchtete, um dem Grauen zu entfliehen? Und wäre Carlos nicht erschienen, dann hätte ich mich allmählich beruhigt, vielleicht wäre ich sogar eingeschlummert.

Der Auftritt von meinem Schwager war wie immer dominant und laut. Er stürmte auf mich zu, kniete nieder und umarmte mich. »Ich bin so schnell gekommen, wie ich konnte. Mach dir keine Sorgen, Princesa. Ich bin ja jetzt da und kümmere mich um alles. Was sagt die Polizei?«

Ich schob ihn von mir und zuckte mit den Schultern. »Carlos, lass es gut sein. Juan ist tot, daran kannst du auch nichts ändern.«

»Auf was zum Teufel hat sich Juanito nur eingelassen, weißt du etwas?«

»Verdammt noch mal, nenn ihn nicht Juanito. Du weißt, er konnte das nicht leiden.«

»Princesa, er ist doch mein kleiner Bruder, das wird immer so bleiben.«

»Weil ihr ihm nicht die Chance gegeben habt, erwachsen zu werden und jetzt ist es zu spät«, fauchte ich und unterdrückte die erneut aufsteigenden Tränen.

»Es hat euch immer gefallen, sorglos wie Kinder zu leben, jetzt sei nicht undankbar.«

»Wir wurden nicht gefragt.«

Aber Carlos hatte recht, wir beließen unser Leben so, wie es seit unserer Jugend gewesen war, ohne uns große Verantwortung aufzubürden. Das bescherte uns ein relativ sorgenfreies Dasein, was das Finanzielle betraf. Und mit dem Gefühl endlich erwachsen zu werden, wurde ich gleichzeitig Witwe. Mir kam der Gedanke, dass Juan vielleicht etwas an unserem Leben verändern wollte, weswegen hätte er sich sonst auf irgendwelche Geschäfte eingelassen.

»Wie dem auch sei«, entgegnete Carlos, »ich muss zum Kommissariat. Der ermittelnde Beamte will von mir eine Aussage, obwohl ich nicht weiß, wie ich ihm helfen kann. Wir sehen uns dann später.«

Als Carlos gegangen war, meinte Sabrina: »Wieso ist er mir früher nie aufgefallen? Wie alt ist dein Schwager?«

»Dreizehn Jahre älter als Juan, also achtundfünfzig. Er war zu unserer Zeit in einem Internat in der Schweiz und später haben wir keinen Wert auf seine Gesellschaft gelegt«, antwortete ich.

»Juan war das verwöhnte Nesthäkchen«, bemerkte Julian, der seinen Status, der Älteste von uns Geschwistern zu sein, stets genossen hat und es auch zeigte. »Er durfte nie an den Familiengeschäften teilnehmen, dafür ist Carlos zuständig, das hat ihn immer gefuchst.«

»Was für Geschäfte sind das?«, fragte Sabrina und schaute mich an.

Doch statt meiner antwortete Julian: »Soweit ich weiß legale Waffengeschäfte im großen Stil. Das heißt mit Regierungen in der ganzen Welt.«

Er schien bestens informiert, nur ich hatte keine Ahnung. »Bist du dir da sicher? Ich dachte, sie sind im diplomatischen Dienst tätig.«

Julian hob seine Schultern. »Wahrscheinlich gehört viel Diplomatie dazu, wenn man an alle Seiten Waffen liefert.«

*

An diesem Abend sah ich Carlos nicht mehr, denn ich ging früh zu Bett. Ohne einmal aufzuwachen, schlief ich die ganze Nacht und träumte von Juan. Mir war, als würde er wieder bei mir sein, bis er mir einen Abschiedskuss gab, so als würde er, mit einer Aktentasche in der Hand und einem Ordner unter dem Arm, zur Arbeit gehen. Aber da war kein Juan, nur eine unendliche Leere umgab mich, als ich meine Augen öffnete und meine Umgebung wahrnahm. Doch zu wissen, dass ich nicht alleine in diesem Haus war, tat mir gut. Ich beeilte mich, nach unten zu kommen, wo meine Brüder mich bereits erwarteten, und als wir alle zusammen am Frühstückstisch saßen, erschien auch mein Schwager. Er war sehr wortkarg und ließ mich nicht wie sonst seine vorrangige Stellung in der Familie spüren. Kaum jemand sprach ein Wort an diesem Morgen, jeder von uns wäre lieber an einem anderen Ort in einer erfreulicheren Situation gewesen. Doch das Schicksal hatte uns wieder einmal zusammengewürfelt und dabei ausgerechnet meinen Mann aus dem Spiel geworfen. Was stand in meinem Horoskop? Ich solle vorsichtig sein, dass mir auf Reisen nichts abhandenkommt, dabei hatte ich an meinen Schminkkoffer gedacht, aber nie und nimmer an Juan. Als ich später alleine mit Sabrina im Park spazieren ging, fragte ich sie, ob sie Gelegenheit hatte, sich mit Julian auszusprechen. Jedes Thema wäre mir recht gewesen, nur um mich abzulenken, denn Juans Tod und die Angst, was

62

dieses entsetzliche Ereignis für mein weiteres Leben bedeutet, ließ mich nicht los. Die Gewissheit, dass andere auch Probleme mit sich herumtrugen, gab mir das Gefühl, nicht alleine zu leiden.

»Ja kurz, er willigt nicht in die Scheidung ein. Ich erkläre mir das nur so, dass ihm eine Scheidung zu teuer wird, wir haben keine Gütertrennung, wie du weißt.«

»Sabrina, du machst Witze. Glaubst du wirklich?«

»Natürlich, denn Liebe oder die Einsicht, dass er sich wie ein Schuft verhalten hat, kann ich nicht feststellen.«

»Er liebt dich, daran glaube ich ganz fest. Wahrscheinlich will er es nur nicht zugeben, gib ihm noch eine Chance.«

»Süße, er ist zwar dein Bruder, aber bestimmt kein Menschenfreund. Du denkst besser von ihm, als er es verdient.«

»Sag so etwas nicht, du hast ihn doch auch einmal geliebt.«

»Da war ich blind und naiv. Das habt ihr stets von mir gedacht, nicht wahr? Nur damit ist jetzt Schluss. Letztes Weihnachtsfest hat mir die Augen geöffnet.« Und nachdenklich fügte sie hinzu: »Ich wüsste zu gerne, was Hazel mir noch mitteilen wollte.«

»Sie war eine neugierige Klatschtante und hat sich alles Mögliche aus den Fingern gesogen, da war bestimmt nichts, außer diesem Techtelmechtel mit Rachel.«

Es war sehr still im Park, nur die Brandung war zu hören. Der Wind der letzten Tage hatte sich gelegt und die Temperaturen waren angenehm, sogar im Schatten. Und im Schatten unter einem Baum war es auch, wo wir Tobias entdeckten. Er saß zusammengekauert auf einem Stein und brütete vor sich hin. Kein Zeichen, dass er uns bemerkt hatte, erst als Sabrina ihn fragte, ob alles in Ordnung sei, schreckte er auf, wie von einer Tarantel gestochen. Doch bevor er antworten konnte, wurde unsere Aufmerksamkeit auf das ankommende Polizeiauto gelenkt. Zusammen gingen wir ihm entgegen. Die beiden Beamten warteten, bis wir ihnen gegenüberstanden und als Erstes gratulierte mir der Kommissar zu meinem Geburtstag. Weder ich noch die anderen hatten daran gedacht, jedoch die Polizisten waren nicht deswegen gekommen. »Können wir ins Haus gehen?«, fragte Valero höflich aber bestimmt.

Eulalia hatte die Rollos im Wintergarten zum Teil heruntergelassen und die Türen standen weit offen. »Wo sind Ihre Gäste?«, erkundigte sich der Kommissar, als wir eintraten, und schaute sich um. »Wir müssen die DNA von allen nehmen und mit den Spuren vergleichen, die wir an der Leiche gefunden haben. Außerdem brauchen wir Ihre Handynummern, damit wir die Nummern zuordnen können, mit denen das Opfer in der letzten Zeit telefonischen Kontakt hatte. Natürlich können wir auch auf die Auswertung der Telefongesellschaft warten, aber das dauert.«

All das konnte ich verstehen, deswegen gab ich ihm meine Nummer, außerdem ließ ich den anderen Polizisten eine Speichelprobe nehmen, allerdings konnte und wollte ich nicht wahrhaben, dass man Juan brutal umgebracht hatte, daher fragte ich noch einmal: »Und Sie glauben nicht, dass es ein Unfall war?«

»Señora de Silva, das ist völlig ausgeschlossen. Ihr Mann bekam einen Schlag auf den Kopf, der zu seinem Tod führte. Wir haben den Stein, der als Mordwaffe diente, gefunden, daran sind Blut und Haare des Opfers. Sein Handy lag in einer Felsspalte, es muss ihm aus der Hand gefallen sein, als der Schlag ihn traf. Entweder hat er versucht jemanden anzurufen oder er wurde gerade angerufen, das wissen wir noch nicht. Wir wissen auch noch nicht, wie er an den Tatort kam, aber meine Leute sind dabei, das herauszufinden. Also wenn jemand von Ihnen ihn abgeholt hat, ist es jetzt an der Zeit uns das zu sagen.

Wir werden es sowieso herausfinden und anhand seines Handys können wir seine Bewegungen nachverfolgen.«

»Gut, dann hoffe ich, dass Sie den Täter bald fassen, denn von uns kann es niemand gewesen sein.«

»Sind Sie sich sicher? Immerhin haben Sie Stimmen gehört und Personen im Park gesehen.«

Ich war mir auf einmal nicht mehr so sicher, aber wer von uns hätte ein Interesse gehabt, Juan zu erschlagen? Das herauszufinden sei seine Aufgabe, sagte der Kommissar und forderte mich auf, meine Gäste rufen zu lassen. Es dauerte nicht lange, dann hatte er die gewünschten Handynummern und Speichelproben.

»Sobald uns weitere Ergebnisse vorliegen, melde ich mich wieder, bis dahin verlässt niemand das Anwesen, auch keine Ausflüge ins Hinterland«, sagte der Kommissar, dabei schaute er jeden von uns eindringlich an.

»Von uns kann es niemand gewesen sein, davon bin ich überzeugt. Was ist mit seinen Geschäftsverbindungen, haben Sie da schon irgendwelche Erkenntnisse?«, wollte Julian wissen.

»Wir ermitteln in alle Richtungen, glauben Sie mir Señor Bradshaw«, versicherte Kommissar Valero und reichte mir daraufhin die Hand. »Es tut mir leid, dass Sie an Ihrem Geburtstag keinen Grund zum Feiern haben.«

Bei diesen Worten wurde auch den anderen bewusst, was für ein Tag es war. Julian kam auf mich zu, umarmte mich und flüsterte mir *Happy Birthday* ins Ohr und: »Wir holen die Feier nach, es wird alles gut.«

Robert, Rachel, Tobias und Carlos gratulierten mir ebenfalls und drückten ihre Betroffenheit aus, dass mir dieses Unglück widerfahren musste. Robert besorgte eine Flasche Champagner, wir tranken auf mein Wohl und ich hatte das Gefühl, auch auf meinen Witwenstand. Mit den

Worten »*Juan hätte das genau so gewollt*«, wurde das Bedürfnis, sich von der Erinnerung an das schreckliche Ereignis zu lösen, auf einmal legitim, ja sogar zwingend, denn Juan hätte es ja so gewünscht. Mir kam der Champagner sehr gelegen, ich liebe dieses Getränk genauso wie Robert. Und an diesem Tag wurden noch einige Flaschen geleert, wobei die Atmosphäre, zwischen bedrückt und aggressiv hin und her schwankte. Nur Sabrina, die während der gesamten Zeit nicht von meiner Seite gewichen war, tendierte eher zur Offensive.

»Jetzt sind wir mal wieder unter Arrest und Mordverdacht. Also wer von euch hatte ein Motiv Juan aus dem Weg zu räumen? Erzählt schon, morgen hat die Polizei die Auswertungen der Handydaten und die DNA analysiert, dann kommt sowieso alles raus. Tobi, fangen wir doch mit dir an, weswegen warst du vorgestern Nacht unterwegs?«

Tobias fühlte sich, als alle Blicke auf ihn gerichtet waren, sichtlich unwohl. »Was soll das? Ich habe euch bereits gesagt, ich war nur ein bisschen frische Luft schnappen, das ist doch nicht verboten.«

»Dann müsstest du eigentlich etwas gesehen haben. Oder du warst es, der sich mit Juan getroffen hat.«

»Ja, warum bist du plötzlich aus dem Nichts aufgetaucht, als ich kam? Das ist schon seltsam.« Während ich das sagte, hatte ich die Szene wieder vor Augen, wie er versteckt unter den Bäumen stand, anstatt auf dem Weg spazieren zu gehen. Als hätte er meine Gedanken erraten entgegnete er: »Luft kann man überall schnappen. Außerdem könnte ich dich genauso gut fragen, was du draußen gemacht hast, aber das ist Unsinn, also hören wir damit auf, uns gegenseitig zu verdächtigen.«

»Aber ich habe zwei Gestalten gesehen, die sich gestritten haben«, beharrte ich.

»Rebecca, ich war im Park, wie du ja selbst gesehen hast, und hab das Gelände nicht verlassen, aber Juan wurde in den Felsen erschlagen«, erwiderte Tobias.

»Ich sehe keinen Sinn in dieser Diskussion, macht das unter euch aus, ich gehe zu Bett.« Mit diesen Worten distanzierte sich Carlos von uns und verließ den Raum.

Für Tobias war ebenfalls die Zeit gekommen, die Flucht zu ergreifen. »Ich lasse mich von euch nicht zum Sündenbock machen, da gibt es andere, die ein Motiv hätten, ich jedenfalls nicht«, verkündete er beleidigt beim Hinausgehen.

Ihm folgten Julian, Robert und Rachel, niemand von ihnen wollte sich weiter Sabrinas Verhör aussetzen.

»Wir sollten auch schlafen gehen, morgen wissen wir mehr. Ich kann mir nicht vorstellen, dass einer von meinen Brüdern oder der Rest so etwas tun würde.«

Sabrina zuckte mit den Schultern. »Wie du schon sagst, morgen wissen wir mehr. Also schlaf gut, Geburtstagkind.«

*

Am nächsten Morgen war es auffallend ruhig in der Villa. Alle schlichen wie auf Samtpfoten durch das Haus, und wenn gesprochen wurde, dann im Flüsterton. Selbst Eulalia sprach an diesem Morgen kein Wort und Carlos ließ sich erst gar nicht blicken. Außer Sabrina benahm sich niemand normal. Man hätte den Eindruck gewinnen können, dass alle ein schlechtes Gewissen oder etwas zu verbergen hatten. Je länger wir auf den Kommissar warteten, umso mehr steigerte sich unter uns die Nervosität. Und als gegen Mittag eine dunkle Limousine langsam auf die Villa zufuhr, trat Totenstille ein, kein Mucks war zu hören, selbst die Vögel verstummten. In angespannter Erwartung beobachteten wir wie das Fahrzeug anhielt, die Fahrertür sich öffnete, ein Chauffeur ausstieg, um den Wagen herumging und meinem Schwiegervater half auszusteigen. Ich hatte ihn schon lange nicht mehr gesehen und war geschockt, wie alt er geworden war. Seine Haare waren weiß, seine Wangen eingefallen, trotzdem strahlte die imposante Gestalt Autorität und Willenskraft aus. Auf seinen Gehstock gestützt, leicht nach vorne gebeugt kam er auf mich zu. Ich war ihm entgegengegangen, blieb aber auf der Terrasse vor dem Haus stehen und wartete. Ohne ein Wort zu sagen, streichelte er mir mit seiner freien Hand über die Wange. Ich glaubte, so etwas wie einen Seufzer zu hören, dann ging er an mir vorbei in den Wintergarten und ließ sich in den nächsten Sessel fallen. »Wo ist Carlos?«, fragte er mich.

»Hier Vater«, kam dessen Stimme aus dem Hintergrund.

»Ich muss mit dir reden!«, befahl er, danach zu uns gewandt, »lasst uns alleine!«

Die Unterredung zwischen Juan Carlos de Silva und seinem Sohn Carlos war erstaunlich kurz, und als ich zu ihm gerufen wurde, stand er bereits auf der Terrasse. Er nahm meine Hand und sagte: »Rebecca ich habe vieles falsch gemacht, was nicht mehr gut zu machen ist. Mein Sohn hat dich über alles geliebt, deswegen lieben wir dich ebenfalls. Du bist schon seit Jahren eine de Silva und gehörst zu uns, was immer auch passiert, vergiss das nicht.« Dann ging er zu seiner Limousine, stieg ein und fuhr davon, während ich mit einem beklemmenden Gefühl zurückblieb.

Der Auftritt meines Schwiegervaters hatte nicht länger als eine halbe Stunde gedauert, danach war der Spuk vorbei und auch mein Schwager wieder verschwunden. Ich vermisste Carlos nicht, er hätte uns sowieso nicht erzählt, was sein Vater von ihm wollte.

Erst am späten Nachmittag fand das Warten auf den Kommissar ein Ende. Mit ihm kamen noch zwei weitere bemannte Polizeiautos und ein Durchsuchungsbeschluss.

Bei dem Verhör mit Carlos war ich nicht zugegen, doch danach konzentrierte sich der Kommissar auf meine Gäste und ich durfte anwesend sein. Zuerst unterrichtete er mich über den Stand der Ermittlungen, angefangen mit der Todesursache. Es stand nunmehr eindeutig fest, dass der Schlag auf den Kopf tödlich war und ihm die anderen Verletzungen vor dem Tod zugefügt worden waren.

»Unsere Ermittlungen haben ergeben, dass Ihr Mann nur eine Stunde nach Ihnen auf dem Flughafen in Barcelona gelandet ist. Danach konnte er für den Rest des Tages bis zum Abend nicht mehr geortet werden. Die letzten Telefonate gingen an oder kamen von Julian Bradshaw, Tobias Baumann, Rachel Wood und Carlos de Silva. Und eine SMS von Señora Wood, die lautet: *Hab's mir überlegt, mache mit, aber nur zu meinen Bedingungen.* Sie können mir bestimmt erklären, was Sie damit gemeint haben?«, sagte er und drehte sich zu Rachel.

Sie saß wie versteinert in ihrem Korbsessel und überlegte fieberhaft. Auf die Schnelle fiel ihr nichts Besseres ein, als zu antworten: »Ich weiß nicht mehr, in welchem Zusammenhang das war. Wahrscheinlich wegen der Geburtstagsfeier von Rebecca.«

»Und es hat nichts mit Ihrem Flug von Kolumbien zu tun, auf dem das Opfer Passagier war?«

»Natürlich nicht. Das war rein zufällig, obwohl es mich schon erstaunte, Juan als Fluggast auf dieser Strecke zu sehen. Aber er hat mir nicht gesagt, weswegen er in Bogotá war«, fügte Rachel noch schnell hinzu, was mich veranlasste, verblüfft von ihr zu dem Inspektor zu schauen.

Also doch Südamerika, sie hatte mich offensichtlich angelogen. Ich hoffte, Valero würde ihr gehörig auf den Zahn fühlen, stattdessen richtete er die nächste Frage an mich.

»Wissen Sie, was Ihr Mann in Kolumbien gemacht hat?«

»Ich? Ich hatte keine Ahnung. Er hat mir gegenüber nichts davon erwähnt«, stieß ich hervor.

»Und Sie Señor Baumann, wussten Sie etwas darüber?«

»Ich? Nein, natürlich nicht. Wieso auch, ich lebe in München und wir haben kaum Kontakt.«

»Aber noch am Tag seiner Rückkehr von Kolumbien nach London und danach fanden einige Telefonate zwischen Ihnen und Señor de Silva statt. Und zwei Tage vor dem Mord kam eine SMS von Ihnen an das Opfer. *Wenn die Sache schiefgeht, dann bist du ein toter Mann, das weißt du hoffentlich.* Das hört sich für mich wie eine Drohung an, finden Sie nicht auch?«

»War es aber nicht. Es war eine Warnung, hatte aber nichts mit mir zu tun.« Die Verzweiflung war Tobias ins Gesicht geschrieben.

»Dann sagen Sie, wovor Sie das Opfer warnen wollten. Hatte das etwas mit seinen Geschäften zu tun? Oder gab es eine Auseinandersetzung zwischen Ihnen?«

»Zwischen uns gab es weder Geschäfte noch eine Auseinandersetzung. Er plante eine gefährliche Reise, so eine Art Überlebenstraining.«

»Stimmt das, Señora de Silva?«

»Das sieht meinem Mann nicht ähnlich, aber jetzt weiß ich gar nicht mehr, was ich glauben soll. Tut mir leid, das ist alles zu viel für mich.« Ich kam mir wie in einer absurden Theaterinszenierung vor. Jeder sagte gerade, was ihm einfiel, ohne Sinn und Verstand, nur um die eigene Haut zu retten. Doch ich hätte für nichts in der Welt meinen Platz verlassen wollen und war schon gespannt, was sich meine Brüder und Freunde sonst noch einfallen ließen.

»Auch zwischen Ihnen und dem Opfer gab es einige Telefonate, vielleicht können Sie mir sagen, um was es dabei ging, Señor Bradshaw?«

»Meinen Sie mich?«, fragte Julian und zog eine Augenbraue hoch.

Mir fiel nicht zum ersten Mal auf, wie arrogant mein Bruder aussehen konnte, weswegen er bei vielen äußerst unbeliebt war. Nachdem der Kommissar ihn nur erwartungsvoll ansah, aber nicht antwortete, ließ sich Julian herab zu sagen: »Er war mein Schwager, wir hatten ständig miteinander zu tun.«

»Und warum haben Sie ihn am Abend der Tat angerufen? Vielleicht können Sie sich ja daran noch erinnern?«

»Ich wollte wissen, wann er kommt. Wir hatten den ganzen Tag auf ihn gewartet.«

»Aber wurde er nicht erst für den nächsten Tag erwartet?«

»Das weiß ich jetzt auch, ich hatte Rebecca wohl falsch verstanden. Wie dem auch sei, ich wollte mit ihm über die Geburtstagsfeier meiner Schwester reden. Ich hatte mir eine Überraschung ausgedacht. Was ist eigentlich mit den DNA-Spuren? Statt uns über unsere Telefonate auszufragen, sollten Sie lieber nach dem Täter suchen.«

»Das tun wir, Señor Bradshaw, das tun wir. Aber wir sind auch an den begleitenden Umständen interessiert und dem Motiv für die Tat.«

Einer der Polizisten betrat den Wintergarten, er flüsterte dem Comisario ins Ohr, daraufhin stand dieser auf.

»Sie müssen sich weiterhin zu unserer Verfügung halten«, sagte Valero und folgte seinem Kollegen nach draußen. Ich beobachtete, wie der Polizist auf den Kommissar einredete, dann gingen sie zu ihren Autos und fuhren davon.

Der abrupte Abgang der Kriminalbeamten war enttäuschend, zu viele Fragen blieben offen. Außerdem fühlte ich mich hintergangen von Rachel, meinem Bruder, Tobi und vor allem, von meinem Mann. Ich hatte den Eindruck, dass jeder von ihnen die Unwahrheit gesagt hatte und meine Geburtstagparty musste als Antwort auf alle unangenehmen Fragen herhalten. Ich hatte sogar den Verdacht, dass Juan dieses Fest zum Vorwand genommen hatte, geschäftliche Ungereimtheiten aus dem Weg zu schaffen, nicht aber, um mir eine Freude zu bereiten. Stattdessen hatte er sich selbst aus dem Weg räumen lassen, schon alleine dieser Gedanke machte mich wütend. Wir führten ein angenehmes Leben, was also war in Juan gefahren, sich in diese Gefahr zu begeben.

»Lüg mich jetzt nicht an, Julian. Sind wir in finanziellen Schwierigkeiten?«

Meine Frage überraschte meinen Bruder wegen der Vehemenz, mit der ich sie in die allgemeine Stille des Raumes schleuderte. Abwehrend hob er seine Hände und ließ sie langsam wieder sinken, dabei riss er die Augen auf und verzog seinen Mund. »Nicht, dass ich wüsste.«

»Und du Tobi, warum diese Warnung? Vor was hast du Juan warnen müssen und dann so drastisch, es würde sein Leben kosten? Du weißt doch etwas, raus mit der Sprache und lass diesen Unsinn von Überlebenstraining.«

Tobias war kein mutiger Mann, aber er konnte leicht überreagieren, doch in diesem Moment fühlte er sich in die Enge getrieben und reagierte dementsprechend. »Ich weiß nichts, jedenfalls nichts Genaues.«

»Dann sag, was du weißt!«, befahl ich ihm.

»Ich kann nicht, ich habe Juan versprochen, meinen Mund zu halten.«

»Er ist tot, hast du das vergessen?«, schrie ich ihn an.

Sabrina hatte während der ganzen Zeit einige Male den Kopf geschüttelt und ich konnte ihre Anspannung fühlen. »Sicherlich kann Rachel dir mehr sagen, denn sie wollte doch mitmachen, bei was auch immer, unter ihren Bedingungen. Und komm jetzt nicht, es sei die Geburtstagsfeier gewesen, das nimmt dir hier niemand ab.«

Als Rachel keine Anstalten machte, uns über ihre Rolle in dieser Sache aufzuklären, gab Robert ihr einen Schubs: »Jetzt sag schon, was du mir erzählt hast. Rebecca hat ein Recht, alles zu erfahren.«

»Verdammt, ich hätte dir nichts sagen sollen. Ist doch klar, dass du auf Rebeccas Seite bist«, zischte sie Robert an.

»Ich bin auf keiner Seite, aber Juan wurde ermordet und du kannst vielleicht helfen, den Mörder zu finden.«

»Nur weil ich mich bereit erklärt habe, ihm Informationen über unsere Flugpläne zu geben? Deswegen wird man doch nicht umgebracht.«

»Welche Flugpläne und was genau wollte er wissen?«, fragte ich.

»Naja, die nach Südamerika.«

»Das ist doch lächerlich. Die hätte er auch im Internet finden können, da ging es doch um etwas anderes. Wenn du nicht willst, dass ich sofort den Kommissar anrufe, dann sagst du jetzt, was da los war zwischen dir; Juan und Südamerika.«

Meine Drohung zeigte erst dann Wirkung, als ich aufstand und auf das Telefon zuging.

»Juan hatte mich gefragt, ob ich auf bestimmten Flügen einen Koffer mitnehmen könnte. Ich habe zuerst abgelehnt, dann habe ich es mir überlegt und ihm diese SMS geschickt. Mehr weiß ich auch nicht.«

Südamerika, Koffer, Kurierdienste - da läuteten bei mir alle Glocken. Rachel brauchte nichts weiter zu sagen, wir wussten auch so, dass das nur Drogenschmuggel heißen konnte. *Ein toter Mann, wenn die Sache schief geht,* das hatte Tobi geschrieben. Auch er wusste, dass seine SMS jetzt einen völlig anderen Sinn bekam. Jedoch bevor er seinen Mund aufmachte, musste er von Robert dazu aufgefordert werden.

»Da ist doch noch gar nichts gelaufen. Juan wollte mich als Kontakt in München, ich hätte nur eine Art Zwischenlager sein sollen, wenn da mal etwas zu lagern wäre. Nur, wann der Deal überhaupt zustande kommen sollte, wusste selbst Juan noch nicht. Außerdem glaube ich nicht, dass es sich um Drogen gehandelt hätte. Es ist ja nicht unbekannt, dass seine Familie im Waffenhandel ist.«

Mein Bruder Julian hatte sich bis dahin aus allem herausgehalten. Gelangweilt saß er, die Beine ausgestreckt, die Arme hinter dem Kopf verschränkt, auf seinem Sessel und hörte sich an, was Rachel und Tobias zu sagen hatten. Nur Sabrina konnte sich nicht vorstellen, dass ihr Mann so gar nichts mit der Sache zu tun haben sollte, wo er doch für alles, was uns betraf, die erste Anlaufstelle war, und das sagte sie auch.

»Tut mir leid, dich enttäuschen zu müssen, aber ich hatte von dieser Sache keinen blassen Schimmer. Und wenn Juan mit dieser Geschichte zu mir gekommen wäre, dann hätte ich sie ihm ausgeredet. So ein Schwachsinn, man sieht ja, was es ihm gebracht hat«, erwiderte er irritiert.

Wir kannten Julian, es war sinnlos zu bohren, er würde nie etwas zugeben, was er nicht wollte. Stattdessen sagte er: »Wenn ihr nichts dagegen habt, würde ich jetzt gerne einen Happen essen. Wo ist eigentlich Carlos?« Julian war aufgestanden, dabei schaute er sich suchend um.

Mich wunderte es nicht, dass mein Schwager nicht zugegen war, wir gehörten nicht zu seinem Freundeskreis, aber Julian hatte es geschafft, mit dieser Bemerkung die Aufmerksamkeit von sich zu lenken. Daraufhin verließ er den Raum, Robert ebenfalls und die anderen folgten seinem Beispiel. Ich hatte keinen Appetit und blieb mit Sabrina zurück im Wintergarten, daher waren wir auch die Ersten, die die beiden zurückkehrenden Polizeiautos bemerkten.

*

Es ging alles sehr schnell. Der Kommissar und sein Begleiter kamen direkt in den Wintergarten. Von den Polizisten aus dem zweiten Wagen betraten zwei die Villa durch den Haupteingang, die beiden anderen blieben draußen stehen.

»Es tut mir leid, wenn wir Sie wieder stören müssen, aber unsere Ermittlungen haben uns ein gutes Stück weitergebracht, sodass wir uns sicher sind, den Täter gefunden zu haben.«

Ich hatte Valero einen Sitzplatz angeboten und wartete gespannt auf seine Darlegungen. Er setzte sich. Offensichtlich zufrieden mit sich selbst, ließ er sich Zeit und schaute sich zuerst einmal bewundernd um. »Die de Silvas haben einen ausgezeichneten Geschmack, das muss man ihnen lassen. Außerdem sind sie eine angesehene Familie mit weitreichenden Kontakten, sogar bis hinauf ins Königshaus. Doch das brauche ich Ihnen ja nicht zu sagen, Sie gehören ja dazu. Umso schmerzhafter ist es, Ihnen mitteilen zu müssen, dass nach unseren Erkenntnissen Ihr

Mann, Juan de Silva, den Machenschaften seines Bruders zum Opfer gefallen ist. Ihm gehört auch die Jacht, die Sie in der Bucht gesehen haben, dort hat Ihr Mann den Tag vor seiner Ermordung verbracht. Von Carlos de Silva wurde er abgeholt, es gibt Aufzeichnungen aus den Überwachungskameras am Flughafen und am Hafen, wo das Boot Ihres Schwagers einen Liegeplatz hat. Ihr Mann ging mit ihm auf die Jacht, sie segelten hierher, danach wurde er nicht mehr lebend gesehen.«

Ich mochte zwar meinen Schwager nicht sonderlich, aber warum sollte Carlos seinen Bruder erschlagen, fragte ich den Kommissar, als ich mich einigermaßen gefangen hatte. Er ist der unumstrittene Nachfolger seines Vaters, führt die Geschäfte und Juan ist ihm nie in die Quere gekommen, obwohl er es manchmal als ungerecht empfunden hatte. Außerdem hielten sich Juans Ambitionen in Grenzen, denn so wie sein Bruder wollte er nicht leben, versuchte ich Valero zu erklären.

»Wie dem auch sei, wir kennen nur die Fakten und die sprechen eine eindeutige Sprache.«

»Heißt das, Sie haben DNA-Spuren von Carlos auf der Mordwaffe gefunden?«

»Nein, auf dem Stein waren nur Haare und das Blut Ihres Mannes, aber unter den Fingernägeln des Opfers wurden Hautpartikel Ihres Schwagers entdeckt, die von einem Kampf stammen. Wir werden bei Ihrem Schwager Kratzspuren finden, davon bin ich überzeugt. Es tut mir leid, das muss ein schwerer Schock für Sie und die Familie sein, aber die Sachlage ist eindeutig. Wir werden Señor de Silva mitnehmen, er ist bereits verhaftet.«

Ich bestand darauf Carlos zu sehen, bevor sie ihn abführten, und wurde mit einem Häufchen Elend konfrontiert.

»Princesa«, stieß er hervor, »das ist alles ein großes Missverständnis. Du musst mir glauben, ich hab Juan nicht umgebracht. Ja, wir hatten einen Streit, er war auch bei mir auf der Jacht, doch ich hab ihn an Land gebracht und da lebte er noch. Das ist die Wahrheit, den Mord lass ich mir nicht anhängen.«

Ich sah in seine Augen, da war Verzweiflung über seine fatale Lage, aber sein Gesicht drückte ungebrochenen Stolz und Überheblichkeit aus. So etwas kann man nicht wie einen Anzug ablegen und ich war erleichtert, als man Carlos in Handschellen abführte.

Später erfuhr ich, dass mein Schwager schmutzige Nebengeschäfte laufen hatte. Er belieferte terroristische Gruppen mit Waffen und Juan war ihm auf die Schliche gekommen, daher kam es auf der Jacht zu einem handgreiflichen Streit. Leider hatte ich die Befürchtung, dass Juan dabei mitverdienen wollte, aber das kam nie zur Sprache. Jedoch blieb Carlos bei der Behauptung, unschuldig an dem Tod seines Bruders zu sein. Doch für uns alle, sogar für Sabrina, stand fest, dass die Polizei den wahren Täter hinter Gitter gebracht hatte.

Wir blieben noch im Haus meiner Schwiegereltern, bis Juans leibliche Überreste freigegeben wurden. Ich alleine begleitete ihn nach Cádiz, wo er im engsten Familienkreis beigesetzt wurde, nur seine Mutter war nicht anwesend. Der Verlust von zwei Söhnen war zu viel für die alte Dame, der Schmerz vernebelte ihre Sinne und dieser Zustand schützte sie vor der traurigen Realität.

Bereits am Tag der Beisetzung flog ich wieder nach London zurück, alleine, so wie ich in Spanien angekommen war.

Episode 3

Es kostete mich viel Mut, zu Rebeccas Geburtstagparty an die Costa Brava zu fliegen. Als ich aus dem Taxi
stieg und auf die Jugendstilvilla der de Silvas zuging, kam
es mir vor, als müsste ich die Höhle des Löwen betreten.
Ich erinnere mich, wie ich zitterte, denn Sympathie konnte
ich nur von Juan und Tobias, aber nicht von Rebecca,
Sabrina, Robert oder Julian erwarten. Doch wie so oft in
unangenehmen Situationen, wenn der erste Schritt getan
ist, ist der Rest nicht mehr so dramatisch. Und im Nach-
hinein kann ich sagen, dass mein Aufenthalt in Spanien,
auf dem Anwesen der de Silvas, gut verlaufen ist. Robert
verzieh mir die Affäre mit seinem Bruder, allerdings hatte
ich mir mehr vorgenommen. Ich wollte Robert dazu bewegen, mich endlich zu heiraten. Rebecca und Sabrina
waren schon seit Jahren verheiratet, nur mir wurde bisher
noch kein Heiratsantrag gemacht. Ich kompensierte das
mit Affären, immer wenn sich die Gelegenheit bot, fiel es
mir schwer, nein zu sagen. Nur der Seitensprung mit Julian
war so unnötig wie ein Kropf, obwohl alles ganz roman-

tisch anfing und solange es dauerte, auch recht amüsant war. Das war im Sommer letzten Jahres. Ich traf Julian zufällig auf dem Flughafen Heathrow, als ich von einem Auslandsflug zurückkam, während Julian wegen eines geschäftlichen Termins von Berlin nach London gekommen war. Er freute sich, mich zu sehen und wir fuhren zusammen mit dem Taxi in die City. So etwas kann ich mir nicht leisten, aber die Bradshaws, allen voran Julian, würden sich nie in eine U-Bahn setzen. Da wir uns schon seit unserer Jugend kennen und fast alles voneinander wissen, war es selbstverständlich, dass er mir bei einem Abendessen über seine Probleme mit Sabrina erzählte. Er schien ziemlich verzweifelt, denn er sah keine Möglichkeit, sich von ihr scheiden zu lassen. Es würde ihn ruinieren und seine Geschwister Rebecca und Robert ebenfalls, sagte er. Ich verstand nicht ganz, warum das so sein würde, aber da ich Robert heiraten wollte, konnte mir das nicht egal sein. Das hielt mich jedoch nicht davon ab, Julian zu trösten. Wir verlebten ein paar wundervolle Tage, bis ich wieder arbeiten und Julian nach Berlin zurückkehren musste. Mein Verhältnis mit Robert war schon seit geraumer Zeit in eine Sackgasse geraten. Er nahm mich als selbstverständlich hin und sah keinen Grund etwas an unserer Beziehung zu ändern, daher war die Affäre mit seinem Bruder genau das Richtige, mich an ihm und auch an Sabrina zu rächen.

Julian kam immer dann nach London, wenn ich zwischen den Flügen einige Tage freihatte. An einem dieser Abende lief uns Hazel, Gott hab sie selig, über den Weg. Sie ertappte uns in Soho, als wir eng umschlungen in einer Bar saßen und Julians Hand unter meinem Rock nicht den Eindruck vermittelte, wir würden uns über Aktienkurse unterhalten. Ihrer Art entsprechend machte sie eine sarkastische Bemerkung. Sie stand Sabrina näher als Julian oder mir und er befürchtete, Hazel könne den Mund nicht halten. Jedenfalls sahen wir uns danach nicht mehr bis Weihnachten auf dem Landsitz der Bradshaws. Ich hatte mich auf das Fest gefreut, nur als ich mit Rebecca und Juan ankam und Julian wiedersah, wusste ich nicht, wie ich mich verhalten sollte. Aus welchem Grund auch immer, tat er sein Bestes, Sabrina und Robert vor den Kopf zu stoßen und ich spielte mit. Während Sabrina erstaunlich gefasst blieb, litt Robert unter der Situation. Allerdings erwischte es Hazel am schlimmsten, sie überlebte das Weihnachtsfest nicht. Ich hätte danach wie die anderen abreisen sollen, Julian jedoch bestand darauf, dass ich noch bleiben soll, bis ich merkte, dass er mich nur ausnützte. Er wolle nur Robert vor mir schützen und eine eventuelle Heirat verhindern, sagte er. Es kam zu einem gewaltigen Streit zwischen uns, ich packte meine Koffer und beendete die Affäre, die offensichtlich keine war.

Umso überraschender war es als im März, trotz dieses Vorfalls, die Einladung zu Rebeccas Geburtstagsfest kam. Juan war kurz zuvor ein Gast auf einem meiner Flüge gewesen. Ich hatte die Gelegenheit wahrgenommen ihm zu sagen, dass mir das alles sehr leidtäte, schon wegen Robert. Vielleicht war das ausschlaggebend oder sein Interesse an mir, als Kurier. Ich konnte ihn nicht mehr fragen, denn bevor die Geburtstagsfeier stattfand, geschah der Mord an Juan und die ganze Gesellschaft war in einem Ausnahmezustand.

Jedenfalls hatte ich während des Aufenthalts in der Villa der de Silvas die Gelegenheit, mich mit Robert auszusprechen. Unsere Versöhnung hätte bestimmt Julian, Rebecca und Sabrina Anlass zu dummen Bemerkungen gegeben, doch der Fund der Leiche veränderte die Situation grundlegend. Wir standen plötzlich unter Mordverdacht und alles drehte sich nur noch um Rebecca und den Mord.

Es drehte sich schon immer alles nur um Rebecca. Sie ist die jüngste der drei Bradshaw Geschwister und mit Juan verheiratet. Ihre Brüder, speziell Robert und ihr Mann verwöhnten sie, wo sie nur konnten. Sie hielten, was das Leben an Unannehmlichkeiten zu bieten hatte, von ihr fern. Dabei sieht sie blendend aus, hat einigen Erfolg als

Theaterschauspielerin, aber vor allem hat sie genügend Geld, um sich ihre Extravaganzen leisten zu können. Die Götter lieben sie, da war es nicht schwer, als Paradiesvogel durch die Welt zu fliegen. Nur ich hatte in den letzten Jahren meine Probleme mit ihr und sie mit mir. Früher waren wir unzertrennlich, aber jetzt hält sie sich an Sabrina und betont ständig, dass Sabrina nicht nur ihre Schwägerin, sondern auch ihre beste Freundin sei.

Ich bin ihr zu unscheinbar und bieder, obwohl ich mich ebenso wie sie hätte zurechtmachen können, das war keine Kunst. Als Stewardess habe ich mich jedoch an einen konservativen Kleidungsstil gewöhnt und fühle mich wohl darin, auffallen um jeden Preis lag mir noch nie.

Sabrina hingegen hat eine natürliche Eleganz, sogar wenn sie Jeans trägt. Insgeheim bewunderte ich sie immer für ihr Aussehen, doch seit sie in die Bradshaw-Familie eingeheiratet hat, kann ich sie nicht mehr leiden. Auch von ihr wurde ich die meiste Zeit nicht beachtet und verständlicherweise seit Weihnachten völlig ignoriert.

Doch ich hatte mir vorgenommen, ebenfalls in die Familie der Bradshaws einzuheiraten und meine Chancen stehen gut. Ich konnte Robert überzeugen, dass er Schuld an der Affäre mit Julian hatte, wenn er mich nicht so arg vernachlässigt hätte, wäre das niemals passiert. Er verstand das, nur zu einem Antrag konnte er sich noch nicht durchringen. Aber ich bin geduldig, immerhin sind wir schon seit der Kindheit zusammen, ein paar Monate spielen jetzt auch keine Rolle mehr, so viel Zeit gebe ich ihm noch. In unserer Beziehung ist wieder alles wie früher. Wenn ich in London bin, verbringen wir die meiste Zeit miteinander, sofern Rebecca ihn nicht in Anspruch nimmt. Ihre Anhänglichkeit geht mir oft gegen den Strich, aber sowohl Robert als auch Julian haben das Bedürfnis sich, nach diesen furchtbaren Ereignissen, noch intensiver um sie zu kümmern, als sie es schon nach dem tödlichen Autounfall ihrer Eltern getan haben. Sie hatten ihre Eltern im Teenageralter verloren, seither war Julian das Familienoberhaupt und der Verwalter des Vermögens, das beachtlich ist, denn weder Rebecca noch Robert mussten jemals Geld für ihren Unterhalt verdienen. Ihre Beschäftigung am Theater sehe ich eher als Zeitvertreib, nicht aber als Geldbeschaffungsmaßnahme.

Im Gegensatz zu ihnen muss ich arbeiten. Ich habe kein Vermögen und keine wohlhabende Familie im Hintergrund. Seit dem Tod meiner Mutter und meiner Tante habe ich überhaupt keine Familie mehr. Meine Mutter zog mich alleine auf, nachdem mein Vater auf einer Reise zur Erweiterung seines Bewusstseins in Indien verschollen war. Sie stellte billigen Modeschmuck her und verkaufte das Zeug auf der Straße an die Touristen. Sie trank und kiffte viel, war aber glücklich, dass sie genug verdiente, um mich auf diese Schule zu schicken, auf die auch die Bradshaws, Juan de Silva, Sabrina und Hazel gingen. In dieser Zeit fielen mir die Unterschiede zwischen uns nicht auf.

Rebecca besaß zwar immer weit mehr als ich, doch sie war nicht geizig und ließ mich gerne daran teilhaben. Sabrinas Eltern hatten eine kleine Galerie, besser gesagt ein Geschäft für Kunsthandwerk und ein Haus mit Swimmingpool, dafür brauchte ich sie nicht zu beneiden, denn ich konnte ihn so oft ich wollte benutzen. Juan war Festlandspanier, sein Vater kam nur am Wochenende und außer seiner Mutter gab es genügend Personal, die sich allesamt um sein Wohl kümmerten. Tobias Eltern waren geschieden und genau wie ich, lebte auch er nur mit seiner Mutter auf der Insel. Sein Vater erkaufte sich seine Freiheit, indem er reichlich Unterhalt zahlte.

Wenn ich zurückdenke, so hatte ich eine glückliche Kindheit, die nicht durch überflüssige Erziehungsmaßnahmen eingeschränkt wurde. Erst später wollte ich alles anders machen als meine Mutter. Nichts wurde erstrebenswerter, als ein geordnetes, sogar spießiges Leben zu führen, am liebsten mit Robert. Es war nicht so, dass ich ihn überaus liebte, ich hätte auch Julian genommen, aber der hatte sich schon früh für Sabrina entschieden, bei ihnen war es die große Liebe. Nein, ich wollte Robert, um zu dieser Familie zu gehören. Meine Mutter starb an einer Überdosis, als ich sechszehn war, danach kümmerten sich Suzanne und Leonard Bradshaw um mich, damals gehörte ich bereits zu ihrer Familie. Allerdings änderte sich das, als die beiden zwei Jahre später, bei einem Autounfall ums Leben kamen. Ich nahm ihnen das sehr übel, denn sie hatten sich davongemacht, so wie mein Vater und meine Mutter vor ihnen.

Ich war neunzehn, als ich mich entschloss, einen vernünftigen Beruf zu erlernen. Das war auch die Zeit, als die anderen die Insel verließen, um zu studieren und das Leben in der Welt kennenzulernen. Ich ging nach London, wo diese Tante von mir wohnte, durch Glück bekam ich eine Ausbildung und danach den Job bei einer Fluggesellschaft. Hazel lernte Journalismus und wurde später eine gefürchtete Klatschreporterin. Sabrina ging nach Berlin, studierte Innenarchitektur und heiratete Julian. Rebecca besuchte eine Schauspielschule und ehelichte Juan. Robert schloss sein Studium in Theaterwissenschaft ab, doch statt am Theater zu arbeiten, kümmerte er sich um die Karriere seiner Schwester. Julian machte irgendetwas mit Finanzen und Wirtschaft. Tobias entschied sich für München und begann ein Kunstgeschichtestudium. Er war derjenige von uns, der sich am wenigsten in der Welt, fernab unserer Insel, zurechtfinden konnte, hinzukam, dass er die Erwartungen seines Vaters nicht erfüllte, worunter er zusätzlich litt.

Ich mochte Tobias immer schon und hatte ihn zu unserem Trauzeugen auserkoren, wenn es einmal so weit sein würde. Früher war er ein sehr hübscher und sensibler Junge, aber ein Weichei, doch dafür konnte er nichts. Seine Mutter hätte ihn am liebsten zu einem Mädchen umgemodelt und ich glaube, Tobi hätte nichts dagegen gehabt. Man wusste nicht so genau, ob sie damit ihren abtrünnigen Ehemann bestrafen oder sich von allem Männlichen distanzieren wollte. Ich erinnere mich auch an eine Zeit, als Tobi höchst suizidgefährdet war. Wir alle haben uns damals um ihn gesorgt. Robert, der den besten Zugang zu ihm hatte, wohnte sogar einige Monate bei ihm in München, bis es ihm wieder besser ging. Aber so richtig kam Tobi nicht mit dem Leben und seinen Jobs zurecht, er arbeitete nirgends länger als zum Ende der Probezeit. Letztendlich machte er sich selbstständig. Ein Projekt folgte dem anderen. Manche setzte er in den Sand, andere waren sehr erfolgreich. Bei ihm ging es ständig rauf und runter und so waren auch seine Stimmungen. Doch was konstant blieb, waren seine Geldprobleme. Er lag uns ständig mit der Suche nach Sponsoren für seine Projekte in den Ohren. Für größere Veranstaltungen konnte ich manchmal meine Fluggesellschaft gewinnen, ich kenne dort die verantwortliche Person für die Öffentlichkeitsarbeit, außerdem habe ich einen guten Draht zur Geschäftsleitung. Wenn es darum ging, das Image unseres Unternehmens aufzubessern und gleichzeitig unsere Zielgruppe anzusprechen, dann waren wir dabei. Bisher lief alles zufriedenstellend, jedenfalls habe ich nichts Gegenteiliges gehört. Obwohl Hazel etwas anderes herausgefunden haben muss, denn sie deutete an, dass sie preisgeben könne, wie er sein Geld verdiene, es jedoch nicht täte, sozusagen als Weihnachtsgeschenk. Man soll ja nicht schlecht über Tote reden, aber bei Hazel fällt mir das äußerst schwer. Sie konnte mich zur Weißglut bringen, allerdings nicht nur mich. Wir alle, außer Sabrina vielleicht, waren nicht gut auf sie zu sprechen und Rebecca, Julian, Robert und Tobi müssen erleichtert gewesen sein, als sie tot aufgefunden wurde. Nur im ersten Moment war der Schock groß, aber jetzt konnte Hazel uns nicht mehr in die Quere kommen. Dann passierte der zweite Mord und wir wurden wieder verdächtigt. Allen voran Tobias und ich, bis die Polizei den Fall aufklärte. Seitdem hatte ich von Tobi nichts mehr gehört, bis ich im Mai einen dicken Umschlag von ihm in meinem Briefkasten fand.

Es war gegen Mittag, als Robert mich abholte. Ich war auf Heimaturlaub in London, das Wetter war fantastisch und ich hatte mir vorgenommen, einen Einkaufsbummel in der City zu machen.

»Wo soll es hingehen, meine Liebe?«, fragte mich Robert. Er gehört zu den Männern, denen es Spaß macht, einkaufen zu gehen. Er ist der beste und geduldigste Einkaufsberater, den man sich vorstellen kann, allerdings war er mit dieser Fähigkeit besser bei Rebecca aufgehoben. Ich hatte wenig Freude daran ein Outfit nach dem anderen anzuprobieren, wo ich doch von vorneherein wusste, was ich kaufen wollte, nämlich ein schlichtes Kleid für den Sommer.

»Tobi hat geschrieben«, antwortete ich stattdessen. »Er hat wieder ein Konzept erarbeitet für ein neues Projekt. Ich glaube, unser Vorstand könnte Interesse haben, es zu unterstützen. Es handelt sich um eine Benefizveranstaltung, die der Alzheimer-Forschung zugutekommt.«

»Warum sollte deine Gesellschaft gerade so ein Projekt sponsern?« Robert sah keinen Zusammenhang zwischen einer Fluggesellschaft und Alzheimer. Daher erklärte ich ihm, dass unsere Zielgruppe in einem Alter ist, in dem Alzheimer entweder schon anfängt, und wenn das nicht der Fall ist, dann die Angst davor und das Interesse, dass dagegen ein Mittel gefunden wird. Um meine Theorie zu untermauern, fragte ich: »Sag mal, wo wollten wir heute noch mal hin?«

Jeder von uns hofft, nicht dem eigenen Vergessen zum Opfer zu fallen. Aufgrund dessen hatte Tobias keine Schwierigkeiten von meiner Geschäftsleitung, alles Männer über fünfzig und Golfer, die Zusage für seine Benefizveranstaltung im Rahmen eines Golfturniers zu bekommen. Die gespendeten Gelder sollten einer respektablen Forschungsgruppe zugeführt werden, es gab nur einen kleinen Haken, denn die Veranstaltung sollte in Deutschland stattfinden.

Als ich das Projekt vorschlug, ahnte ich nicht, welche Konsequenzen es für mich haben würde, denn man nahm mein Engagement zum Anlass, mich abzuschieben. Meine Vorgesetzten waren der Meinung, dass ich das Alter erreicht hätte, aus dem aktiven Flugdienst auszuscheiden. Das kam für mich wie ein Schlag ins Gesicht. Ich war noch nicht einmal vierzig, unverheiratet und schon zu alt für meinen Job, den ich so sehr liebe. Ich hatte mich daran gewöhnt viel unterwegs zu sein, die Flughäfen der Welt zu sehen, manchmal auch ein wenig mehr, vor allem genoss ich die freie Zeit zwischen den Einsätzen. Was man mir stattdessen anbot entsprach so gar nicht meinen Vorstellungen, Bodendienst oder Ausbildung der Stewardessen und jeden Tag zur Arbeit gehen. Am liebsten hätte ich alles hingeschmissen, aber Robert machte immer noch keine Anstalten, um meine Hand anzuhalten. Die Idee ihn zu fragen, kam mir nicht, dazu war ich zu konservativ. Er hingegen fand es gut, dass ich nicht mehr in der Welt herumfliegen musste.

Um mir entgegenzukommen, bot mir mein Arbeitgeber an, mich fürs Erste um die Benefizveranstaltung zu kümmern, danach könne ich mich für eine der Alternativen entscheiden.

*

Es war ein sonniger Vormittag im Juni, als ich auf dem Münchner Flughafen landete. Tobias erwartete mich und zusammen fuhren wir in seinem Sportwagen in die Innenstadt. Ich konnte mir nicht verkneifen ihn zu fragen, wie er, bei seinen notorischen Geldproblemen, an dieses Auto gekommen sei.

»Mach dir keinen Kopf, Süße, bei mir läuft es blendend«, sagte er, dabei strahlte er über das ganze Gesicht. »Und bei dir?«

Ich erzählte ihm von meiner Versetzung, betonte jedoch, dass ich nicht klagen könne.

»Jetzt bist du erst einmal hier. Du wirst sehen, dir wird die Stadt gefallen. Leider ist dein Hotel beim Golfplatz außerhalb, aber heute bleibst du bei mir und ich zeige dir München und mein Lieblingslokal.«

Während der gesamten Zeit vom Flughafen bis zur Autobahnabfahrt versuchte Tobias, mich zu beeindrucken. »Rachel, meine Süße, von jetzt an kann nichts mehr schiefgehen«, sagte er abschließend, dann konzentrierte er sich auf den Verkehr. Nur vereinzelt erklärte er mir, wo wir gerade vorbeifuhren. »Hier rechts ist der Tucherpark, dahinter der Englische Garten. Auf der anderen Seite der Isar, über die Tivolibrücke, ist Bogenhausen und schau jetzt nach rechts, da geht's zum Chinesischen Turm.«

Alles war neu für mich, und als wir an einer Ampel abbogen, fragte ich: «Was ist das?«

»Das musst du doch von Fotos kennen, das ist das Haus der Kunst.«

Weiter ging es links an der Bayerischen Staatskanzlei vorbei, über die Maximilianstraße, zum Isartor Richtung Sendlinger Tor und dort in der Nähe hatte Tobias seine Wohnung. Ich war begeistert von dem, was ich bis dahin gesehen hatte. Die Fahrt war eine wahre Sightseeing Tour und Tobis Apartment versetzte mich dann vollkommen in Erstaunen.

»Das ist ja traumhaft, diese Terrasse und der Ausblick. In London wäre das unbezahlbar.«

»So etwas ist hier auch nicht billig. München ist die teuerste Stadt in Deutschland, speziell was Mieten anbelangt«, sagte Tobi nicht ohne Stolz.

Von der Terrasse aus zeigte er mir die Türme der Frauenkirche und den Marienplatz, den Rindermarkt, den Viktualienmarkt, den Gärtnerplatz, den Stachus und den nahegelegenen St. Jakobs Platz. Doch außer den Kirchtürmen und den Dächern der Stadt konnte ich nichts sehen, aber ich kannte zumindest die Richtung der gezeigten Sehenswürdigkeiten und wähnte mich im Zentrum von allem. Ich freute mich nicht nur, dass Tobias es offensichtlich aus eigener Kraft geschafft hatte, mit den Bradshaws gleichzuziehen, sondern auch, sich vor seinem Vater beweisen zu können. Man sah ihm an, dass er sich in seiner Haut wohlfühlte, außerdem sah er blendend aus, aber immer noch etwas zu feminin für meinen Geschmack. Für seine dreiundvierzig Jahre hatte er eine superschlanke Figur mit einem knackigen Po in der engen Hose, allerdings strahlte nichts an ihm Männlichkeit aus.

»Ich bringe dich zum Sitz deiner Fluggesellschaft, dann kannst du erledigen, was zu erledigen ist. Danach treffen wir uns wieder und gehen etwas essen. Okay?«

Ich hatte nichts dagegen einzuwenden. Doch bevor wir uns auf den Weg machen konnten, klingelte das Telefon. Ich stand immer noch auf der Terrasse, daher hörte ich nur Bruchstücke von dem Gespräch im Wohnzimmer, aber ich beobachtete Tobi durch die gläserne Front und bemerkte die Anspannung. Ich trat etwas näher zur Terrassentür, um besser hören zu können, und drehte gleichzeitig meinen Rücken zu Tobi. Ganz deutlich vernahm ich, *ich rate dir vergiss das Geld nicht, du willst doch keine Unannehmlichkeiten.* Ich war wieder an die Balustrade getreten, als Tobi die Terrasse betrat. »Ich soll dich von Julian grüßen.«

»Das war Julian?« Ich war nicht wenig erstaunt. Einerseits, dass er mir Grüße ausrichten ließ, andererseits, dass die beiden diesen engen Kontakt hatten.

»Ja, seit er alleine auf dem Lande lebt, ruft er öfter an. Ich hab ihm gesagt, dass du hier bist.«

Tobis Stimme hatte besorgt geklungen, aber mir war es egal, in welche Geschäfte Julian verwickelt war und wie einsam er sich fühlte.

»Okay, dann lass uns jetzt fahren. Ich möchte diesen Termin so schnell wie möglich hinter mich bringen.«

Wir fuhren nicht, wir spazierten durch die Stadt bis zum Lenbachplatz. Ich ging in das Büro meiner Fluggesellschaft, während Tobi auf mich im nahegelegenen Park in einem Café wartete. Es dauerte nicht lange, bis ich die Liste der geladenen Teilnehmer des Turniers und der Gäste für den Spendenball in Händen hielt und den Ablauf des Events mit Max, dem Manager, besprochen hatte. »Hoffentlich vergessen unsere Gäste nicht zu kommen«, scherzte Max, als ich mich verabschiedete.

Ein bisschen fühlte ich mich wie im Urlaub. Die Sonne schien, es war heiß und die Stadt zeigte sich in ihrem schönsten Licht. Ich schlenderte zu dem Treffpunkt im Alten Botanischen Garten und hielt an der Terrasse des Park Cafés Ausschau nach Tobi. Nur von Tobi war nichts zu sehen. Auf seinem Handy war die Mailbox eingeschaltet und ich hinterließ die Nachricht: »Ich kann dich nicht finden, wo steckst du, melde dich.«

Zuerst stand ich eine Weile verloren herum, dann setzte ich mich irritiert an einen Tisch und wartete. Mütter mit ihren Kleinkindern spazierten vorbei. Sie machten mir wieder einmal bewusst, dass ich diese Rolle in meinem Leben nicht mehr spielen würde. Aber zu einem Kind gehört neben der Mutter auch ein sorgender Vater. Die Erfahrung, nur mit einer Mutter aufgewachsen zu sein, hatte mir die Erkenntnis gebracht, dass die Verantwortung für ein Menschenleben zu groß war, um nur von einer Person getragen zu werden. Und plötzlich fühlte ich mich einsam, nicht nur, weil ich mich in einer fremden Stadt befand und Tobi nicht aufzufinden war, sondern auch, weil ich außer meinen Freunden niemanden auf der Welt hatte. Soweit ich wusste, existierten keine Familienangehörige mehr, seit meine Tante gestorben war. Meine Großeltern waren schon lange tot und andere Mitglieder meiner Familie gab es nicht. Und seit Kurzem starben mir sogar meine Freunde weg oder lösten sich in Luft auf, wie Tobias. Ich überlegte mir gerade, ob ich den Weg zum Apartment auch alleine finden würde, als mein Handy summte.

»Rachel tut mir leid, aber ich habe noch eine wichtige Angelegenheit zu regeln, ich komme später. Wenn du willst, dann geh doch schon zu meiner Wohnung. In dem Gebäude ist unten ein Restaurant, dort kannst du auf mich warten«, sagte Tobi und legte auf. Er hatte sich gehetzt angehört. Noch etwas anderes schwang in seiner Stimme mit, hätte ich es deuten müssen, dann hätte ich gesagt, es war pure Angst.

Erstaunlicherweise hatte ich kein Problem den Weg zu Tobis Apartment zurückzufinden. Es gab genügend markante Punkte, an die ich mich erinnerte. Der Karlsplatz war in Sichtweite, als ich aus dem Park trat und als ich am Sendlinger Tor ankam, wusste ich, dass ich bald mein Ziel erreicht hatte. Das Restaurant, in dem wir uns treffen wollten, war neu und von gehobenem Standard. Alles war sehr großzügig, sogar der breite Bürgersteig und die Straße davor. Ich war froh, dass ich draußen einen Sitzplatz fand, so würde ich die Ankunft von Tobi auf keinen Fall verpassen. Nicht, dass ich ihm nicht traute nach mir zu suchen, aber ich hatte das Gefühl, ich sollte meine Augen offenhalten. Der lange Spaziergang hatte mich ermüdet, immerhin war ich seit den frühen Morgenstunden auf den Beinen, dazu kamen die Hitze und das Weißbier, das ich mir im

Park Café bestellt hatte. Am liebsten hätte ich mich in Tobis Wohnung hingelegt und ich musste aufpassen, nicht auf dem bequemen Sessel einzunicken. Ich dachte gerade, hier passiert ja überhaupt nichts um mich wachzuhalten, da hielt mit quietschenden Reifen ein dunkler Mercedes an, die Wagentür öffnete sich und ein Mann wurde hinausgestoßen. Taumelnd stolperte die Person einige Schritte über den Bürgersteig, dann fing sich die Gestalt, richtete sich auf und mir fiel vor Schreck das Glas aus der Hand. Tobias stand mir in einem vollkommen aufgelösten Zustand gegenüber. Meine Fassungslosigkeit dauerte nur Sekunden, denn in meinem Beruf war ich gewöhnt, in heiklen Situationen schnell und besonnen zu reagieren. Ich sprang auf, eilte auf ihn zu und fragte, ob alles in Ordnung sei. Tobi nickte nur, schaute ängstlich um sich und flüsterte: »Komm lass uns von hier verschwinden.«

*

Von dem selbstbewussten Tobias, der mich nur wenige Stunden zuvor am Flughafen mit einem strahlenden Gesicht abgeholt hatte, war nichts mehr übrig geblieben. Vor mir auf der Couch saß ein heulendes Häufchen Elend. Erst nachdem er ein Glas Wodka getrunken und einen Joint geraucht hatte, konnte er seine Tränen unter Kontrolle halten.

»Wir können nicht hierbleiben, die wissen, wo ich wohne. Hier sind wir nicht mehr sicher«, sagte er immer wieder.

»Wer sind die?«, wollte ich wissen, »und was wollen die von dir?«

Aber statt einer Antwort hörte ich wieder, dass wir nicht bleiben könnten, jetzt wo sie wüssten, wo er wohne.

»Die haben dich doch hier ungeschoren abgeladen, also passiert jetzt nichts mehr, außer die wollen etwas von dir, das du ihnen nicht geben willst. Sag mir, worauf hast du dich eingelassen?«

Und wieder erhielt ich keine Antwort, nur sein Lamentieren, bis es mir zu bunt wurde. »Jetzt hör auf damit. Sag mir endlich, was los ist, oder ich lasse dich hier alleine sitzen und fahre in mein Hotel.«

»Ja, lass uns ins Golfhotel fahren.« Tobi schaute mich hoffnungsvoll an.

»Hast du nicht zugehört? Ich hab gesagt, *ich* ziehe in ein Hotel und *du* bleibst alleine hier, wenn du mir nicht sagst, was los ist.«

Ich hatte zwar nicht vor, ihn alleine zu lassen, sein Zustand war zu erbärmlich, aber ich hoffte, ein bisschen Druck würde seine Zunge lösen. Außerdem lag noch die Benefizveranstaltung vor uns und ich konnte nicht auf den Organisator verzichten und alles abblasen, ohne bei meiner Firma in Ungnade zu fallen.

Eine Stunde später saßen wir in der Hotelbar des Golfhotels, in dem für mich und die außerhalb wohnenden Gästezimmer reserviert waren, und Tobi fühlte sich sichtlich wohler. Ob das an dem Marihuana lag, wusste ich nicht. Ich verstand auch nicht, warum sich Tobi und Rebecca immer mit diesen Drogen einlullten und schon gar nicht, weswegen Tobi sich in Gefahr glaubte. Mir war bekannt, dass er aus einer Fliege einen Elefanten machen konnte, und wäre ich nicht Zeugin dieser Szene auf der Straße gewesen, dann hätte ich der ganzen Angelegenheit keinen Glauben geschenkt, aber was ich beobachtet hatte, beunruhigte mich zutiefst. Doch das Einzige, was ich aus ihm herausbrachte, war, dass in zwei Tagen alles wieder in Ordnung sei.

»Und was willst du bis dahin machen? Übermorgen ist das Golfturnier und der Spendenball, willst du dich so lange verstecken oder was?«

Was er dazu sagte, war lediglich: »Hier bin ich sicher, hier passiert mir nichts, aber du bleibst doch in meiner Nähe, nicht wahr?« Dann summte sein Handy die Melodie aus dem Film »Spiel mir das Lied vom Tod« und versetzte ihn dermaßen in Schrecken, dass er es weit von sich schob. Da es direkt vor mir liegen blieb, konnte ich auf dem Display sehen, dass der Anruf von Julian kam, daher forderte ich Tobi auf abzuheben.

»Ich kann jetzt nicht reden, ruf mich später an, oder morgen und vergiss nicht, es bleibt dabei was ich dir gesagt habe, sonst - du weißt schon. Besser, du rufst mich gar nicht mehr an, ich schalte das Handy jetzt aus.«

»Was wollte Julian?«, fragte ich.

»Nichts, nur Hallo sagen, du kennst ihn doch.«

So kannte ich Julian bestimmt nicht. Er war gewiss nicht der Typ, der anrief, um Hallo zu sagen, aber ich hielt meinen Mund und wunderte mich. Und allmählich wunderte ich mich auch über einen Gast, der am kurzen Ende der L-förmigen Theke saß und sich auffällig unauffällig benahm. Sein Blick war konstant auf uns gerichtet ohne uns direkt anzuschauen, nur seine Augen kreisten von Zeit zu Zeit um uns herum. Wie ein Bodyguard, der die Umgebung scannte. In seinem Polohemd unterschied er sich nicht von den anderen Golfern in der Bar und hätte er nicht diesen Kahlschnitt gehabt, dann wäre er mir nicht aufgefallen. Doch genau diesen Charakterkopf hatte ich schon am Nachmittag in dem Restaurant bemerkt, nur waren dort die Augen von einer dunklen Sonnenbrille verdeckt gewesen. Dass ich auf ihn aufmerksam geworden war, störte unseren Beobachter keineswegs, ohne eine Miene zu verziehen, konnte er mir nun ungehemmt in die Augen schauen und seine Observation fortsetzen. Je länger das dauerte, desto unbehaglicher fühlte ich mich. Tobi konnte ich nichts von meinem Verdacht sagen, das hätte ihn in Panik versetzt, also schlug ich vor, bevor Tobi sich einen weiteren Drink bestellen konnte, auf unsere Zimmer zu gehen. Ich erntete Häme statt Dankbarkeit, aber die nahm ich gerne in Kauf, denn der stille Beobachter wurde mir von Minute zu Minute unheimlicher. Außerdem wollte ich schlafen und dieses beklemmende Gefühl loswerden.

*

Als ich meine Umgebung am frühen Morgen im Sonnenlicht wahrnahm, hatten sich die Eindrücke des vergangenen Tages zwar nicht völlig verflüchtigt, jedoch immens relativiert. Tobis Probleme waren nicht meine, er musste selbst schauen, wie er aus diesem Dilemma herauskam. Für mich sah die Welt wieder freundlich aus und gut gelaunt machte ich mich auf den Weg in den Frühstücksraum. Das Golfhotel war neurustikal im bayerischen Stil eingerichtet, mit viel hellem Holz und Schnitzereien, karierten Tischdecken und Blümchenvorhängen. Für Folklorebegeisterte eine super Sache, aber mir gefiel so etwas nicht, auch nicht die gestandene Bedienung in ihrem Dirndl. Höchstwahrscheinlich gab es auf dem Land keine Designerhotels, sonst hätte Tobias uns das nicht angetan, dachte ich und schaute mich nach ihm um. Es waren nur drei Tische besetzt, an einem davon saß der Mann mit Glatze und Sonnenbrille, von Tobi war jedoch nichts zu sehen. Ich nahm mit dem Rücken zu unserem Beobachter, der wahrscheinlich nur ein Hotelgast war, Platz und vergaß ihn, sobald die erste Tasse Kaffee vor mir stand. Noch bevor ich meine dritte Tasse Kaffee getrunken hatte, erschien auch Tobi. Er hatte bereits auf der Driving Range den ganzen Morgen Bälle geschlagen und war frustriert. »Mit meinem Driver komme ich derzeit gar nicht zurecht. Ich müsste eine Trainerstunde nehmen, wenn ich morgen einen vernünftigen Abschlag zustande bringen will«, begrüßte er mich und setzte sich hin, als hätte er sonst keine Sorgen.

'Besser so, als einen verängstigten Tobi', dachte ich und lächelte ihn an.

Tobi lächelte zurück. »Rachel vergiss, was gestern war, okay? Das hat sich erledigt. Übrigens, ich habe eine Überraschung für dich, du musst um vier Uhr zum Klubhaus kommen. Und jetzt muss ich wieder los, denn ich hab noch 'ne Menge für das Turnier zu tun, also bis später. Und falls du eine Runde über den Platz gehen willst, dann leih dir eine Ausrüstung hier im Hotel.«

Tobi hatte recht, ich könnte einige Löcher spielen oder Bälle auf der Driving Range schlagen, sonst gab es für mich sowieso nichts zu tun. Meine Aufgabe bei dieser Veranstaltung beschränkte sich nur auf die Kontrolle unserer Präsenz als Sponsor, um die Gäste würde sich Max aus der Münchner Geschäftsstelle kümmern. Allerdings oblag die Verantwortung in erster Linie dem Eventmanagement und das war Tobias Baumann mit seinem Team. Ich könnte aber auch in die Stadt fahren, von der ich, wegen unserer überstürzten Abfahrt, nur sehr wenig gesehen hatte. Doch obwohl Tobi mir gesagt hatte, ich solle den Vorfall vergessen, ging mir die Sache nicht aus dem Kopf und das Golfhotel erschien mir der sicherere Ort und Golfen die ungefährlichere Betätigung. Diese Sportart war zwar noch nie eine Leidenschaft von mir, doch vor einigen Jahren spielte ich noch ganz passabel mit einem Handicap von sechsunddreißig, nur war eine Verbesserung ausgeschlossen, dazu spielte ich zu selten. Es war eine gute Gelegenheit mich wieder einmal zu testen, dachte ich. Daraufhin besorgte ich mir ein Bag mit Putter, Wedges, einigen Eisen und Hölzern und machte ich mich auf den Weg zum Übungsplatz.

Ich hatte völlig vergessen, wie viel Spaß es macht, Bälle in die Gegend zu schlagen, wenn man trifft und keine Divots schlägt. Golfen ist wie Fahrrad fahren, man verlernt es nicht. Nachdem ich festgestellt hatte, dass ich die Abschläge meisterte und die Golfbälle zufriedenstellend über verschiedene Distanzen befördern konnte, war ich bereit den Gang über den Platz anzutreten. Ich brauchte vier Stunden um die achtzehn Löcher zu spielen, es waren die entspanntesten Stunden seit Langem. Niemand kritisierte mich, ich stand nicht unter Erfolgszwang, so wie das bei unseren Vierer-Flights immer war, wo alle besser spielten als ich. Ich war sogar mit meinem Score sehr zufrieden, einige Male spielte ich Par ansonsten Double Bogeys oder Bogeys. Die Golfanlage war in bestem Zustand, das jedenfalls konnte ich meiner Geschäftsleitung mitteilen, falls ich eine Beurteilung abgeben musste. Und ich hatte das Gefühl nicht nur meinem Vergnügen nachgegangen zu sein, sondern auch gearbeitet zu haben.

Es war kurz nach sechszehn Uhr, als ich mich auf den Weg zum Klubhaus machte. Das Erste, was ich auf der Terrasse bemerkte, war unser Beschatter. Neben ihm stand ein Trolley samt Golfbag und wegen der Sonnenbrille konnte ich nicht erkennen, ob er mich erblickt hatte oder sich mit geschlossenen Augen sonnte. Jedenfalls empfand ich ihn bei Tageslicht nicht als Bedrohung, und wie er der Sonne zugewandt, relaxed in einem Korbsessel saß, sah er außerdem ausgesprochen sexy aus. Männlich, braungebannt, tadelloser Körperbau, allerdings etwas jung, aber sonst ganz nach meinem Beuteschema. 'In früheren Tagen zumindest', dachte ich wehmütig, denn ich hatte mir vorgenommen, auch in der Ferne keine Dummheiten mehr zu machen. Irgendwann taucht immer jemand auf und sieht, was nicht gesehen werden soll. Wie recht ich damit hatte, erfuhr ich einige Sekunden später als Tobi auf mich zukam, mich bei der Hand nahm und wegführte.

Die Überraschung hätte nicht größer sein können. Da saßen alle, die mit mir und Tobi von uns noch übrig waren. Als Erstes sah ich Robert und Sabrina, die anderen hatten mir den Rücken zugekehrt, aber es war nicht schwer zu erraten, dass auch Rebecca und Julian mit von der Partie waren. Robert stand sofort auf, Sabrina nickte, ohne eine Miene zu verziehen, Rebecca schaute über ihre Schulter und hob die Hand, während Julian keine Anstalten machte, mich zu begrüßen. Robert war mittlerweile zu mir getreten und zog mich unter eine mit Kletterrosen berankte Laube.

»Ich hab dir etwas Wichtiges zu sagen«, flüsterte er mir ins Ohr und küsste mich auf die Wange. »Freust du dich?«

»Dass ihr gekommen seid?«, fragte ich verdutzt.

»Ja, nein, natürlich das auch. Ich meine, mich zu sehen«, stammelte er.

»Ja doch, aber wir hätten uns nach dem Turnier sowieso gesehen. Oder seid ihr wegen Tobi hier, dem geht es heute schon viel besser.«

»Warum wegen Tobi? Nein, ich bin deinetwegen hier. Ich wollte dich fragen, naja, eigentlich hatte ich mir das anders vorgestellt, etwas romantischer, aber so viel Zeit bleibt uns ja nicht, wenn wir heute Abend die Verlobung feiern wollen. Also willst du meine Frau werden?«

Damit hatte ich nicht gerechnet. »Weswegen gerade jetzt? Hätte das nicht warten können, bis ich wieder in London bin?« Ich hatte so lange auf diesen Antrag gewartet und statt einfach ja zu sagen, fing ich an, Fragen zu stellen.

»Ja schon, aber so sind wir alle zusammen. In London wäre Sabrina bestimmt nicht dabei gewesen, und ob die anderen wegen unserer Verlobung gekommen wären, bezweifle ich. So ist es doch schöner und warum nicht in München?«

Ich überlegte kurz, dann sagte ich: »Kannst du noch einmal fragen?«

Robert nahm meine Hand, richtete sich kerzengerade auf und fragte förmlich: »Rachel Wood, willst du meine Frau werden?«

Endlich würde ich eine Bradshaw sein, dachte ich mit Genugtuung und ein wohliges Gefühl stieg in mir auf. Nach meinem hingehauchten *ja, ich will,* küsste Robert mich, so wie er es immer tat, emotionslos, aber daran hatte ich mich gewöhnt.

Alle wussten, auch ohne uns zu beobachten, was sich in der Laube abspielte und als wir zum Tisch zurückkamen, machte nur Julian eine Bemerkung: »Alles unter Dach und Fach? Dann kann ja die Feier heute Abend steigen.«

Niemand hatte angenommen, ich würde den Antrag ablehnen, schon gar nicht den Ring, den mir Robert an den Finger gesteckt hatte. Alle waren in bester Stimmung, besonders Tobi, so stand unserer Verlobungsfeier am Abend nichts mehr im Weg.

Wir kamen später zu einem gemeinsamen Abendessen an einem festlich gedeckten Tisch im Restaurant des Golfhotels zusammen, um die Verlobung zu feiern. Zu diesem Anlass spendierte uns die Geschäftsleitung eine Flasche Prosecco, was bei Julian ein verächtliches Naserümpfen hervorrief. »Können wir die für eine Flasche Champagner eintauschen?«, fragte er den Ober. Überfordert und verlegen zog sich dieser zurück und erschien etwas später mit dem gewünschten Champagner und einer Entschuldigung des Managers. Von Julian konnte selbst ich noch einiges lernen und mir bestätigte sich wieder einmal, dass nur Frechheit siegt. Aber der Manager war nicht dumm, er konnte sich ausrechnen, dass danach weitere Flaschen von dem teuren Gesöff folgen würden und seine Kalkulation ging auf. Es war das Lieblingsgetränk von Robert und Rebecca, doch nicht nur die beiden langten kräftig zu. Nach der vierten Flasche wechselten wir in die Bar, wo mir sofort unser Beschatter auffiel. Er saß auf seinem Platz, und wenn ich ihn nicht am Nachmittag auf der Terrasse des Klubhauses gesehen hätte, dann hätte ich annehmen können, er säße noch vom Vorabend dort.

Mir war aufgefallen, dass Tobi, je mehr Julian trank, immer unruhiger wurde, bis er aufstand und Julian aufforderte, ihm zu folgen. Mein Schwager in spe hatte jedoch kein Interesse Tobis Wunsch zu entsprechen, erst als Tobi laut und vernehmlich sagte: »Ich glaube, das wird euch alle interessieren und nicht nur euch, sondern auch.....«

»Shut up and fuck you«, unterbrach Julian ihn verärgert und stand auf.

Wir alle hatten gespannt darauf gewartet, was Tobi uns mitzuteilen hatte, bis Julian dem Ganzen auf diese rüpelhafte Weise ein Ende machte.

»Nach was sieht das denn aus?«, fragte Rebecca erstaunt.

»Nach Trouble?«, meinte Sabrina, nicht ohne Schadenfreude.

»Ist das nicht auch der Grund, weswegen du hier bist?«, wollte ich von ihr wissen.

»Nein, liebe Rachel, ich bin wegen des Turniers hier und weil Tobias und Robert mich gebeten haben zu kommen. Julian ist nur eine lästige Nebenerscheinung, die von mir gar nicht wahrgenommen wird.«

Ich wandte mich meinem Verlobten zu, er schaute mich mit hochgezogenen Augenbrauen alarmiert an, aber ich lächelte nur. »Wie es aussieht, wird das bestimmt ein spannendes Turnier.«

Dabei dachte ich allerdings mehr an die immer wiederkehrenden zwischenmenschlichen Konflikte unter uns. Nichtsdestotrotz waren Julian und Sabrina exzellente Golfer, Rebecca und Robert ebenfalls, jedenfalls würden sie nicht viel schlechter abschneiden, als der einzige Profispieler des Golfklubs. Einen richtigen Star konnte Tobi nicht für diesen Event gewinnen, keiner von den Topspielern wollte für die Wohltätigkeit seine Zeit opfern und auf das bisschen Presse verzichteten sie gerne.

Ich entschuldigte mich. Beim Aufstehen stellte ich fest, dass der Beschatter verschwunden war. Entweder konnte er meine Gedanken lesen oder er war nicht an mir interessiert, jedenfalls hoffte ich, ihm nicht auf der Toilette zu begegnen. Mein Weg führte mich an einem Nebenzimmer vorbei, aus dem ich bekannte Stimmen hörte.

»Du bekommst es morgen nach dem Turnier«, sagte Julian in einem beschwichtigenden Ton.

»Ich rate dir, lass mich nicht hängen.« Die Drohung war dieses Mal unüberhörbar, dann sahen sie mich.

»Warum schleichst du hier rum?«, zischte Julian mich an.

»Ich schleiche nicht, ich gehe zur Toilette, wenn du nichts dagegen hast«, antwortete ich und wurde das Gefühl nicht los, dass Tobis Probleme noch nicht vorüber waren.

Als ich zurückkam, war Tobi mit Robert im Gespräch und unser Beschatter wieder an seinem Platz. Keiner von beiden sah glücklich aus. Tobi gestikulierte heftig und Robert schüttelte irritiert den Kopf. Ich hätte zu gerne gewusst, um was es da ging, doch Rebecca hielt mich zurück.

»Dann hast du es endlich geschafft. Dein Traum ist in Erfüllung gegangen. Irgendwie hast du es dir auch verdient, nach so langer Zeit. Und mir soll's recht sein, aber mach meinen Bruder nicht unglücklich, sonst bist du dran. Du weißt, wir sind alle nicht gut auf dich zu sprechen, nach dieser Sache mit Julian.«

»Übertreib mal nicht, wenn überhaupt dann steht es fifty-fifty. Julian ist ja nicht ganz unschuldig an der Sache gewesen. Du überschätzt dich und Julian, außerdem könnt ihr mir gar nichts. Robert steht hinter mir und meinetwegen hättet ihr nicht wegen der Verlobung hier antanzen müssen.«

»Sind wir auch nicht. Es war Julians Idee, da wussten wir noch nicht, dass es eine Verlobung geben wird, aber es ist gut so, denn für Robert ist es wichtig, dass wir hier sind. Wann soll denn die Hochzeit sein? Ich wette, du hast das Brautkleid schon im Schrank hängen.«

»Ich hoffe sie hat, denn ich dachte Anfang August ist ein guter Termin, dann ist es auf unserem Landsitz besonders schön«, antwortete Robert zu meiner Überraschung und legte seinen Arm um mich. »Das heißt, wenn es dir recht ist.«

Ich hatte natürlich nichts dagegen, ganz im Gegenteil, Bradshaw Mansion war ein passender Ort für diese Feierlichkeit und je schneller desto besser. Als wir darauf anstießen, hatte Rebecca sich bereits weggedreht und Tobi sagte, er wolle sich zurückziehen. »Ich will sehr früh aufstehen, denn ich muss unbedingt vor dem Turnier noch auf die Driving Range, sonst brauche ich erst gar nicht anzutreten.«

»Und wann treffen wir uns?«, fragte ich ihn. Es gab vor dem Eintreffen der Teilnehmer einige Dinge zu besprechen, was den Ball am Abend betraf.

»Ich schlage vor, nach der Driving Range aber vor dem Frühstück, so gegen acht hier im Hotel. Ist das okay? Um neun, halb zehn werden sich die ersten Gäste und Teilnehmer einfinden, um elf geht es dann los.« An die anderen gewandt sagte er: »Seid pünktlich zu den angegebenen Zeiten am Abschlag, damit der Zeitplan nicht durcheinander kommt, ich verlasse mich auf euch.« Danach verschwand er auf sein Zimmer.

»Die Organisation hat ihn ganz schön nervös gemacht, aber wie es aussieht, hat er die Sache gut im Griff, hätte ich ihm nicht zugetraut.« Diese anerkennenden Worte kamen von Julian und lösten allgemeines Kopfnicken aus. Wir waren noch nie bei einem seiner Events anwesend und es freute mich, dass er sich hier beweisen konnte.

*

Punkt acht betrat ich den Frühstücksraum. Ich hatte gut geschlafen und fühlte mich prächtig. Sabrina saß bereits an einem Tisch. Sie winkte mir zu. Wie immer würde sie nach Rauch riechen. Auch wenn sie draußen im Freien rauchte, hing der widerliche Zigarettengeruch noch eine Weile in ihren Haaren und Kleidern, umgab sie wie eine Aura und verpestete die Luft.

»Du warst schon draußen, nehme ich an. Hast du Tobi gesehen?«

Sabrina schüttelte den Kopf. »Nein, aber ich war auch nur eine Zigarettenlänge auf der Terrasse. Und wo ist Robert?«

»Ich gehe davon aus, er schläft noch. Das würde ich auch, wenn ich nicht arbeiten müsste.«

»Ja, was machst du hier überhaupt? Ich dachte das ist Tobis Spielwiese.«

»Ist es auch, aber meine Firma sponsert die Veranstaltung und ich schaue, dass das sichtbar ist.«

»Fähnchen und Kugelschreiber?«

»Ja, so ähnlich.«

»Das Startgeld ist ganz schön hoch, finde ich, für ein gesponsertes Turnier.«

»Da musst du dich an Tobi halten, das ist seine Baustelle. Aber bedenke, es ist für einen guten Zweck. Wo bleibt er nur?« Ich versuchte ihn auf dem Handy anzurufen, doch er meldete sich nicht.

»Wahrscheinlich hat er verschlafen oder er steht unter der Dusche«, meinte Sabrina.

»Das glaube ich nicht. Er wollte Bälle schlagen, ich geh mal zur Driving Range, vielleicht hat er die Zeit vergessen, Alzheimer lässt grüßen.«

»Ich komme mit.« Wenn Rebecca anwesend gewesen wäre, dann hätte Sabrina mich bestimmt nicht begleitet, so aber spazierten wir nebeneinander der Driving Range entgegen, die zwischen dem Klubhaus und dem Golfhotel auf einer Anhöhe lag. Über uns der weiß-blaue Himmel, ringsherum eine wunderschöne Landschaft, das Wetter war traumhaft und ich würde bald eine Bradshaw sein. Ein Bilderbuchtag, den ich mir weder von Sabrina, Julian oder jemand anderem verderben lassen wollte. Nein, niemand würde heute dazu in der Lage sein, dachte ich noch, als wir auf dem Hügel ankamen.

Die Driving Range ist eine Anlage, um verschieden lange Schläge mit unterschiedlichen Schlägern zu üben. Seitlich von uns stand eine längliche Halle nach vorne vollständig offen, um bei schlechtem Wetter unter einem schützenden Dach die Bälle auf die weite Grünfläche zu schlagen. Bei gutem Wetter fand das Gleiche draußen im Freien statt. Die ganze Fläche war sehr übersichtlich, einige frühe Golfer wärmten sich bereits für das Turnier auf, nur von Tobi war nichts zu sehen. Etwas abseits, unterhalb auf der anderen Seite der Halle lagen ein Sandbunker, ein Chipping und Pitching Grün, wo man die kurzen Schläge üben konnte. Dort vermutete ich Tobi nicht, denn er hatte Probleme mit seinem Holz und das nahm man für weite Schläge. Aber aus Erfahrung wusste ich, wenn sich ein Fehler bei einem Schläger einstellt, dann verlor man schnell das Selbstvertrauen und die anderen Schläge litten ebenfalls darunter.

»Lass uns noch bei dem Bunker nachschauen«, forderte ich Sabrina auf und ging ihr voraus. Büsche und Bäume verdeckten die Sicht, erst als wir die Halle passiert hatten, konnten wir teilweise die angelegten Grünflächen und den Bunker unter uns sehen. Als Erstes fiel mir eine Golftasche auf, die einsam am Rande des Bunkers stand. Irgendjemand musste da unten sein, nur zu sehen war niemand. Ein einzelner Golfer kam den Weg hinauf, hinter sich zog er sein Trolley samt Bag.

»Wahrscheinlich ist Tobi schon im Hotel und wartet auf dich«, meinte Sabrina.

»Dann hätte er uns entgegenkommen müssen.«

»Nicht, wenn er diesen Weg genommen hat«, entgegnete Sabina und zeigt nach unten.

»Dann wäre er aber nicht zum Hotel, sondern zum Klubhaus gekommen.«

»Vielleicht musste er noch etwas im Klubhaus erledigen und ist von dort über den Parkplatz zum Hotel gegangen.«

»Kann sein, also lass uns auch diesen Weg nehmen.«

Der entgegenkommende Golfer hatte uns mittlerweile erreicht, er war um die siebzig und sein Gesicht hochrot von den Strapazen. Ich grüßte ihn freundlich, als Antwort erhielt ich ein asthmatisches Grunzen. Wir hatten es einfacher, uns führte der Weg nach unten. Ich nahm wieder mein Handy zur Hand und drückte Tobis Nummer, nichts geschah.

»Hast du das gehört? War das nicht Tobis Handy?«

Ich wählte noch einmal, dann hörte ich es ebenfalls. Die Melodie *Spiel mir das Lied vom Tod*, die Tobi als Rufzeichen in seinem Handy eingespeichert hatte, ertönte aus der Richtung des Bunkers. Sowohl Sabrina als auch ich liefen sofort los und beim Näherkommen sahen wir eine Gestalt im Sand liegen, der Kopf war verdeckt durch den überstehenden Bunkerrand. Ich beugte mich nach vorne, es gab keinen Zweifel, es war Tobias. Ich rief seinen Namen, aber wir bekamen keine Antwort, nur sein Handy spielte wieder und wieder *Das Lied vom Tod*. Wie angewurzelt standen wir einige Sekunden am Bunkerrand und starrten auf die leblose Figur. »Wir müssen ihm helfen«, stieß ich hervor. Ich gab mir einen Ruck, um nach unten zu springen, doch Sabrina hielt mich zurück.

»Leg endlich auf. Ruf lieber die Polizei«, entgegnete sie. Ihre Hände zitterten, als sie sich eine Zigarette anzündete und leise murmelte sie: »Ihm ist nicht mehr zu helfen, sieh ihn dir doch an.«

Ich konnte nur schwer dem Impuls widerstehen ihm zur Hilfe zu kommen, doch die offenen Augen, die ausdruckslos ins Leere starrten, ließen keinen Zweifel, dass Tobias nicht mehr am Leben war. Sabrina nahm mich an der Hand und zog mich weg. Es herrschte eine unheimliche Stille, nachdem ich die Leitung zu Tobis Handy unterbrochen hatte, woraufhin ich schleunigst den Notruf wählte.

Ziemlich schnell kamen zwei uniformierte Polizisten in einem Streifenwagen und riegelten den Bereich ab. Es war nicht erlaubt mit dem Auto so weit auf das Gelände zu fahren, aber der Klubmanager hatte sie offensichtlich nicht daran hindern können. Sie nahmen unsere Personalien auf und befahlen uns zu warten, bis der Kommissar aus München eintreffen würde. Den Manager schickten sie zurück ins Klubhaus, er solle sich dort zur Verfügung halten und vor allem verhindern, dass neugierige Golfer zum Fundort strömten. Ich war froh, dass er den Schauplatz verlassen musste, denn sein kopfloses Herumlaufen und Jammern ging mir mächtig auf den Geist. Dabei bedauerte er nicht den furchtbaren Vorfall, sondern welche Tragödie das für den Golfklub sei. Als die Spurensicherung und die Kriminalbeamten eintrafen, wurde die Atmosphäre förmlich. Der Sandbunker wurde zu einem Tatort und wir, die den toten Tobias entdeckt hatten, zu wichtigen Zeugen. Nachdem wir dem Kommissar erzählt hatten, wie wir Tobias fanden und warum wir ihn überhaupt suchten, durften wir zu unserem Hotel zurückgehen, wo wir uns für eine spätere Befragung bereithalten sollten. Doch die plötzlich ausbrechende Unruhe ließ uns einen Moment warten, man war auf eine zweite Leiche gestoßen.

Mein erster Impuls war, nichts wie weg von hier. Ich dachte an Julian, Robert und Rebecca und wollte nicht wissen, ob vielleicht einer von ihnen dort lag. Sabrina muss ebenso gedacht haben, denn sie zog an meinem Ärmel. »Lass uns verschwinden, ich will nicht wissen, wer da liegt.«

»Einen Moment noch«, hörte ich den Kommissar hinter uns herrufen. »Bleiben Sie stehen, wir brauchen Sie noch einmal.«

Sabrina ließ meinen Arm nicht los, sie zog beharrlich, aber ich schüttelte ihre Hand ab und drehte mich um. Ein Dutzend Augen waren auf uns gerichtet und ich hatte den Eindruck alle glaubten, uns bei der Flucht ertappt zu haben.

Der Kommissar führte uns an den zweiten Fundort nahe einer Baumgruppe. Dort, verdeckt durch einen Busch, erwartete mich ein weiteres Bild des Grauens. Stark blutend lag eine männliche Leiche bäuchlings mit dem Gesicht zur Seite im hohen Gras. Auf dem kahlen Hinterkopf klaffte eine tennisballgroße Wunde, aus der reichlich Blut geflossen war und auf dem weißen Polohemd ein grellrotes immer noch nasses Muster hinterlassen hatte. Er konnte also nicht lange tot sein. Wahrscheinlich hatte der Mann seinen Angreifer nicht einmal kommen sehen. Auch diese Leiche war mir bekannt, ich überlegte allerdings, ob ich das zugeben sollte. Wie würde es aussehen, wenn ich dem Kommissar erzählte, ich hätte zwei Tagen lang das Gefühl gehabt, von diesem Mann beschattet zu werden. Daher antwortete ich auf die Frage des Beamten, ob ich ihn kenne, er sei mir in der Hotelbar aufgefallen, ich wüsste aber nichts über ihn. Der Polizist schaute mich eindringlich an, so als hätte er mehr von mir erwartet. Und auf einmal hatte ich den Eindruck, dass der Kommissar mich von einer Zeugin zu einer Verdächtigen abgestuft hatte.

»Wir kommen später zu Ihnen ins Hotel und veranlassen Sie, dass alle Ihre Freunde ebenfalls anwesend sind.«

Zuerst war ich perplex, dass die Polizei wusste, dass wir eine Gruppe von Freunden waren. Im gleichen Moment wurde mir schmerzlich bewusst, dass einer von uns jetzt nicht mehr unter uns weilte. Ich sah das Bild von Tobi im Sand vor mir. Er hatte so friedlich dort gelegen, keine Spur von Entsetzen oder Furcht in seinem Gesicht. Wäre da nicht der starre Blick gewesen, man hätte denken können, er würde sich ausruhen.

»Sag nicht, was du jetzt sagen willst«, fauchte ich Sabrina an, als wir uns entfernt hatten.

»Und das wäre? Etwa was Hazel gesagt hätte?«

»Sag es nicht, es ist wie ein Fluch. Sie verfolgt uns.«

»Ich wusste gar nicht, dass du abergläubisch bist, das ist doch eher Rebeccas Gebiet.«

Wir nahmen den Weg zurück zum Hotel, den wir gekommen waren. Die wenigen Golfer auf der Driving Range standen an der Seite der Halle und wurden von einem Polizisten befragt. Als wir vorbeikamen, sagte jemand: »Das sind die beiden Damen, die ich gesehen habe.«

Ich hoffte, er hatte die richtige Uhrzeit angegeben, während Sabrina murmelte: »Worauf hat sich Tobi da nur eingelassen, ich versteh das nicht. Wer um Himmelswillen tut so etwas.«

»Vielleicht war es ein Unfall.«

»Du meinst, er hat mit dem Sandwedge versucht einen Ball aus dem Bunker zu schlagen, der Ball prallte am Rand ab und traf ihn am Kopf?«

»Zum Beispiel. Könnte doch sein, oder?.«

»Dann müsste der Bunkerrand aber aus Beton sein, um dem Ball solche Wucht zu verleihen. Und was ist mit der zweiten Leiche?«

Das fragte ich mich ebenfalls, und da ich dazu nichts sagen konnte, setzten wir den Gang zum Hotel schweigend und in Gedanken fort. Es könnte doch sein, dass unser Beschatter kein Beschatter, sondern ein Beschützer gewesen war, aber warum hatte er dann Tobi nicht beschützt und lag stattdessen erschlagen unter einem Busch? Und wer in aller Welt hatte eine derartige Wut, zwei Menschen auf diese brutale Art umzubringen? Hatten die Leute in dem dunklen Mercedes etwas mit der Sache zu tun, oder war es tatsächlich ein Unfall gewesen, ein verirrter Golfball zum Beispiel. Solche Gedanken kamen mir und ich hätte liebend gerne erfahren, was der Kommissar darüber dachte, aber am liebsten wäre ich schnurstracks auf mein Zimmer gegangen. Doch daran war nicht zu denken, denn Robert, Rebecca und Julian saßen auf der Terrasse vor dem Hotelrestaurant. Sie hatten keine Ahnung, was passiert war, das Einzige was sie wussten war, dass das Turnier ausfallen wird.

»Wo seid ihr gewesen?«, fragte Robert.

»Und warum fällt das Turnier aus?«, wollte Julian wissen.

Die Drei saßen in Golfkleidung entspannt auf ihren Stühlen und man konnte sofort an den Gesichtszügen und der Körperhaltung erkennen, dass sie Geschwister sind. Rebecca saß in der Mitte, extravagant wie immer. An diesem Tag waren Rot und Schwarz ihre Farben, statt eines Golf Caps hatte sie ein rotes Tuch umgebunden, um ihre jetzt schwarz gefärbte Haarpracht zu bändigen. Robert saß links von ihr, beide mit einem Glas Champagner vor sich und Julian selbstgefällig vor einem Weißbier. Er liebte es von Zeit zu Zeit, die Gewohnheiten der Einheimischen anzunehmen.

Wie war das noch mit den Überbringern von schlechten Nachrichten, wurden sie nicht geköpft? Jedenfalls überließ ich es Sabrina, die schlechte Nachricht zu verkünden. Ich setzte mich neben Robert, nahm seine Hand und hörte ihr zu, wie sie kurz und bündig sagte: »Jetzt sind wir nur noch fünf. Tobi ist tot.«

Es herrschte einige Sekunden Stille, dann schrie und sprang Rebecca auf. Ihre hysterischen Anfälle sind legendär, sie kamen schnell und legten sich genauso schlagartig, trotzdem ging mir der Schrei durch Mark und Bein. Nicht nur mir, denn am Nachbartisch fiel der älteren Dame die Kaffeetasse aus der Hand und zerbrach klirrend auf dem Steinboden, woraufhin die Bedienung auf die Terrasse stürzte. Jedoch zu diesem Zeitpunkt saß Rebecca schon wieder und starrte auf Julian. »Nun sag etwas! Warum jetzt Tobi?«

»Was meinst du? Ich habe keine Ahnung weswegen. Frag Robert, vielleicht kann er uns erklären warum.«

»Warum soll ich euch das sagen können? Ich bin doch kein Hellseher. Was sagt denn die Polizei?«

Es wunderte mich, dass niemand annahm, er sei eines natürlichen Todes gestorben, wahrscheinlich gewöhnten wir uns bereits an die gewaltsamen Abgänge unserer Freunde.

»Die Polizei sagt noch nichts, nur dass sie mit uns sprechen wollen und....«

»...wir das Hotel nicht verlassen dürfen und so weiter, und so weiter. Allmählich wird das langweilig«, vollendete Julian den Satz seiner Frau.

Ich hatte die ganze Zeit kein Wort verlauten lassen, man sagt mir nach, dass ich mich in unangenehmen Situationen unsichtbar machen kann, doch Julians Selbstherrlichkeit veranlasste mich zu fragen: »Was wollte Tobias so Dringendes von dir?«

»Ich weiß nicht, was du meinst.«

»Er hatte dir gedroht.«

»Hat er nicht, das hast du falsch verstanden.«

Ich hob nur meine Schultern und schaute Julian unbeirrt in die Augen. Das nervöse Zucken seiner Augenbraue war ein sicheres Zeichen, dass er irritiert war, aber er unterdrückte seine Emotionen und wandte sich an seinen Bruder.

»Du hast doch gestern Abend noch mit ihm gesprochen, hat er dir irgendetwas gesagt?«

»Nein, er hat mir nicht gesagt, dass er vorhat, sich heute ermorden zu lassen«, erwiderte Robert. »Wie ist er denn umgekommen?« Die Frage war an Sabrina gerichtet. Sie meinte, dass sie es nicht wüsste, es aber seltsam fände, dass alle annahmen, er sei ermordet worden.

Rebecca liefen Tränen über die Wangen: »Oh my God, dann war es ein Unfall, wie furchtbar«, schluchzte sie.

»Hätte man annehmen können, wenn nicht noch eine andere Leiche im Gebüsch gelegen hätte«, entgegnete Sabrina und bemerkte dann noch unnötigerweise: »Rachel kannte ihn.«

Alle Augen richteten sich auf mich und fragten nach einer Erklärung. »Ich kannte ihn nicht«, stellte ich richtig, gleichzeitig warf ich Sabina einen verächtlichen Blick zu. »Ich hatte ihn schon den Abend davor und am nächsten Tag auf der Terrasse beim Klubhaus gesehen, außerdem ist er mir gestern Abend in der Hotelbar wieder aufgefallen. Ihr müsstet ihn eigentlich auch bemerkt haben.«

»Das alles hast du der Polizei aber nicht erzählt«, meinte Sabrina.

»Dazu werde ich gewiss noch Gelegenheit haben, bestimmt fällt mir dann noch mehr ein«, antwortete ich und fügte hinzu, »da kommen sie bereits.«

Der Kommissar kam in Begleitung eines jüngeren Beamten und ging geradewegs in das Hotel.

»Das wird jetzt noch eine Weile dauern, bis die Tobis Zimmer durchsucht haben. Ich geh derweil zur Driving Range«, sagte Julian und machte Anstalten aufzustehen.

»Kommt nicht infrage. Du bleibst hier, so wie wir. Sag uns lieber, weswegen Tobi dir gedroht hat und mit was, ich glaube nämlich, was Rachel gesagt hat«, fauchte Sabrina, die den Groll auf ihren Mann nicht mehr unterdrücken konnte.

»Das sind Hirngespinste von Rachel. Tobi brauchte mal wieder Geld und hat mich gebeten, ihm kurzfristig auszuhelfen, das war alles, basta.«

»Allerdings hab ich deutlich gehört, dass Tobi sagte, *vergiss das Geld nicht, sonst bekommst du Unannehmlichkeiten.* Das war alles andere als eine Bitte«, korrigierte ich ihn.

»Geld sollte man nie vergessen, wenn man verreist, sonst sind Unannehmlichkeiten vorprogrammiert«, erwiderte Julian spöttisch lächelnd und stand auf.

Sein Abgang wurde jedoch von dem Kommissar gestoppt. »Bitte bleiben Sie sitzen, wir brauchen von Ihnen einige Auskünfte. Ich bin Hauptkommissar Huber von der Münchner Mordkommission und leite die Ermittlungen, die beiden Todesfälle hier auf dem Golfplatz betreffend.«

Der Kommissar zeigte seinen Ausweis, nahm einen Stuhl vom Nebentisch und setzte sich, dann wollte er wissen, in welchem Verhältnis wir zu dem Opfer standen. Nachdem er diese Information bekommen hatte, erkundigte er sich nach den Alibis. Da wir uns zu der vermuteten Tatzeit in unseren Zimmern aufhielten, es aber nicht beweisen konnten, gehörten wir automatisch zum Kreis der Verdächtigen. Doch mit Erleichterung stellte ich fest, dass der Kommissar noch andere in Betracht zog, als er fragte: »Hatte Herr Baumann Feinde?«

»Er hat uns nichts von seinen Feinden erzählt, außerdem kennen wir seinen Umgang hier in München nicht, außer mein Bruder vielleicht«, gab Julian zur Antwort.

Doch Robert ließ den Kommissar sofort wissen, dass auch er keine Ahnung hätte, mit wem Tobias befreundet oder verfeindet war.

»Mr. Bradshaw, was wissen Sie von seinen Geschäften?«

Julian meinte, er solle mich fragen, ich wüsste darüber am besten Bescheid.

Daher antwortete ich: »Soweit ich weiß, ist er Event Manager und organisiert Veranstaltungen für einen guten Zweck. Ich meine, war.«

»Ja, das Geschäft mit der Wohltätigkeit«, meinte Huber vieldeutig. »Und inwiefern sind Sie an diesen Geschäften beteiligt?«

»Ich persönlich bin nicht beteiligt an Tobis Geschäften. Meine Fluggesellschaft ist der Sponsor dieses Golfturniers, das ist alles.«

»Und Ihnen ist nicht aufgefallen, dass, sagen wir mal, nicht alles mit rechten Dingen zugeht?«

»Nein wieso? Ich wäre auch nicht in der Lage gewesen, etwas zu bemerken. Ich bin nur als Beobachterin für meine Gesellschaft hier.«

»Und was sollen Sie beobachten?«

»Ob unsere Fluggesellschaft als Sponsor für eine gute Sache die vereinbarte Präsenz bekommen hat.« Ich hatte den Eindruck, ich müsse dem Kommissar das Social Marketing erklären und zählte deswegen die dazugehörenden Instrumentarien auf und langweilte die gesamte Gruppe, außer dem Hauptkommissar, er hörte mir mit Interesse zu.

»Und? Sind Sie zufrieden?«

Ich schaute ihn so entgeistert an, dass er sich entschuldigte. »Ich meine natürlich, was die Veranstaltung betrifft. Haben Sie den Eindruck, dass alles so ist, wie es sein soll?«

»Die Vorbereitungsphase auf jeden Fall, abgesehen von dem Mord.«

»Woher wissen Sie, dass es Mord war und kein Unfall?«

»Ich weiß es nicht, aber die zweite Leiche lässt darauf schließen, glauben Sie nicht auch?«

»Wir glauben grundsätzlich nichts, derzeit ermitteln wir. Morgen wissen wir mehr und Sie können dabei helfen. Es ist doch bestimmt in Ihrem Interesse, dass wir den Fall so schnell wie möglich aufklären. Also haben Sie irgendetwas beobachtet, was von Interesse sein könnte? Einen Streit oder eine Begegnung zwischen dem Opfer und einem Fremden, Nervosität, ungewöhnliches Verhalten, alles könnte wichtig sein.« All das hatte ich schon zweimal gehört. Es war auch nicht neu für uns, wie der Kommissar jeden in der Runde fragend anschaute und als keine Antwort kam, tief durchatmete, was in Hubers Fall jedoch mehr ein Seufzer war. »Gut, dann bitte ich Sie das Hotel in den nächsten Tagen nicht zu verlassen.«

»Werden Sie uns über den Stand der Ermittlungen unterrichten?«, fragte Sabrina. »Ich habe einen wichtigen Termin in Berlin und muss so schnell wie möglich zurückfliegen.«

»Sie hören von uns.«

Natürlich wollte ich bei der Aufklärung behilflich sein, aber ich wusste nicht genau, was ich sagen durfte und was nicht. Nur mit der Frage nach dem anderen Toten, konnte ich kein Unheil anrichten. »Ich hatte den Eindruck, das andere Opfer beobachtete Tobias, kann das sein? Jedenfalls sollten Sie herausbekommen, ob eine Verbindung zwischen den beiden bestand.«

»Da liegen Sie richtig Frau Wood. Das zweite Opfer hatte den Auftrag Herrn Baumann zu beschatten. Er war einer von uns.«

*

Den ganzen Tag saßen wir beisammen. Rebecca erzählte von ihren Erinnerungen an Tobi, wie sie ihn in der Schule immer triezte und welches Gesicht sein Vater machte, als Tobi sich einmal in einem Kleid von ihr fotografieren ließ. Sie hatte an diesem Tag ein starkes Mitteilungsbedürfnis, eine Geschichte folgte der anderen, manche davon waren traurig, andere lustig. Robert indessen war sehr still, ich hatte das Gefühl er trauerte zutiefst um seinen Freund. Sabrina hörte mit einem misstrauischen Ausdruck im Gesicht zu, so als wäre ihr etwas nicht geheuer. Und bei Julian hatte man den Eindruck, er ärgere sich über die verdammte Angelegenheit, wie er es nannte, aber das war seine Art mit Trauer umzugehen, nahm ich an und dachte mal wieder an Hazel. Sie hatte gewusst, wie Tobi an sein Geld kam und darüber geschwiegen. Hätten ihre Enthüllungen sein Leben gerettet? Wir waren einmal eine fest zusammengeschweißte Clique, wir konnten uns alles offen sagen, hatten den gleichen Humor und lästerten gerne über andere. Kaum jemand von außen hatte eine Chance, sich bei uns beliebt zu machen, aber jetzt liebten wir nur noch uns selbst. Und die traurige Bilanz ist, dass drei von uns in den letzten sechs Monaten ums Leben kamen, wie wenig wir in Wirklichkeit voneinander wussten.

Als ich an diesem Abend wach im Bett lag, wurde mir der persönliche Verlust meines Freundes erst richtig bewusst. Ich wollte es nicht wahrhaben, dass mein Trauzeuge heimtückisch ermordet worden war. Wir hatten unsere Jugend miteinander geteilt, wir sind zusammen erwachsen geworden und ich hatte wie selbstverständlich angenommen, dass wir auch zusammen alt werden. Nun hatte er mit seinem Leben für irgendetwas bezahlt, was bislang im Dunklen lag. Was ist am Tag meiner Ankunft passiert? Warum hielt sein selbstbewusstes Auftreten, als er mich am Flughafen abholte, nur wenige Stunden an? Bei mir hatte Tobi nicht den Eindruck erweckt in Geldnot zu sein, so wie Julian es darstellen wollte, er hatte Geld gefordert. Er hatte aber auch Angst gehabt und in der Klemme gesteckt. Ich solle den Vorfall vergessen, hatte er gesagt, und dass alles in Ordnung sei. Wie konnte er sich nur so täuschen, aber vielleicht hatte er gehofft, mit der Ankunft von Julian und Robert wären seine Probleme zu Ende. Was hatte er uns bei der Verlobungsfeier sagen wollen und weswegen hatte Julian ihm das Wort auf diese unwirsche Art abgeschnitten? War er mit seinen Schwierigkeiten zu Robert gegangen? Und warum hatte Robert in der Hotelbar so irritiert reagiert? Und vor allem, wieso wurde er von der Polizei beschattet? Bevor ich einschlief, nahm ich mir vor, Hauptkommissar Huber am nächsten Tag anzurufen.

Am Morgen erschienen alle außer Sabrina zum Frühstück. Sie hatte am Abend bereits Kopfschmerzen und eine Tablette genommen, daher ging Rebecca nach ihr schauen. Als sie zurückkam, war sie sehr besorgt. »Sabrina geht es nicht gut, sie hat sich in der Nacht übergeben. Vielleicht sollten wir einen Arzt rufen.«

»Die Sache mit Tobi ist ihr wahrscheinlich auf den Magen geschlagen. Jetzt mach keinen Aufstand, das wird schon wieder, auch ohne Arzt«, sagte Julian ungerührt.

Rebecca war alles andere als eine entscheidungsfreudige Person. Es brauchte nur Julians Einwand, um sie zu überzeugen, keinen Arzt zu rufen.

»Vielleicht wurde sie vergiftet«, sagte ich leichthin, »falls jemand es darauf angelegt hat, uns alle zu eliminieren.«

»Mit einer Kopfschmerztablette? Nicht sehr effektiv«, meinte Julian abfällig.

Doch mir wurde plötzlich ganz mulmig und der Gedanke schlich sich ein, dass es nicht Sabrina war, die vergiftet werden sollte, ich sollte das nächste Opfer sein. Sabrina hatte ihre Kopfschmerztablette mit einem Schluck von meinem Mineralwasser eingenommen und ich ging gleich danach auf mein Zimmer, ohne mein Glas zu leeren. Nur so konnte es gewesen sein, aber ich konnte meinen Verdacht nicht beweisen und auf keinen Fall laut aussprechen. Alle Spuren waren längst vom Küchenpersonal beseitigt worden, wenn es je welche gegeben hatte. Es müssen die Nerven sein, jetzt sehe ich schon Gespenster, dachte ich, als ich in die Runde schaute. Niemand am Tisch reagierte alarmiert oder betroffen, außerdem gab es absolut keinen Grund für meine Freunde, schon gar nicht für einen Außenstehenden, sich meiner zu entledigen.

»Ich fahre in die Stadt«, verkündete ich nach dem Frühstück.

Robert blickte mich erstaunt an: »Warum das? Du hast doch gehört, was die Polizei hat gesagt, wir sollen hier im Hotel bleiben.«

»Ich werde den Kommissar anrufen und ihm sagen, dass ich in die Geschäftsstelle der Fluggesellschaft gehen muss und danach wieder hier erreichbar bin. Dagegen dürfte niemand etwas einzuwenden haben. Wir stehen doch nicht unter Hausarrest, oder?«, entgegnete ich und stand auf.

»Musst du unbedingt dorthin?«

»Ich bin nicht zum Vergnügen hier, man erwartet von mir eine Stellungnahme, wahrscheinlich kostet mich das hier sogar meinen Job. Ich war diejenige, die das Projekt vorgeschlagen hat. Die Veranstaltung ist geplatzt, das Geld ist futsch und die Firma geht leer aus, die brauchen einen Sündenbock.«

Das überzeugte sogar Julian. Obwohl ich das alles erfunden hatte, wusste ich, dass ich nicht falsch mit meiner Annahme lag, doch diese Konsequenzen würden mich erst in London erwarten. Mein Ziel war das Polizeipräsidium und Hauptkommissar Huber, mit dem ich unter vier Augen sprechen wollte.

»Ihr Anruf hat mich überrascht, Frau Wood. Was gibt es, was Sie mir nur im Präsidium sagen können?«, fragte Huber zur Begrüßung. Er war ein Mann mittleren Alters, von ansehnlicher Statur, mit einem freundlichen Gesicht. Ich fühlte mich wohl in seiner Gegenwart, nur der Stuhl war unbequem und plötzlich kam ich mir fehl am Platz vor.

»Wie Sie wissen, war ich schon einen Tag vor meinen Freunden hier. Herr Baumann und ich wollten einen Abend zusammen in der Stadt verbringen und ich sollte bei ihm übernachten. Aber am Nachmittag wurde Tobias gekidnappt, jedenfalls kam es mir so vor. Er verschwand für geraume Zeit und dann musste ich beobachten, wie Tobi vor seinem Haus sehr unsanft aus einem Mercedes gestoßen wurde. Leider habe ich mir die Autonummer nicht gemerkt, es ging alles zu schnell. Danach war er so verstört und verängstigt, dass er sofort mit mir ins Golfhotel fahren wollte. Erst dort beruhigte er sich und fühlte sich wieder sicher.«

»Ja, wir wissen davon und haben bereits den Halter des Fahrzeugs ermittelt. Unser Mann, den Sie in der Hotelbar gesehen haben, war ebenfalls Zeuge dieses Vorfalls.»

»Und was war der Grund? Ich verstehe das alles nicht. Tobias war der liebenswürdigste Mensch. Was wollten die von ihm?«

»Frau Wood, darüber kann das Betrugsdezernat Ihnen eher Auskunft geben, was sie allerdings nicht tun werden, denn es handelt sich hier um eine groß angelegte Betrugsorganisation, in die Ihr Freund hineingeschlittert ist. Und die Ermittlungen laufen noch. Schaun Sie, Frau Wood, wir sind die Mordkommission und uns interessieren nur die Verbindungen, die im Zusammenhang mit dem Mord stehen.«

»Haben Sie denn schon einen Verdächtigen?«

»Glauben Sie mir, wir sind nicht untätig.«

»Und was ist mit der Todesursache?«

»Die Rechtsmedizin hat bestätigt, dass ein harter runder Gegenstand, höchstwahrscheinlich ein Golfball, ursächlich war. Der Schlag wurde aus unmittelbarer Nähe mit einer unglaublichen Präzision und Wucht ausgeführt. Wir wissen, dass das Opfer aufrecht in dem Bunker stand, bei seiner Körpergröße war der Kopf gut sichtbar für den Täter und ragte ungefähr 40 cm über den Rand hinaus. Er oder sie muss ein extrem guter Golfer sein, was den Täterkreis einschränkt und die Suche etwas erleichtert.«

»Und wenn es doch ein Unfall gewesen war? Irgend-ein Blindgänger? Und Ihr Beamter wurde nur im Affekt erschlagen?«

»Sehr unwahrscheinlich, aber nicht unmöglich. Haben Sie etwas Derartiges beobachtet, als Sie sich dem Tatort näherten? Kann es sein, dass Sie jemanden in Schutz nehmen wollen?«

»Nein, bestimmt nicht. Nur gezielt auf diese Weise zu töten erscheint mir so, wie soll ich sagen, unprofessionell, wenn es vorsätzlich war.«

»Außer, derjenige versteht sein Handwerk. Und die Leute, mit denen wir es zu tun haben, verbringen unter anderem viel Zeit auf Golfplätzen. Ich bin mir sicher, einige davon spielen ausgezeichnet Golf«, meinte der Kommissar. »Aber Sie haben Recht, ein Profikiller hätte wahrscheinlich eine andere Methode gewählt. Allerdings hätte dann niemand bezweifelt, dass es sich um Mord handelt. Hier sollte es ursprünglich wie ein Unfall aussehen, wenn nicht unser Kollege im Gebüsch gestanden hätte.«

»Und wie wurde Ihr Kollege getötet? Doch nicht auch mit einem Golfball?«

»Nein. Die Untersuchungen haben ergeben, dass er mit einem Golfschläger von hinten erschlagen wurde. Wahrscheinlich wurde er sogar zuerst getötet, so sind unsere vorläufigen Erkenntnisse.«

»Wie kommen Sie darauf?«

»Der Golfball, der Ihren Freund getötet hat, kam aus der Richtung, wo unser Mann gestanden hat. Er was wahrscheinlich nur ein Kollateralopfer.«

»Das ist alles so furchtbar. Was sind das für Leute? Betrug ist eine Sache, aber Mord?«

»Es geht hier um das Geschäft mit der Wohltätigkeit. Glauben Sie mir, das hat mafiaähnliche Ausmaße. Deswegen haben die Kollegen einen Mann auf Ihren Freund angesetzt, sie versprachen sich so, an die Hintermänner zu kommen. Es geht nicht nur um sehr viel Geld, sondern auch um den Verlust von weißen Westen bei einigen Prominenten, das ist ein erstklassiges Mordmotiv. Aber falls Sie einen anderen Verdacht haben oder ein besseres Motiv kennen, dann lassen Sie hören.«

»Nein, leider nichts dergleichen. Ich wollte Ihnen nur meine Beobachtungen mitteilen. Aber sagen Sie bitte nicht zu meinen Freunden, dass ich bei Ihnen war.«

»Ich versteh nicht warum?«

»Ich möchte nicht, dass die meinen, ich würde hinter ihrem Rücken etwas unternehmen. Außerdem dachte ich, von Ihnen Informationen zu bekommen, die Sie mir in Gegenwart anderer nicht geben würden.«

»Ganz schön raffiniert, Frau Wood. Ich könnte Sie hier gut gebrauchen. Und seien Sie vorsichtig, diese Leute schrecken vor nichts zurück.« Der Kommissar war aufgestanden und lächelte mich an. »Aber wir ermitteln auch in andere Richtungen und Ihre Freunde müssen mir deshalb noch ein paar Fragen beantworten.«

Bei meiner Ankunft im Hotel ging ich sofort auf mein Zimmer. Ich hatte keine Lust jemandem über den Weg zu laufen und schon gar nicht auf Fragen über meinen Job. Das Geschäft mit der Wohltätigkeit ging mir nicht aus dem Kopf. Wie konnte man dabei viel Geld verdienen? Mir fielen nur Bettelbriefe und Scheinvereine ein, aber so etwas hätte Tobi niemals gemacht, das war unter seinem Niveau. Die einzige Möglichkeit war, die gespendeten Gelder nicht vollständig abzuführen. Wie ich es sah, gaben die Sponsoren und private Spender das Geld, davon wurden zuerst einmal die Unkosten bezahlt, darunter auch das Honorar, das Tobi für seine Arbeit zustand. Dagegen war nichts einzuwenden, wenn noch genug übrig blieb für die Wohltätigkeit. Das Ganze war schon eine fragwürdige

Angelegenheit, auch wenn es nicht kriminell war, denn zu viele verdienten daran. Doch ich konnte mir Tobi nicht als Betrüger vorstellen, er war zu ängstlich gewesen für solche Machenschaften.

Als ich später nach unten kam, betraten Hauptkommissar Huber und ich gleichzeitig, nur aus verschiedenen Richtungen, die Terrasse. Es war bereits Nachmittag und Gewitterwolken waren aufgezogen. Dieses Mal saß auch Sabrina mit am Tisch, der zu unserem Stammplatz geworden war. Sie sah etwas blass aus, lächelte mir aber entgegen, was sie schon lange nicht mehr getan hatte. Die Blicke der anderen waren auf Huber gerichtet.

»Ich habe noch ein paar Fragen an Sie«, sagte er, nachdem er eine kurze Begrüßung in die Runde genickt und uns den Stand der Ermittlungen erklärt hatte. »Wir wissen, dass das Opfer Verbindung zu Kriminellen hatte. Allerdings ist das Motiv des Mordes noch unklar. Wir wissen auch, dass das Opfer mit Ihnen allen ständig in Verbindung stand. Herr Bradshaw, ich frage Sie noch einmal, wussten Sie von den Geschäften? Hat Herr Baumann Ihnen gegenüber Namen erwähnt?«

Sowohl Robert als auch Julian verneinten mit Bestimmtheit.

»Nach Zeugenaussagen hatten Sie eine Auseinandersetzung mit dem Opfer am Abend vor dem Mord.«

Julian warf mir einen bösen Seitenblick zu, was dem Kommissar nicht entging, denn er fügte hinzu: »Jemand vom Personal hat Sie gesehen und gehört, was Sie sagten.«

»Tobias brauchte Geld. Zuerst hatte ich keine Lust ihm aus der Klemme zu helfen. Jetzt tut mir das natürlich leid, denn ich konnte ja nicht ahnen, dass die Sache so enden wird«, entgegnete Julian.

»Er hatte Ihnen gedroht, was hatte er gegen Sie in der Hand?«

»Da muss sich Ihr Zeuge getäuscht haben. Es ging nur um einen Freundschaftsdienst und ich habe ihm versprochen, mich nach dem Turnier darum zu kümmern, aber dazu ist es ja nicht mehr gekommen.«

Jetzt wandte ich der Kommissar an Robert. »Wollte er auch Ihre Hilfe in dieser Angelegenheit? Unser Mann an der Bar hatte sich eine Notiz gemacht, dass Ihr Gespräch hitzig war und Sie ziemlich verärgert.«

Robert schaute unbehaglich aus der Wäsche und nickte. »Ja, und nun mache ich mir Vorwürfe, dass ich ihn im Stich gelassen habe.«

»Aber er hat nicht gesagt, weswegen er Geld brauchte?«

Beide schüttelten verneinend den Kopf, woraufhin der Kommissar aufstand.

»War es das? Können wir abreisen?«, fragte Julian.

»Ich gebe Ihnen morgen Bescheid, so lange müssen Sie noch bleiben.«

»Müssen wir das? Ich könnte meinen Anwalt anrufen, es liegt nichts gegen uns vor.« Julian war wieder in seinem Element, er fühlte sich sichtlich wohl, vor dem Kommissar unsere Position klarzustellen. Dem Polizisten war bewusst, dass er uns nicht während der gesamten Ermittlungszeit in Deutschland festhalten konnte, deswegen fiel es ihm nicht leicht, uns ziehen zu lassen. Ich fragte mich, warum das so war. Waren Robert und Julian nach seiner Ansicht auch verdächtig, obwohl er glaubte, der Mörder sei unter den Betrügern? Und waren beide in der Lage, einen Golfball so präzise zu schlagen?

»Falls etwas sein sollte, wir sind noch bis morgen Nachmittag hier anzutreffen, außerdem haben Sie ja unsere Personalien und Adressen.« Ich versuchte keinen Zweifel an unserer Kooperation aufkommen zu lassen, außerdem hätte ich nichts dagegen gehabt, noch zu bleiben. Es bereitete mir sogar ein ungutes Gefühl abzureisen, ohne zu wissen, wer der Täter war. Woraufhin der Kommissar mir versprach, mich über den Ausgang zu informieren.

Bereits am nächsten Tag rief er mich an, um mir zu sagen, dass sie den mutmaßlichen Täter verhaften konnten. Ein Zeuge hatte diesen Mann, als die Person identifiziert, die um die Tatzeit zum Parkplatz des Golfklubs lief.

»Hat er gestanden?«, fragte ich.

»Noch nicht, aber das ist nur eine Frage der Zeit. Er ist auf jeden Fall dem Betrugsdezernat bekannt, außerdem hatte er Verbindung zu dem Opfer. Auf dem Handy unseres Kollegen waren Fotos, die ihn mit Ihrem Freund zeigen. Ich kann Sie also beruhigt abreisen lassen.«

»Ist er auch ein guter Golfer?«

»Haha, Sie sind sehr gründlich. Er verneint es und ich weiß, das ist leichter vorzugeben, als das Gegenteil unter Beweis zu stellen.«

Das stimmte zwar, aber ich wäre ebenfalls davongelaufen, wenn ich Dreck am Stecken hätte und über zwei Leichen gestolpert wäre. Jedenfalls machte es für mich keinen Sinn, dass diese Verbrecher die Geldquelle umbrachten, bevor sie die Spenden einsammeln konnten. Doch es war nicht meine Aufgabe, der Polizei zu sagen, was sie bedenken sollte. Ich bedankte mich bei dem Kommissar für die Auskunft und wünschte ihm Erfolg bei der lückenlosen Aufklärung.

Rebecca, Sabrina, Julian und Robert nahmen die Nachricht mit Erleichterung auf. Ich hatte sie aufmerksam beobachtet, konnte aber nichts Ungewöhnliches entdecken. Bei Sabrina hoben sich die Augenbrauen leicht an und gaben ihr einen erstaunten Gesichtsausdruck. Robert lächelte zufrieden für einen kurzen Moment. Julian schaute mich selbstgefällig an und Rebecca seufzte erleichtert.

Außer Sabrina äußerte sich niemand, sie meinte: «Naja, wenn die Polizei das so sieht, dann wird es wohl so sein.«

Ich hätte auch etwas dazu sagen können, tat es aber nicht, stattdessen war ich froh, neben der Trauer um meinen verstorbenen Trauzeugen, dass für meine Hochzeit noch ein paar Gäste übrig blieben.

Episode 4

Zuerst Hazel, dann Juan und zu guter Letzt hatte es Tobias erwischt. Ich weine keinem eine Träne nach, am wenigsten Hazel. Wenn es jemand verdient hatte, dann sie. Absolut genial, wie es passierte, eine saubere Angelegenheit. Ich weiß zwar nicht, wie lange es dauert, von einem Stromschlag getötet zu werden, denke aber, dass es schmerzhaft gewesen sein muss. Wie auch immer, es war das schönste Weihnachtsgeschenk seit langem. Eine Menge meiner Probleme lösten sich mit einem Schlag. Diese blöde Kuh glaubte tatsächlich, sie könne mich erpressen. Selbst wenn sie anonym eine Anzeige erstattet hätte, ich hätte einfach behauptet, sie hätte am Steuer gesessen und die Fahrerflucht begangen. Es gab keine Zeugen bei dem Unfall, also Aussage hätte gegen Aussage gestanden. Ich hätte zu gerne gewusst, wie sie darauf reagiert hätte, aber leider konnte ich ihr nicht mehr sagen, sie solle sich ihren Erpressungsversuch sonst wo hinstecken. Hazel dachte zwar, sie würde mich kennen, so wie die anderen auch, aber das ist totaler Blödsinn. Ich gebe so wenig wie möglich von mir preis, nicht einmal bei Rebecca, obwohl sie mir noch am nächsten steht. Sie hält mich für einen Traumtänzer, vielleicht nicht ganz zu unrecht. Ihr gegenüber habe ich das Bedürfnis mich wie einer zu verhalten, der entrückt von der Welt, nur am Theater interessiert ist. Das liegt wahrscheinlich daran, dass ich in ihrer Gegenwart viel trinke und dann sehr ruhig werde. Andere werden laut oder aggressiv, ich hingegen werde zum Zuschauer und Zuhörer. Ja, ich trinke ziemlich viel, wenn ich in Gesellschaft bin. Dummerweise ist in diesem Zustand der Unfall passiert und Hazel neben mir im Auto sagte, *drück aufs Gas, uns hat niemand gesehen.* Wir hatten uns an diesem Abend in einer Bar im Londoner Westen getroffen, weil ich einen Artikel über Rebecca in der Zeitung haben wollte, als PR-Maßnahme. Hazel allerdings meinte, sie wäre nur interessiert, wenn es etwas Skandalöses zu berichten gäbe. Sie hatte sich in den letzten Jahren zu einer karrieregeilen, über Leichen gehenden Sensationsreporterin entwickelt. Meine Kritik, das, was sie zu Papier bringt, hätte mit Journalismus nichts mehr zu tun, nahm sie schulterzuckend hin. Es war kriminell, wie sie es anstellte, an eine *gute Story* zu kommen. Und ich glaube fest, dass sie einen Weg gefunden hätte, diese Unfallflucht und meine Beteiligung daran, noch auf irgendeine andere Art zu Geld zu machen. Daher war es gut, so wie es war. Wir waren sie los und niemand von uns trauerte ihr nach, vielleicht Sabrina, aber am wenigsten Juan und Tobias.

Dass Juan der Nächste war, der gewaltsam von uns ging, tat mir nur für Rebecca leid. Meine kleine Schwester liebte ihn nämlich und vermisst ihn immer noch. In meinen Augen war ihre Ehe mit Juan nur dazu gut, ihr einen wohlklingenden Namen zu geben und nach seinem Ableben ein beachtliches Vermögen zu vererben. Doch meine Achtung für Juan war nicht sehr hoch, ich schwankte ständig zwischen Wohlwollen und Abneigung. Wohlwollen, weil er stets für Rebecca da war, sie verwöhnte und beide in der Presse und Gesellschaft ein Traumpaar abgaben. Und Abneigung, weil er nichts leistete und mich bei Rebecca in den Hintergrund drängte. Juan wusste, dass ich darunter litt. Es machte ihm Spaß, mich fühlen zu lassen, dass ich nur für die Drecksarbeiten zuständig bin. Auch wenn meine Schwester immer zu schätzen wusste, was ich für sie tat, so meinte Juan dennoch, ich müsse bessere Verträge aushandeln, die Gagen wären ein Hohn, quasi eine Beleidigung für Rebecca. Er wollte mit ihr sprechen und ihr raten, einen anderen Manager zu engagieren. Dass sich Juan umbringen ließ, war alles in allem eine gute Sache, wie gesagt, ich weinte keine Träne um ihn.

Bei Tobias war es ähnlich, meine frühere Zuneigung verschwand mit den Jahren. Nicht weil er schwul war, eher, weil er mir mit der Zeit überlegen wurde. In unserer Jugendzeit war Tobi unsicher, nicht nur was seine Sexualität betraf, sondern auch, weil er mit seiner Mutter und seinem Vater nur Schwierigkeiten hatte. Wir, die Bradshaws, waren in seinen Augen die perfekte Familie, die er nicht hatte und er beneidete mich dafür. Er war irgendwie dankbar dazuzugehören, ich fand das angebracht, denn nur wenige hatten das Privileg. Dazu gehörten Hazel, Sabrina und Rachel, aber das waren Mädchen und die zählten damals nicht wirklich. Dass sich seine Einstellung mir gegenüber änderte, lag daran, dass er sich nach einer tiefen Depressionsphase outete und offen ein schwules Leben in München führte. Ich war während dieser Zeit bei ihm, denn die Depression hatte ihn an den Rand des Selbstmords getrieben. Und ich half ihm heraus. Jedenfalls suchte er auf meinen Rat hin einen Psychiater auf, der den Rest tat. Aber danach veränderte sich unsere Beziehung, er wurde mehr oder weniger erfolgreich mit seinen Projekten und demzufolge selbstbewusster. Er versteckte sich auch nicht mehr in Darkrooms sondern ging offen mit seiner Vorliebe für Männer um. Mir hingegen hielt er vor, dass ich kein selbstbestimmtes Leben führe und schon gar nicht meine Neigungen wahrhaben möchte. Und dass ich Rachel heiraten wolle, sei der Gipfel an Selbstbetrug, er würde etwas darum geben, das zu verhindern. Jedenfalls musste ich mir nach seinem Tod darüber keine Gedanken mehr machen. Denn mein Entschluss Rachel zu heiraten war unumstößlich. Sie war seit Jahren meine Begleitung und ich wusste, sie wartete nur darauf, von mir gefragt zu werden. Nur ihre Affäre mit meinem Bruder Julian war so ziemlich das Dümmste, was sie machen konnte. Ich sah mich danach gezwungen, um den Schein zu wahren, eine Auszeit einzulegen. Ich war das der Frau meines Bruders schuldig, Sabrina konnte nämlich nicht leichtfertig über die Angelegenheit hinwegsehen. Sie packte kurzerhand ihre Koffer und trennte sich von ihm. Es wurde auch Zeit, denn Julian ist ein altes Ekel. Zwar haben Rebecca und ich weniger unter ihm zu leiden als andere, aber sein patriarchalisches Gehabe und elitäres Getue sind manchmal unerträglich. Da er seit dem Tod unserer Eltern das Familienoberhaupt ist und der Verwalter unseres Vermögens, lasse ich ihm alle Freiheiten, solange jedenfalls, wie die Finanzen in Ordnung sind. Denn wie Rachel es sieht, sind sowohl meine als auch Rebeccas Berufe nur ein Zeitvertreib, aber keine Geldbeschaffungsmaßnahme. Allerdings würde ich niemals daran etwas ändern wollen, denn so konnte ich die Geschicke von Rebecca lenken und musste mich nicht mit anderen Möchtegernschauspielern oder sonstigen Machenschaften am Theater rumärgern, außerdem hatte ich genügend Zeit für mich. Rachel wird mir auch nach unserer Vermählung nicht auf die Nerven gehen können, jedenfalls solange sie ihren Job bei der Fluggesellschaft noch ausübt. Ihre Andeutung, dass sie nach der Hochzeit nicht mehr dort arbeiten möchte, habe ich gleich abgeblockt. Dass sie nach dem missglückten Benefizgolfturnier bestimmt ihren Job verlieren würde, habe ich ihr nicht abgenommen. Es war ja nicht ihre Schuld, dass Tobias ermordet wurde und die ganze Sache den Bach hinunter ging. Ich weiß nicht, ob der Kommissar uns verdächtigte, aber wir durften bis zur Aufklärung München und das Hotel nicht verlassen. Erst nach ein paar Tagen gab die Mord-kommission grünes Licht und wir konnten unsere Koffer packen. Ich wäre noch gerne etwas länger in München geblieben, denn mir gefällt diese Stadt. Die Einheimischen sind zwar so gut wie nicht zu verstehen, aber ich habe meinen Spaß an dieser deftigen Schunkelmentalität. Als ich die Monate mit Tobi dort verbrachte, bin ich so ziemlich durch alle Wirtshäuser und Stüberln der Umgebung gezo-gen. In einem dieser Stüberln hämmerten die angetrunke-nen Gäste lange Nägel in einen Holzstamm und johlten dabei, eine traditionelle Sache, sagte man mir. Hätte auch eine Erfindung von uns Engländern sein können, wir ma-chen solche unsinnigen Dinge ebenfalls ganz gerne. Manchmal weiß ich nicht, wo ich mich besser amüsiere, in der Kneipe oder im Theater. Jedoch nach dem tragischen Tod von Tobias wollte Rebecca so schnell wie möglich wieder zurück nach London, obwohl sie zu diesem Zeit-punkt kein Engagement hatte. Sie war fest davon über-zeugt, dass ihre Karriereflaute, laut Horoskop, noch bis Ende August anhalten würde. Ich hätte sie nicht vom Ge-genteil überzeugen können, selbst wenn ich mit der besten Rolle gekommen wäre, sie hätte sie abgelehnt. Daher konnte ich mich auf meine bevorstehende Hochzeit kon-zentrieren. Ich hatte die Gelegenheit wahrgenommen, als wir wieder einmal alle zusammen waren, Rachel endlich einen Antrag zu machen. Wie erwartet, willigte sie ein. Sie ist so berechenbar. Ich kenne sie bereits so lange, da gibt es kaum noch Überraschungen, nicht einmal wegen ihrer ständigen Affären. Ich weiß, dass sie andere Männer hätte haben können, hätte sie sich nicht als Teenager in den Kopf gesetzt, mich zu heiraten. Sie lebte nach dem Tod ihrer Mutter einige Zeit bei uns, bis dann auch unsere El-tern durch einen Autounfall ums Leben kamen. Wir waren damals schon halbwegs erwachsen. Julian, der Älteste von uns, übernahm die Verantwortung und Rebecca und ich akzeptierten seine Rolle sofort, daran hat sich bis heute nichts geändert. Rachel ging zwar nach dem Tod meiner

Eltern zu ihrer Tante nach London, aber sie hing wie eine Klette an uns. Irgendwann wurde es einfach hingenommen, dass sie zu unserem Leben gehört und ich fand mich mit dem Gedanken ab, dass sie sich als meine Frau besser eignet, als irgendeine Unbekannte. Zudem ist Rachel eine ganz süße Person, schlank und ziemlich hübsch, mit großen blauen Augen, aschblonden Haaren, die immer sehr ordentlich frisiert ihr ovales Gesicht einrahmen. Ihre förmlich konservative Kleidung entspricht ihrem Beruf als Stewardess und färbte auf ihren Lebensstil ab, nicht zu vergleichen mit dem ihrer ausgeflippten Mutter. Ich finde es gut, dass sie und Rebecca äußerlich und auch sonst vollkommen unterschiedlich sind. Die beiden sind wie Tag und Nacht. Meine Schwägerin ist schon eher in Rebeccas Liga. Sie ist einerseits eine Lady, andererseits kann sie ein Vamp sein, dann wieder sportlich oder total freaky, sie ist ein Freigeist doch gleichzeitig eine disziplinierte Innenarchitektin, sehr intelligent und ausgesprochen attraktiv. Rebecca und ich mögen Sabrina, haben aber die Befürchtung, dass sie sich noch einige unschöne Gefechte mit Julian liefern wird, bevor die Scheidung durch ist, falls Julian überhaupt einwilligt, was ich bezweifle, denn das würde unsere Finanzen etwas durcheinanderbringen. Ich habe daraus gelernt und werde einen Ehevertrag aufsetzen lassen, allerdings weiß Rachel das noch nicht. Sie wird sich jedoch davon nicht abschrecken lassen, denn für sie ist unser Name das Wichtigste. Ich möchte sie nicht dazu zwingen in Zukunft treu zu sein, aber wenn sie es nicht ist, dann muss sie die Konsequenzen tragen und bei einer Scheidung auf Geld und den Namen verzichten. Nicht, dass unser Familienname so bedeutend wäre, doch für Rachel ist er das. Rebecca fragte mich einmal, warum ich überhaupt heiraten will. Ich antwortete ihr, dass ich es selbst nicht genau wüsste, jedoch das Gefühl hätte, es gehöre zu meinem Leben dazu, so wie bei ihr und Julian. Ich sagte allerdings nicht, dass ich damit einigen in meinem Umfeld zeigen wollte, dass ich nicht homosexuell veranlagt bin. Diese Gerüchte haben in letzter Zeit zugenommen, sogar Juan hatte vor Rebeccas Geburtstag mehrfach darauf angespielt. Ich hätte ihn am liebsten, so wie in unserer Jugendzeit, verprügelt. Juan war tatsächlich ein Thema für sich. Er, Tobias, Julian und ich waren schon seit der Schulzeit unzertrennlich. Juan und Julian waren gleichaltrig, Tobias und ich ebenfalls und unsere Eltern waren befreundet. Während Tobi als Einzelkind seine Probleme mit seinem Vater und seiner Mutter hatte, war Juan der verwöhnte Nachzügler einer einflussreichen Familie. Sein Bruder Carlos war dreizehn Jahre älter und alle Erwartungen waren auf ihn, als dem Erstgeborenen, gerichtet. Daher hatte Juan Narrenfreiheit, alles wurde ihm verziehen, es gab nichts, was seine Eltern nicht wieder in Ordnung bringen konnten. Mit ihren Verbindungen haben sie uns oft aus der Patsche geholfen. Zu schnelles Fahren, erwischt werden mit Drogen oder Alkohol und Prügeleien hatten für uns keine Konsequenzen, es gab die de Silvas, die das wieder geradebogen. Die Insel war unter ihrer Kontrolle, obwohl sie Festlandspanier waren und nur die Mutter mit Juan ständig auf der Insel lebte. Aber sie hatten die besten Beziehungen, wie es hieß, bis hinauf zum Königshaus. Uns konnte das nur recht sein, damals bewunderte und neidete ich Juan für die Freiheiten, die er sich herausnehmen konnte. Er war der stolze, attraktive, hochgewachsene Südländer und er verliebte sich in meine Schwester. Meine sexuelle Neugier fing zu dieser Zeit gerade erst an und ich wusste nicht, auf wen von den beiden ich mehr eifersüchtig sein sollte. Zum Schein wandte ich mich Hazel zu, die zu den Freundinnen meiner kleinen Schwester gehörte, Sabrina war tabu, denn Julian hatte schon früh ein Auge auf sie geworfen. Aber Hazel war damals bereits eine Nervensäge, also blieben nur noch Rachel und Tobi. Und Tobi war es auch, der mich mit seinen Verkleidungen inspirierte, mich dem Theater zuzuwenden. Er liebte es Mädchenkleider anzuziehen, was Juan veranlasste sich über ihn lustig zu machen und mich, Juan zu verprügeln. Ich genoss es, bei der physischen Auseinandersetzung, seinen Körper in meinen Armen zu spüren. Da ich genau so groß, aber stärker war als er, konnte ich sowohl den Ausgang als auch die Länge des Kampfes kontrollieren. Ich bin mir sicher, dass auch ihm unsere Raufereien gefielen, allerdings fing er an Tobi, so wie er war, zu akzeptieren und unser Körperkontakt wurde weniger. Manchmal versuchte Juan mich zu provozieren, aber dann wusste ich, er wollte mit mir rangeln, um mir körperlich nahe zu sein und es erschien mir wie ein Verrat an Rebecca. So blieb unser Verhältnis, die ganzen Jahre bis zu seinem Tod, sehr ambivalent. Und wenn er sich nicht in Geschäfte eingelassen hätte, die eine Nummer zu groß für ihn gewesen waren, dann wäre das ewig so weitergegangen. Daher bin ich froh, dass es ihn nicht mehr gibt, jetzt habe ich wieder Rebecca in meiner Obhut und das nicht nur als ihr Manager. Wir sehen uns häufig, sie hatte sogar nach der Beerdigung von Juan einige Zeit bei mir gewohnt. Bis sie Julian auf unserem Landsitz aufsuchte, denn seit seiner Trennung von Sabrina wohnt er dort. Er wäre irgendwie komisch drauf, berichtete Rebecca und weigere sich das Haus zu verkaufen. Meines Erachtens war er im vergangenen Jahr ständig komisch drauf und wollte noch nie das Haus verkaufen, obwohl wir alle der Meinung sind, es sei zu teuer und fresse unser Vermögen auf. Nur Julian will aus unerfindlichen Gründen diesen alten Kasten nicht aufgeben. Früher war ich der Einzige, der manchmal ein Wochenende dort verbrachte, aber das hätte ich auch in einem Hotel fern ab der Großstadt verbringen können, deswegen brauchten wir keinen Landsitz mit Personal rund um das Jahr. Das ist purer Luxus, der nicht einmal luxuriös ist, denn das ganze Haus ist marode und überholungsbedürftig. Damit das Anwesen zu irgendetwas gut ist, habe ich vorgeschlagen, unsere Hochzeit dort zu feiern und Rachel freute es. Julian hatte sich nicht dazu geäußert. Ich weiß tatsächlich nicht, was in seinem Kopf die meiste Zeit vor sich geht. Zum Beispiel diese Affäre mit Rachel, wollte er mich davon abhalten sie zu heiraten oder wollte er Sabrina wehtun? Kein Wort des Bedauerns zu mir oder Sabrina, er ging einfach zur Tagesordnung über und tat mir gegenüber, als wäre nichts geschehen. Rachel fauchte er danach nur noch an und ließ sie spüren, dass er sie am liebsten auf den Mond schießen würde. Aber Rachel ließ sich nicht einschüchtern, sie verfolgte unbeirrt ihr Ziel, mich zu heiraten. Ich hingegen habe mir manchmal gewünscht, dass mich Rebecca von dieser Hochzeit abhalten würde, aber das geschah nicht. Also werde ich Julian eins auswischen, was alleine schon Grund genug ist, diese Farce durchzuziehen. Aber nicht nur das, es macht Rachel glücklich, außerdem bringt es etwas Abwechslung in mein derzeit langweiliges Leben, denn mit Rebecca ist zurzeit nicht viel anzufangen.

Kaum waren wir nach dem Mord an Tobias wieder in London, kam Rachel mit dem Vorschlag zu mir, dass wir uns eine gemeinsame Wohnung suchen sollten. Sie klingelte eines Morgens an meiner Wohnungstür, ich hatte mich bis dahin geweigert, ihr einen Schlüssel zu geben, und wedelte mit einigen Zeitungen vor meinem Gesicht herum.

»Ich hab alles angekreuzt, was für uns infrage kommt, auch schon Termine vereinbart. Außer, wir ziehen ebenfalls aufs Land.«

Ich wusste im ersten Moment nicht, worauf sie anspielte, dann aber fiel der Groschen. »Du meinst das doch nicht wirklich? Was sollen wir auf Bradshaw Mansion?«

»Ich stelle es mir fantastisch vor. Das Haus braucht ständige Bewohner und wir eine größere Wohnung, dein Loft ist nicht geeignet und mein Apartment zu klein.«

»Das Haus hat einen ständigen Bewohner, oder hast du vergessen, dass Julian jetzt dort wohnt.«

»Das Haus ist groß genug. Außerdem wird er nicht immer dort wohnen bleiben, er hat doch eine Wohnung in Berlin.«

»Und ich eine in London, also was soll das?« Meine Wohnung ist ein Traum, sie liegt in St. John's Wood, nur einen Block von Rebecca entfernt und ich dachte nicht daran, sie aufzugeben.

»Liebling, und wo soll ich meine Sachen unterbringen? Sie ist nicht für zwei Personen geeignet, das musst du doch einsehen, außerdem könnte auch Rebecca bei uns auf dem Land wohnen, das Haus ist groß genug.«

»Warum nicht auch Sabrina?«, entgegnete ich sarkastisch.

»Meinetwegen. Ja, warum nicht.«

»Vielleicht, weil du die beiden auseinander gebracht hast?«

»Naja, Sabrina dann halt nicht, aber Rebecca, die ist doch gerne dort auf dem Land.«

»Aber viel lieber in London und ich auch.«

Rachel überlegte eine Weile. »Ja dann, lass uns die Anzeigen abklappern.«

In diesem Moment wusste ich, dass ich einen Fehler gemacht hatte. Ich konnte sie unmöglich heiraten und ihr dann ein Zuhause verweigern, daher hielt ich kurz inne und meinte: »Lass mich darüber nachdenken, vielleicht ist deine Idee mit Bradshaw Mansion gar nicht so schlecht.«

»Und wie lange willst du nachdenken, die Hochzeit ist in drei Wochen.«

Ich versuchte Rachel zu erklären, dass wir ja nicht sofort alles an unseren Wohnverhältnissen ändern müssten.

»Ich habe aber meine Wohnung schon gekündigt, als wir aus München zurückkamen. Außerdem gibt es noch etwas anderes, was ich dir sagen muss, ich hab meinen Job geschmissen.«

Sie erklärte mir, was sie schon vorher einmal angedeutet hatte, nämlich, dass man sie vom Flugdienst in den Bodendienst versetzen wollte, aus Altersgründen. Das käme aber für sie nicht infrage, denn das hieße, tagtäglich zur Arbeit gehen.

»Meinst du nicht, dass du mich hättest fragen müssen?«

»Wieso? Wir sind doch noch nicht verheiratet, oder heiratest du mich nur wegen meines Geldes?«, lachte Rachel und zwinkerte mir zu.

»Nein, und das würde auch nichts an der Situation ändern, ich habe nämlich einen Ehevertrag anfertigen lassen, aber du heiratest mich ja auch nicht wegen des Geldes, daher wirst du bestimmt keine Einwände haben, oder?« In diesem Moment hätte ich nichts dagegen gehabt, wenn Rachel entrüstet den Vertrag in Stücke gerissen hätte und damit die Hochzeit vom Tisch gewesen wäre. Aber sie las ihn aufmerksam durch, schaute mich dann mit einem seltsam traurigen Blick an und sagte: »Robert was soll das, du weißt doch, dass ich dich nicht wegen materieller Dinge heirate. Ich wollte immer schon deine Frau sein und du hast das auch so gewollt, aus welchem Grund auch immer. Wenn es also mit einem Vertrag sein muss, dann soll es halt so sein. Ich hoffe, du fühlst dich besser damit. Ich nehm ihn mit nach Hause und bringe ihn unterschrieben zurück, derweil überlegst du dir die Sache mit Bradshaw Mansion, okay?«

Als sie gegangen war, hatte ich ein schlechtes Gewissen. Ich fühlte mich wie ein Schuft. Das ist mir früher schon so ergangen, wenn ich sie einige Zeit ignoriert hatte und dann wieder beachtete. Rachel hatte dann dieses freundlich dankbare Lächeln, das mich veranlasste, ihr danach die größtmögliche Aufmerksamkeit zu schenken. Ich würde ihr so gut wie möglich entgegenkommen, denn falls wir tatsächlich aufs Land ziehen würden, dann könnte ich so oft, und solange ich wollte, wegen meiner Tätigkeit am Theater, nach London fahren.

Ich nahm das Telefon zur Hand und rief Julian an. Erst nach unzähligen Rufzeichen, ich wollte schon auflegen, hörte ich seine Stimme. »Was gibt's? Warum rufst du an, ist was passiert?«

Ich informierte ihn, dass ich in den nächsten Tagen kommen würde, bezüglich der Hochzeitsfeier und weil ich ihm einen Vorschlag wegen des Hauses machen wolle.

»Das kannst du dir sparen, das Haus wird renoviert, hier kann keine Hochzeit stattfinden.«

Ich hätte mir denken können, dass Julian noch etwas in petto hatte, aber damit konnte er mich nicht beeindrucken, am besten war es, nicht auf seine Boshaftigkeiten einzugehen. Gleichzeitig kam mir eine Idee, daher entgegnete ich betont gelangweilt: »So kannst du meine Hochzeit auch nicht verhindern, das ist dir doch klar. Dann suchen wir uns einen anderen Platz, Schottland wäre ganz nett. Du erinnerst dich bestimmt an Fergason Castle, du bist jedenfalls herzlich eingeladen.«.

Wir haben dort mit unseren Eltern immer schöne Ferientage verlebt und Julian würde es sich nicht entgehen lassen, diese Erinnerungen aufzufrischen. Mein Vater ging zur Jagd und wir Kinder durften Tontauben schießen. Fergason Castle war mir spontan eingefallen, weil es unserem Anwesen sehr ähnlich ist. Auch ein alter Familiensitz, der einem Schulfreund meines Vaters gehört. Allerdings hatte Anthony Fergason etwas aus seinem Haus gemacht, ein Großteil davon wurde zu einem Hotel umfunktioniert und er und seine Frau bewohnen den Rest. Je mehr ich darüber nachdachte, umso geeigneter erschien mir dieser Ort für meine Hochzeit. Außerdem würde Rachel keine Einwände haben, denn sie kannte und liebte diesen Ort. Auf der kleinen Brücke über dem Wassergraben küsste sie mich zum ersten Mal, ich glaube, damals fasste sie den

Entschluss, mich irgendwann einmal zu heiraten. Rebecca hatte sich hinter einem der zahlreichen Buxbäume, die überall in großen Keramikkübeln standen, versteckt und beobachtete kichernd die Szene, was mir ziemlich peinlich war. Ich hätte Rachel in diesem Moment am liebsten über die Balustrade in den Wassergraben gestoßen, aber dann hätte ich nachspringen und sie retten müssen. Die ganze Kulisse war wie geschaffen für ein Drama. Das alte, mit Efeu bewachsene Tudorgemäuer war umringt von einem Graben mit einem Bach, der sich östlich zu einem kleinen See ausbreitete. Das alles war umgeben von einer riesigen Rasenfläche und einem Park mit uralten Bäumen. Aber statt eines Dramas damals, würde jetzt unsere Hochzeit dort stattfinden. Plötzlich fühlte ich mich vollkommen zufrieden mit meinen Entscheidungen. Meine Zufriedenheit steigerte sich sogar in ein Glücksgefühl, als ich Rebecca meinen Entschluss mitteilte.

»Robert, das ist eine geniale Idee. Wir müssen unbedingt hinfahren und alles perfekt machen, nicht dass alle Zimmer belegt sind.«

»Dann verschieben wir die Hochzeit.«

»Das wäre aber doof, im Winter ist es da zu kalt und unfreundlich. Außerdem freue ich mich jetzt schon auf ein bisschen Abwechslung. Nach allem, was dieses Jahr passiert ist, wird es endlich mal Zeit für ein freudiges Ereignis.«

Rachel war nicht minder begeistert. Sie sagte, ich hätte ihre geheimsten Wünsche erraten, es sei immer ihr Traum gewesen, dort zu heiraten.

»Erinnerst du dich an die Kapelle, wir haben uns da oft versteckt und einmal habt ihr mich vergessen. Ich habe mir die Zeit damit vertrieben, indem ich mir vorstellte, als Braut in einem langen, weißen Kleid mit dir vor dem Altar zu stehen, begleitet von Sabrina und Tobi als Trauzeugen. Der Pfarrer, wie er ernsthaft die Pflichten der Ehe predigt,

überall Blumen, viele Gäste und deine Eltern freudestrah-
lend zwischen Rebecca und Julian. Das war, nachdem wir
uns das erste Mal küssten.« Mit feuchten Augen lächelte sie
mich so glücklich an, dass ich sie in den Arm nehmen
musste und ihr einen Kuss auf die Stirn drückte.

»Und dass Bradshaw Mansion renoviert wird, ist doch
großartig. Dann hat Rebecca bestimmt nichts dagegen,
auch dort zu wohnen.«

Ich hatte noch nicht mit meiner Schwester darüber
gesprochen, aber ich war mir ziemlich sicher, sie würde
schlussendlich nichts dagegen einzuwenden haben. Sie
würde sowieso die meiste Zeit in London verbringen, sobald sie wieder ein Engagement am Theater hat, auch
wenn sie derzeit davon nichts wissen wollte. Außerdem
würde das Landleben sie bald so sehr langweilen, dass sie
jede Rolle annähme, um in die Stadt zu kommen.

Es lief alles prächtig, Rebecca und Rachel waren happy und ich mehr als zufrieden. Sabrina würde auch nicht
absagen, jetzt wo wir nicht auf unserem Landsitz feiern
und Julian konnte bleiben, wo er wollte, was mich betraf.
Nur unsere Schwester war da anderer Meinung und meinte: »Hier in London hätten wir noch ein paar Leute aus
dem Theater einladen können oder einige Bekannte, aber
in Schottland kennen wir außer den Fergasons niemanden,
nur zu viert ist das eine mickrige Angelegenheit. Ich werde
mit Julian sprechen, auf mich hört er bestimmt. Wir sind
doch seine Familie.«

Rebecca konnte Julian sehr schnell überreden. Eigentlich sagte sie ihm nur, dass er keine Wahl hätte. Wir würden uns von ihm als Familienoberhaupt trennen und die
Geschäfte in andere Hände geben, wenn er nicht einmal in
der Lage sei, Familienangelegenheiten, wie eine Hochzeit,
wahrzunehmen.

Statt mit Rebecca nach Schottland zu fahren, rief ich
gleich abends Anthony Fergason an. Er war sehr über-

rascht von mir zu hören zudem hocherfreut, als er erfuhr, dass wir sein Haus ausgesucht hatten, um diesen bedeutsamen Schritt zu wagen. Das waren seine Worte, ich fand den Schritt nur insofern bedeutsam, als dass er einige Veränderungen mit sich bringen würde, wie sich bereits abzeichnete, jedoch lagen diese jetzt im positiven Bereich. Falls wir tatsächlich in das Landhaus ziehen würden, könnte ich nach wie vor meine Wohnung alleine bewohnen, Rebecca wäre genau so oft wie ich in London und die gemeinsame Zeit auf dem Lande hatte auch ihre Vorteile. Rachel wäre zwar mit Julian oft alleine, aber das machte mir nichts aus, denn im Moment waren sie wie Katz und Maus. Doch vorher musste die Trauung arrangiert werden. Anthony konnte mir einige Termine vorschlagen, so wie er sagte, gäbe es wegen der Krise weniger Buchungen, als die Jahre zuvor. Und so wurde der Hochzeitstermin auf den ersten Samstag im August festgelegt.

*

Es war alles genau so, wie ich es in Erinnerung hatte. Die lange Auffahrt durch den Park führte an einer gepflegten Rasenfläche und alten Bäumen vorbei, direkt zu der Steinbrücke über den Wassergraben auf das im Tudorstil erbaute Haus zu. Die Buxbäumchen standen immer noch kugelrund oder in Kegelform geschnitten in ihren Kübeln und zierten die vielen Nebeneingänge auf der Veranda und den Haupteingang mit der prunkvoll geschnitzten Holzpforte. Weit und breit war keine Menschenseele in Sicht. Auf dem Rasen waren vereinzelt Liegestühle und Tische mit Stühlen unter weißen Sonnenschirmen platziert, aber niemand schien darauf sitzen zu wollen. Mir erschien das Ganze wie ein vorbereitetes Filmset, das auf die Akteure wartete.

Rachel, neben mir im Wagen, klatschte begeistert in die Hände. »Es ist noch eindrucksvoller als früher, einfach traumhaft.«

Und als wir uns der Brücke näherten, öffnete sich die Eingangstür und Anthony trat heraus. Er war mächtig gealtert. Sein Haar war weiß, und als ich ihn so aus der Ferne betrachtete, sah ich meinen geliebten Vater vor mir. So ähnlich würde auch er heute aussehen, denn sie hatten das gleiche Alter und die gleiche stattliche Statur. Sie waren gute Freunde gewesen, mit vielen gemeinsamen Erinnerungen an die Jugendzeit, jedoch sehr unterschiedlichen Lebensauffassungen. Während Anthony sich nicht vorstellen konnte, im Ausland zu leben, war es genauso unmöglich für meinen Vater, in die Fußstapfen seiner Vorfahren zu treten. Er war der rebellierende Aussteiger und Anthony der angepasste Traditionalist, aber das hatte ihre Freundschaft wenig beeinträchtigt, allerdings die Zeit, die sie später zusammen verbrachten. Doch ein über das andere Jahr besuchten wir sie und die Fergasons verlebten einige Tage bei uns, denn unsere Finca auf der Insel war zu Lebzeiten meiner Eltern stets offen für alte Freunde oder interessante Gäste aus aller Welt. Etwas wehmütig dachte ich auch an meine Mutter, die so vieles was uns betraf nicht mehr erleben durfte.

»Robert, mein Junge, schön dich zu sehen und das ist die glückliche Braut, nehme ich an.« Anthony umarmte mich, während hinter mir Rachel aus dem Auto stieg. »Hatten Sie nicht immer diese Zöpfe?«, fragte er und drückte auch Rachel an sich. »Wie lange ist das schon her. Eine Schande, dass deine Eltern das nicht mehr erleben können, und jetzt wird endlich geheiratet. Ihr habt euch ja genügend Zeit damit gelassen. Und wo sind Rebecca und Julian?«

Ich war mir nicht sicher, ob noch eine Feststellung oder Frage nachfolgen würde, daher wartete ich und Rachel antwortete. »Ich freue mich, dass Sie mich nach so langer Zeit auch ohne Zöpfe noch erkennen. Die anderen müssen bald ankommen, wir sind jedenfalls zusammen abgefahren. Und danke, dass wir hier sein dürfen.«

Rachel ist eine Nette, wenn man ihr dazu die Gelegenheit gibt, nur manchmal geht sie nicht besonders freundlich mit dem Personal um, wahrscheinlich, weil sie als Stewardess von den Gästen ebenfalls nicht respektvoll behandelt wird. Aber sie weiß, wo sie sich wie zu verhalten hat, besser sogar als meine Geschwister und ich, denn wir scherten uns wenig darum.

Auch ich fragte mich, wo Julian und Rebecca blieben. Wie Rachel schon sagte, waren wir zusammen von Bradshaw Mansion abgefahren, nachdem wir dort einen Zwischenstopp eingelegt hatten. Es wäre weniger stressig gewesen von London zu fliegen, doch die beiden Damen hatten darauf bestanden mit dem Auto zu fahren, wegen des Brautkleides, das nicht gefaltet in einem Koffer liegen durfte. Nur Sabrina würde zur Hochzeit mit dem Flugzeug aus Berlin anreisen, und da wir schon eine lange Autofahrt hinter uns hatten, sich ein Taxi am Flughafen nehmen. Wir waren gerade dabei das Brautkleid in die Obhut eines Zimmermädchens zu geben, als auch Julians Range Rover in Sicht kam. Anthony winkte hocherfreut als Rebecca aus dem Wagen stieg. »Hallo Becky, mein Kind. Oder darf ich das jetzt nicht mehr sagen, wo du so berühmt bist? Und so schön bist du geworden, viel schöner als in all den Zeitschriften«, sagte er und drückte auch Rebecca einen Moment an seine Brust, dann wandte er sich Julian zu. »Freut mich dich zu sehen. Lass dich anschauen, genau wie dein Vater, da wird mir ganz warm ums Herz. Eine Schande, dass eure Eltern nicht mehr unter uns sind. Aber lasst uns jetzt ins Haus gehen, Claire wartet. Sie möchte mit euch anstoßen, wir freuen uns so, dass ihr hier seid.«

Die Fergasons hatten keine Kinder mehr, nachdem ihr Sohn als Dreijähriger in den Wassergraben fiel und ertrank. Die Trauer war so groß gewesen, dass Claire sich und Anthony nie wieder in solch eine Situation bringen wollte, daher schenkte sie ihm keine Kinder mehr und ihre Liebe fortan den Jagdhunden. Sie erwartete uns im Salon neben der geschmackvoll eingerichteten Eingangshalle. Eine stattliche Erscheinung, die sich in Jagdkleidung wohler fühlte als in einem Abendkleid, und außer den grauen Haaren hatte sie sich kaum verändert. Mit strahlenden Augen und einem breiten Lächeln kam sie auf uns zu. »Aber fehlt nicht noch Julians Frau? Ihr habt sie hoffentlich nicht unterwegs verloren?«, lachte sie, nachdem sie jeden von uns an ihre Brust gedrückt hatte. Wir versicherten ihr, dass das nicht der Fall sei, sie würde später eintreffen. Auch sie unterließ es, Rebecca ihr Beileid zum Tode von Juan auszusprechen. Ich hatte ausdrücklich darum gebeten, denn ich befürchtete, das könnte meine Schwester veranlassen, die Rolle einer trauernden Witwe zu spielen. Stattdessen bewunderte Claire Rebeccas Aussehen und Erfolg und erinnerte sich an alte Zeiten, dann kamen unsere Drinks. Doch sowohl Rebecca als auch ich lehnten den Whisky ab und fragten nach Champagner.

»Ihr Städter seid solche Weicheier, früher hat keiner Wein oder Champagner getrunken, aber wie ihr wollt, ich bleibe jedenfalls beim guten alten Whisky«, sagte Claire und prostete Rachel zu. Meine zukünftige Frau, die sonst nur Mineralwasser trinkt, prostete zurück und leerte das Glas in einem Zug.

»Naja, das fängt ja gut an«, meinte Julian und trank ebenfalls. Ich überlegte gerade, welche Erfahrungen Julian wohl mit Rachel und Whisky gemacht hatte, als ein Taxi vorfuhr. Ich dachte sofort an Sabrina. Durch die Glastür konnte ich sehen, wie zuerst ein Mann ausstieg und mir schoss durch den Kopf, hoffentlich hat sie sich keine Begleitung zugelegt. Die zweite Person, eine Frau, sah ich nur von hinten. Das zu einem Knoten zusammengebundene Haar hätte das von Sabrina sein können, aber dann drehte sie sich um und mit Erleichterung stellte ich fest, dass ich mich geirrt hatte. Zur selben Zeit erhielt Rebecca eine SMS, dass sich Sabrinas Flug verspätet hatte und sie eine Stunde später als geplant ankommen würde. Ich entspannte mich wieder, bis der fremde Mann den Salon betrat. Während ich die Neuankommenden bereits gesehen hatte, wurden Rebecca, Julian und Rachel von dem eintretenden Hotelgast überrascht. Rebecca grüßte freundlich zurück, Julian drehte ihm gelangweilt den Rücken zu und Rachel blieb der Mund offenstehen, von ihrem Hallo war nur das H zu hören. Dem Gast erging es nicht viel anders, als er Rachel erblickte. Er fing sich jedoch sehr schnell und wandte sich dann, als wäre nichts vorgefallen, zu Claire und bat sie um den Zimmerschlüssel, entschuldigte sich und verließ den Salon. Als Claire aufstand, um dem Hotelgast zu folgen, kam langsam wieder Farbe in Rachels Gesicht.

»Das war Mister Page. Er und seine Frau sind Gäste der Jagdgesellschaft. Morgen findet nämlich eine kleine Treibjagd statt, aber am Samstag wird nicht mehr gejagt, am Samstag wird Hochzeit gefeiert«, sagte Anthony. »Die Pages kommen übrigens auch aus London. Ich hatte den Eindruck Mister Page hat jemand von euch erkannt, kann das sein?«

Julian und Rebecca schüttelten den Kopf und schauten zu mir und Rachel, die ein zweites Mal erstarrte. Es war an der Zeit, dass ich etwas unternahm, sonst würde Rachels Verhalten noch auffallen. »Ist gut möglich, wir sind ja nicht gerade unbekannt«, sagte ich leichthin, dann fragte ich meinen Bruder, ob unser Haus ebenso stilvoll wie dieses aussehen wird, wenn es fertig renoviert ist, da Rachel und ich dort einziehen werden.

Die erste Reaktion kam von Anthony: »Eine absolut grandiose Idee. Dein Vater würde sich freuen, er hing sehr an seinem Elternhaus, auch wenn er es vorzog, in Spanien zu leben.«

Dann von Rebecca: »Gütiger Gott, nicht dort! Warum? Du liebst London.«

Und zu guter Letzt von Julian: »Kommt nicht infrage, denk nicht einmal im Traum daran.«

»Julian, mein lieber Junge, wie kannst du so etwas sagen. Ich denke, du solltest Robert und seiner Frau nicht verwehren auf eurem Familiensitz zu leben. Oder gehört der ganze Besitz jetzt dir?« Anthony schaute fragend zu meinem Bruder.

»Wir renovieren gerade. Das Haus ist eine Baustelle«, war die knappe Antwort von Julian.

»Ich meinte auch nach der Renovierung, denn für irgendetwas muss dieser Aufwand doch gut sein. Außerdem könnte Rebecca ebenfalls dort wohnen, dann ist sie nicht mehr so alleine. Was meinst du?« Ich schaute zu Rebecca und sah, dass ihre erste Ablehnung zu einer abwägenden Bereitwilligkeit pendelte. Sie brauchte immer jemanden um sich herum, alleine die Vorstellung, dass ich in den Midlands auf dem Lande und nicht weiter in ihrer Nachbarschaft wohnen würde, ließ sie zumindest wohlwollend darüber nachdenken.

»Mal sehen. Und was ist mit Rachel? Sie muss doch arbeiten?«

Alle Augen richteten sich auf meine Braut, die zusammengekauert in dem großen Ohrensessel zu verschwinden drohte.

»Ihr jungen Leute seid mir ein Rätsel. Wer will denn schon in einer Großstadt wohnen, wenn er solch ein Haus auf dem Land besitzt«, sagte Anthony kopfschüttelnd. »Übrigens der Pfarrer kommt morgen, um die Zeremonie mit euch zu besprechen.« Anthony hatte sich schwerfällig erhoben. »Eure Zimmer sind im Osttrakt, alle mit Blick auf den See. Sie werden euch gefallen. Ich muss mich jetzt

144

um die Vorbereitungen zur Jagd kümmern, ihr entschuldigt mich, ich bin ja nicht zum Vergnügen hier.«

»Wir auch nicht«, murmelte Julian, als Anthony außer Hörweite war.

»Sprich für dich selbst, doch lass uns aus dem Spiel und benimm dich, wenn Sabrina hier ist. Die Fergasons müssen ja nicht gleich mitbekommen, was für ein Ekel du bist.«

»Robert, mein Guter, keine Sorge, ich werde mich benehmen. Aber dass ihr aufs Land ziehen wollt, war wohl ein Witz, oder?«

»Nein, war es nicht. Warum sollen wir eine größere Wohnung in London suchen, wenn wir dieses riesige Haus haben. Rachel hat schon ihr Apartment gekündigt, also, wenn es dir nicht passt, dann musst du in deine Wohnung nach Berlin ziehen.«

»Werde ich nicht.«

»Dann finde dich damit ab, dass du bald Gesellschaft bekommst. Nicht wahr Rebecca?« Ich konnte mir nicht vorstellen, ohne sie dort einzuziehen und plötzlich wusste ich, dass ich mir mit Rachel alleine keine Wohnung teilen würde. Es blieb also nur unser Landhaus und eine Wohngemeinschaft mit meinen Geschwistern oder getrennte Wohnungen in London.

»Die Wohnverhältnisse sollten zwar vor einer Hochzeit geklärt werden, aber die ist ja erst in zwei Tagen, also Zeit genug, euch anders zu entscheiden. Ich ziehe mich jetzt jedenfalls auf mein Zimmer zurück, falls ihr nichts dagegen habt. Man sieht sich.« Julian wusste, wann er verloren hatte, und räumte das Feld. Ihm war klar, dass ich meine Meinung nicht ändern würde und Rebecca nicht alleine in London bleiben würde, und wenn es eine Gelegenheit gab, ihm eins auszuwischen, dann ergriff sie diese gerne. Je mehr er sich sträubte, desto leichter würde ihr die

Entscheidung fallen. Sie hatte ihm noch nicht verziehen, wie er sich Sabrina gegenüber verhalten hatte und den Anteil, den Rachel an dieser Affäre hatte, ebenfalls nicht.

Als Julian den Raum verlassen hatte, kam Rachel wieder aus ihrer Versenkung hervor und ging zu der Glastür. »Lasst uns nach draußen gehen und dort auf Sabrina warten, es ist so herrlich im Freien.« Aber Rebecca wollte sich frisch machen und später nachkommen, so folgte nur ich Rachel in den Garten.

Es war ein warmer Sommernachmittag, die Vögel zwitscherten, Bienen ließen sich summend auf den Rosensträuchern nieder und Schmetterlinge schaukelten durch die Luft. Für einen kurzen Moment genoss ich die Natur um mich herum, am liebsten hätte ich an nichts gedacht, und noch weniger, störende Fragen gestellt. Aber der Vorfall mit Mister Page musste geklärt werden, solange niemand in Hörweite war. Und so erfuhr ich von der Affäre zwischen Nick Page und Rachel Wood. Sie hatten sich auf einem Flug kennengelernt und sich danach einige Male getroffen. Für Rachel war es nur einer ihrer Seitensprünge, jedoch für Nick bedeutete es mehr. Er war bereit sich von seiner Frau, die schon in die Jahre gekommen war, zu trennen. Davon wollte Rachel allerdings nichts hören, trotzdem tauchte seine Frau plötzlich bei ihr zu Hause auf. Zuerst machte sie Rachel eine Szene. Rachels Beteuerungen, ihr würde nichts an Nick liegen, sie könne ihren Mann wiederhaben, versetzten Mrs. Page dann so sehr in Rage, dass sie total ausflippte, woraufhin die Nachbarn die Polizei alarmierten, die die tollwütige Mrs. Page abführten. Rachel rief Nick an und sagte ihm, er solle sich nicht mehr bei ihr blicken lassen, sich stattdessen um Frau und Kinder kümmern. Seine Anrufe verfolgten sie noch einige Zeit, er gab erst auf, als Rachel ihm mit einer Anzeige drohte. Das war vor etwa zwei Jahren, aber zwischendurch bekam sie immer mal wieder das Gefühl beobachtet zu werden. »Die Frau ist labil und gestört. Ich hoffe nicht, dass sie annimmt, ich sei ihrem Mann nachgereist, dann ist es mit unserer Ruhe vorbei.« Sorgenfalten standen in Rachels Gesicht, als sie ihren Bericht beendete.

»Ich werde veranlassen, dass Mrs. Page erfährt, dass wir hier heiraten wollen, dann solltest du keine Gefahr mehr für sie sein«, beruhigte ich meine Braut.

»Robert, ich liebe dich. Du bist der beste Mann, den man sich vorstellen kann.« Rachel stellte sich auf ihre Zehenspitzen und gab mir einen Kuss.

»Hoffentlich sind nicht noch mehr von dieser Sorte in der Jagdgesellschaft. So eine Art »Rachel-Wood-Gedächtnisjagd«, bemerkte ich und spürte augenblicklich Rachels Ellenbogen in meinen Rippen. Just in diesem Moment fuhr das Taxi, in dem Sabrina saß, die Auffahrt hinauf.

*

Der Abend verlief harmonisch, was nicht unbedingt zu erwarten ist, wenn Julian und Sabrina zusammentreffen. Rebecca war bestens gelaunt und Sabrina schien sich ebenfalls wohlzufühlen. Julian benahm sich zivilisiert, was nicht zuletzt den Fergasons zu verdanken war, die sich eine Zeit lang zu uns gesellten. Nur Rachel schaute ab und zu nervös um sich oder Hilfe suchend zu mir, sobald neue Gäste auf der Veranda erschienen. Aber es gab weit und breit nichts, worüber sie sich Sorgen machen musste. Die Pages waren nirgends zu sehen und von uns waren ihr alle wohlgesinnt, sogar Sabrina machte ihr Komplimente, denn Rachel sah trotz der inneren Anspannung bezaubernd aus. Ich konnte verstehen, warum die Männer auf sie standen, und das nicht nur wegen ihres Aussehens. Sie gab jedem das Gefühl der Beste zu sein und im Bett war sie eine Heilige oder eine Hure, ganz wie man es wünschte. Obwohl ich nie eifersüchtig auf ihre Liebhaber war, missbilligte ich ihre Abenteuer, nur manchmal hätte ich gerne meinen Unmut offen und heftig zum Ausdruck gebracht, doch ich bin, meistens jedenfalls, ein Gentleman. Ich habe bisher diese Situationen überspielt und seit Neustem gab es ja diesen Ehevertrag, denn so richtig trauen konnte ich ihr nicht. Außer Julian und diesem alternden Mister Page war mir noch kein Mann über den Weg gelaufen, der es mit ihr getrieben hatte und ich konnte mir nicht erklären, was Rachel an diesem Nick anziehend fand. Wahrscheinlich hat sie einen Vaterkomplex und sucht sich immer diese Typen aus. Julian hatte ja auch so eine Vaterfunktion übernommen, aber er sieht wenigstens blendend aus. Er hat meine Größe, etwa eins Neunzig, seine blonden Haare sind seitlich sehr kurz geschnitten, das Deckhaar ist etwas länger, rechts gescheitelt und hängt ihm meistens über eine Gesichtshälfte, was ihn verwegen und jugendlich aussehen lässt. Außerdem hat er eine athletische Figur und ist stets top gekleidet. Im Gegensatz zu mir, ich lege nicht so viel Wert auf meine Kleidung und lasse mein Haar meist schulterlang wachsen. Aber ich sehe mich auch als Künstler und habe immer Künstler um mich herum, daher kann ich mir das erlauben. Zudem lieben alle mein unkonventionelles Auftreten, sie fühlen sich dann nicht mehr wie die Spießer, die sie trotz unserer Erziehung geworden sind. Natürlich ist Rebecca eine Ausnahme, wir passen gut zusammen und niemand hätte uns für Bruder und Schwester gehalten. Sie hat derzeit rötlich schimmerndes, dunkelbraun gelocktes, langes Haar, wechselt allerdings die Farbe und den Stil so oft, dass ich nicht mehr weiß, was Natur oder gefärbt ist. Sie ist nicht ganz so groß wie Julian und ich und hat eine perfekte Figur, auch wenn sie immer daran rummeckert. Unsere Eltern wären stolz auf uns gewesen, was das Äußere betraf, mit allem anderen hätten sie wahrscheinlich manchmal ein Problem gehabt, nicht aber mit meiner Entscheidung Rachel zu heiraten.

Obwohl der Abend sehr unterhaltsam war, gingen wir früh zu Bett. Wir alle hatten getrennte Zimmer, auch Rachel und ich. An den getrennten Schlafzimmern wird sich auch in Zukunft nichts ändern, denn jeder Mensch benötigt einen Raum für sich. Mein Plan war, dass sich so wenig wie möglich, eigentlich nichts nach der Hochzeit verändern wird, deswegen konnte ich mich auch auf die nächsten Tage freuen. Am Morgen stand nur die Besprechung mit dem Pfarrer auf dem Terminplan, danach waren wir zum Tontaubenschießen verabredet. Mit der Jagdgesellschaft würden wir kaum in Berührung kommen, da die Treibjagd bereits frühmorgens und einige Meilen entfernt, westlich des großen Anwesens, stattfand.

Gleich nach dem Frühstück trafen wir den Pfarrer der Gemeinde, zu der Fergason Castle gehört. Er war ein sehr junger Mann und Rachel fragte ihn, ob er wirklich schon eine Hochzeitszeremonie durchführen dürfe. Er wurde rot und lächelte verlegen, wir wären nicht seine erste Vermählung, meinte er. Nachdem das und die Prozedur geklärt war, inspizierten wir die recht schmucklose Kapelle. Das Laub auf dem Boden und der Staub auf den Sitzbänken waren noch nicht entfernt worden, noch fehlten die Kerzen in den Leuchtern und der spartanische Altar wartete auf die religiösen Utensilien. Aber Claire versicherte uns, dass wir die Kapelle am Hochzeitstag nicht wiedererkennen werden, die Blumen seien bereits bestellt und alles werde zu unserer vollsten Zufriedenheit hergerichtet. Die uralte Kapelle war so winzig, dass es nicht auffiel, wie klein unsere Hochzeitsgesellschaft ist. Und der modrige Geruch würde vom Weihrauch verdrängt werden. Trotzdem bat ich Claire, die Kirchenpforte den ganzen Tag über offen zu lassen, ein bisschen frische Luft täte dem alten Gemäuer bestimmt gut. Auf meine Frage, ob die kleine Glocke noch funktioniere, antwortete sie: »Wir wollten sie schon abmontieren und verkaufen, weil sie nie benutzt wird, aber jetzt bin ich froh, dass sie morgen noch einmal läuten kann. Denn stumme Glocken sind wie eine Hochzeit ohne Braut, nicht wahr?«

Es war nicht nur modrig feucht in der Kapelle, auch ziemlich kühl und der Schritt ins Freie war eine Wohltat. Die Sonne schien und ich freute mich auf einen schönen Tag in der Natur mit Tontaubenschießen am See. Die anderen saßen bereits draußen und erwarteten uns ungeduldig. Von der Jagdgesellschaft waren nur die Schüsse in der Ferne zu hören, niemand würde uns stören, denn wir hatten den gesamten Ostteil des Anwesens für uns.

Seit meiner Kindheit hatte ich kein Gewehr mehr in der Hand gehalten und ich war erstaunt, wie sich meine Haltung und meine Einstellung mit der Waffe veränderten. Aufrecht und furchtlos schritt ich über das weiche Gras und verwandelte mich in John Wayne. Ich wusste nicht, was in Julian vor sich ging, aber ich konnte mir vorstellen, dass auch bei ihm die Waffe nicht ohne Wirkung blieb. Er trug sie wie ich in der Hand und bereit, auf jeden Angriff zu reagieren, nicht wie die Frauen, mit abgeknicktem Lauf über der Schulter.

»Ihr seht aus, als würdet ihr zu einem Duell gehen«, lachte Rebecca.

Und für einen kurzen Moment kam mir der Gedanke, dass das eine gute Gelegenheit wäre, Julian ein wenig zittern zu lassen, ihm seine aufgeblasene Gelassenheit für immer oder nur für den Augenblick auszutreiben. Als wir an unserem Schießplatz ankamen, landeten gerade einige Schnepfen auf dem Teich, sie hatten sich vor den Jägern in Sicherheit gebracht. Doch dann fiel bei uns der erste Schuss und sie ergriffen abermals die Flucht. Es war Sabrina, die als Erste die Tontaube nicht traf und daraufhin den Platz für Julian freigab, Rachel betätigte das Katapult. Zu Beginn hatten wir mehr Fehlschüsse als Treffer, aber mit der Zeit wurden wir sicherer und die Begeisterung stieg. Nur Rachel konnte sich nicht verbessern, je mehr sie sich ärgerte, umso schlechter schoss sie. Gegen Mittag kam eines der Hausmädchen mit einem Picknickkorb. Zum Essen gab es reichlich Rotwein, unsere Stimmung war ausgelassen und hätte Julian seinen Mund halten können, dann wäre Rachel wahrscheinlich geblieben. Aber sie meinte, sie könne auf seine blöden Sprüche verzichten, außerdem hätte sie noch etwas Wichtiges zu erledigen, danach verschwand sie. Außer, dass jeder von uns zwischendurch eine kurze Auszeit nahm, verbrachten wir den ganzen Tag mit Tontaubenschießen und hatten unseren Spaß. Gegen Abend, wir saßen erfrischt und gut gelaunt im Salon, fiel uns auf, dass Rachel nicht anwesend war. »Sie ist bestimmt noch sauer«, sagte Sabrina und warf Julian einen missbilligenden Blick zu.

Wir alle waren unabhängig agierende Menschen mit eigenen spontanen Ideen, daher meinte Julian, dass sich Rachel gewiss im nächsten Ort gut unterhalten würde. »Es ist ihr letzter Abend in Freiheit, lass ihr den Spaß, du kennst sie doch, für einen Quickie ist gerade noch Zeit«, sagte er und grinste. »Sie wird morgen rechtzeitig zur Trauung erscheinen, keine Bange.«

Für diese Bemerkung erntete Julian keinen Applaus von den anderen und ich ging an diesem Abend irritiert zu Bett. Ich hatte angenommen, Rachel würde sich an die Regeln halten, aber vielleicht wollte sie mir auf diese Weise den Ehevertrag heimzahlen.

*

Ich hatte schlecht geschlafen. Als ich am nächsten Morgen aufstand, wusste ich, dass ich einen Schritt tun werde, den die meisten Menschen als den schönsten und wichtigsten in ihrem Leben bezeichneten, und bekam ein mulmiges Gefühl im Magen. Unter der Dusche entspannte ich mich halbwegs, und als ich mich anzog, ging es mir bereits viel besser. Der Anzug stand mir gut, es regnete nicht, bisher gab es keinen nennenswerten Streit, Rachel wird eine Erklärung für ihre Abwesenheit haben und alles wird seinen Lauf nehmen.

Es war noch früh, als ich die Treppen nach unten stieg und die Eingangshalle von Fergason Castle betrat. Niemand war zu sehen, unentschlossen stand ich eine Weile verloren in der Halle, bevor ich ziellos nach draußen spazierte, dann entschlossen und schnellen Schrittes der Kapelle entgegen. Claire half bei der Dekoration der Blumen, als ich eintrat, und winkte mir, mit weißen Rosen in der Hand, zu. »Schau dich um, ist es nicht himmlisch? Und du? Bist du nervös? Ich war es. Aber wir Frauen müssen an solch einem Tag auch besonders zurechtgemacht werden und das braucht Zeit und Nerven.« Ich lächelte und schaute mich um. Die Kapelle war zwar einfach, jedoch sauber und durch die vielen Blumen wahrlich festlich. »Warte nur, bis alle Kerzen brennen und die Glocke läutet, sie hat so einen schönen Klang, aber das wisst ihr ja.«

Als Kinder ließen wir zu den unmöglichsten Zeiten, sogar in der Nacht, die Glocke bimmeln, worauf immer eine Standpauke folgte. Bis der Strang, an dem wir so gerne turnten, abmontiert wurde und das Spiel ein Ende fand. Der Strick hing wieder, wo er hingehörte, auch sonst war alles in bester Ordnung. Ich dankte Claire und verließ mit einem guten Gefühl die Kapelle. Auf dem Rasen stand ein für uns gedeckter Tisch, dem ging ich entgegen. Kaum war ich angekommen, traten auch Sabrina und Rebecca aus dem Haus, hinter ihnen folgte Julian. Die Worte von Claire in meinen Ohren fragte ich Rebecca, ob sie nach Rachel geschaut hätte, sie würde vielleicht ein wenig Hilfe und Unterstützung benötigen.

»Ich habe geklopft, aber es kam keine Antwort, wahrscheinlich war sie im Bad. Ich kann ja wieder nach oben gehen, doch zuerst brauche ich einen Kaffee.«

Wir hatten noch eine gute halbe Stunde, bis der Pfarrer kam und mit jeder Minute stieg meine Nervosität, jedoch nicht nur meine, auch Sabrinas und Rebeccas. Ja sogar bei Julian zeigten sich Symptome von erwartungsvoller Ungeduld, so interpretierte ich jedenfalls sein ständiges hin und herschauen.

»Rachel macht es wirklich spannend, ich gehe jetzt zu ihr und hol sie runter.« Rebecca war schon auf dem Asphaltweg, als einer der Hausangestellten sie im Laufschritt überholte, dabei anrempelte und ohne sich um sie zu kümmern, auf das Haus zulief und darin verschwand. Rebecca war zu Boden gestürzt und blieb einfach liegen. Ich sprang sofort auf, eilte über den Rasen, beugte mich über sie und hörte sie weinen.

»So schlimm hast du dir wehgetan?«, fragte ich verwirrt.

Sie hob ihren Kopf nur wenige Zentimeter und flüsterte: »Er hat gesagt, es gibt eine Leiche im Park. Robert sag mir, dass es nicht Rachel ist. Nicht schon wieder.«

Ich half Rebecca auf die Beine und versuchte ihr Kleid von dem Schmutz zu säubern. Ihr Gesicht zeigte Spuren der verlaufenen Schminke und ich beruhigte sie. »Das ist nicht Rachel, jetzt hör zu heulen auf, du siehst furchtbar aus und die Trauung ist gleich.«

»Woher willst du das wissen? Wann hast du Rachel zum letzten Mal gesehen? Sag schon, wann?«

Ich legte meinen Arm um sie, dann bemerkte ich Sabrina und Julian, die mich ebenfalls fragend ansahen. »Gestern Nachmittag, bevor sie wegging.«

»Ich sag euch, die Tote ist Rachel«, schrie Rebecca mir ins Gesicht. »Ich weiß es und du weißt es auch. Und wir sind schuld daran, so wie bei den anderen, alles unsere Schuld.«

Ich hoffte nur, dass ihr hysterischer Anfall nicht lange anhalten würde und sagte: »Rebecca beruhige dich, ich gehe jetzt Rachel holen, dann wird geheiratet.«

»Du Narr, nichts wirst du. Du wirst sie beerdigen müssen, so wie ich Juan«, schrie sie und die Ohrfeige, die Julian ihr verpasste, tat sogar mir weh, aber sie brachte Rebecca wieder zu sich. Heulend rieb sie sich die Wange und stürzte sich in die Arme ihrer Freundin. »Lasst mich in Ruhe, alle beide«, schluchzte sie in Sabrinas Schulter.

Diese Szene war unüberhörbar und natürlich nicht unbeobachtet geblieben. Einige Gäste standen an der Tür. Sie wunderten sich wahrscheinlich, was los war und warum Julian Rebecca geschlagen hatte. Auch Anthony war nicht erfreut zu sehen, wie wir miteinander umgingen, ausgerechnet an meinem Hochzeitstag. Gekleidet in seinem besten Kilt, kam er mit großen Schritten auf uns zu, nahm mich zur Seite und flüsterte mir ins Ohr, dass wir uns zusammenreißen und nicht vor allen Leuten solch einen Aufstand machen sollten. »Ich habe genug um die Ohren. Eine Leiche wurde im Park gefunden, die Polizei ist auch schon vor Ort. Ich glaube nicht, dass ich dein Trauzeuge sein kann. Wahrscheinlich muss ich hier für Ordnung sorgen, tut mir leid.«

Ich stand wie ein gescholtener Junge vor ihm und sagte nur, Rebecca seien die Nerven durchgegangen, als sie von der Toten im Park hörte.

»Das konnte sie doch gar nicht wissen. Ich habe ausdrücklich jedem im Haus verboten darüber zu sprechen, wir sind ein Hotel. Unsere Gäste wollen eine angenehme Zeit hier verbringen, die wollen nichts von Leichen im Park hören.« Anthony schaute mich misstrauisch an, so als wüssten wir für seinen Geschmack eine Spur zu viel. Er wollte gerade noch etwas sagen, doch ich unterbrach ihn: »Ich muss Rachel abholen, sonst kommen wir zu spät zur Trauung.«

Anthony wandte sich an Rebecca, aber dann wurde seine Aufmerksamkeit von dem ankommenden Polizeiauto in Anspruch genommen. Ich hingegen bahnte meinen Weg durch die Hotelgäste, die immer noch am Eingang standen, und hastete die Treppe hinauf.

Auf mein Klopfen und Rufen bekam ich keine Antwort. Ich war mir nicht einmal sicher, ob ich vor der richtigen Tür stand. Also ging ich nach unten und lief dem Kommissar und Claire direkt in die Arme. »Wo ist Rachel?«, fragte sie mich. Ich antwortete ihr, dass ich keine Ahnung hätte, aber auf der Suche nach ihr sei. Der Kommissar schaute mich an, überlegte einen Moment, dann bat er mich, ihm zu folgen.

»Herr Kommissar, ich heirate in ein paar Minuten, muss das jetzt sein?«

»Nicht, wenn Sie mir Ihre Braut präsentieren können. Ansonsten möchte ich, dass Sie sich die Tote im Park anschauen, denn bisher konnten wir die Leiche noch nicht identifizieren.«

»Claire, kannst du das nicht tun, oder Anthony? Ihr kennt doch eure Gäste. Und warum verdammt noch mal, glauben alle, dass Rachel die Tote ist?«

»Wer sind alle? Und wer glaubt das?«, fragte der Kommissar schnell.

»Nur meine Schwester, als sie von der Leiche hörte.«

Er wollte wissen, wie sie auf solch eine Idee kommen konnte.

»Wir haben Rachel seit gestern nicht gesehen, aber das ist nicht ungewöhnlich, sie geht gerne ihre eigenen Wege«, versuchte ich zu erklären.

Der fremde Kommissar schaute mich verwundert an. «Ich dachte, Sie heiraten heute, verbringt man dann nicht seine Zeit zusammen?«

»Vielleicht wollte sie gerade deswegen am letzten Tag alleine sein.«

»Ja vielleicht, aber wissen tun Sie es nicht? Sie hat es also nicht ausdrücklich gesagt?«

»Mehr oder weniger, sie hat uns am Nachmittag verlassen, weil sie noch was Wichtiges zu erledigen hatte. Aber ich glaube nicht, dass Sie das etwas angeht.«

»Sie haben recht, also kommen Sie bitte mit, ich möchte Mrs. Fergason, wenn möglich, den Anblick ersparen.«

Er führte mich über den Rasen zu einer abgelegenen Baumgruppe. Als wir endlich am Tatort eintrafen, lag die Leiche bereits zugedeckt in einem Metallsarg. Man hob die Plastikfolie an und ich konnte einen Blick auf die darin liegende Person werfen. Nur die Kleidung und der Ring an dem Finger kamen mir bekannt vor, alles andere war nicht zu identifizieren. Was noch von ihrem Gesicht übrig war und ihre Haare, waren mit Blut und Hirnmasse bedeckt, man hatte Rachel direkt ins Gesicht geschossen. Es war ein grauenhaftes Bild und bei diesem Anblick wurde mir so übel, dass ich mich übergeben musste. Das Mitgefühl des Kommissars regte sich sofort, als ich ihm sagte, es sei meine Braut, Rachel Wood. Er begleitete mich zurück zum Haus in den Salon und ließ mir ein Glas Wasser kommen. Nach einer Weile wollte er wissen, wer ein Interesse haben könne, Rachel zu erschießen.

»Wie kommen Sie darauf?«

»Nun ja, Selbstmord was es auf keinen Fall, wir haben kein Gewehr bei ihr gefunden.«

»Aber vielleicht war es ein Unfall, gestern war Schnepfenjagd.«

»Sind Sie sicher? Die Jagdsaison für Schnepfen beginnt erst im September.«

Mir war es egal, wann die Saison begann. »Dann eben Fasane, jedenfalls wurde gestern hier in der Gegend gejagt und viel geschossen. Kann ich jetzt gehen, mir ist nicht gut.«

»Es tut mir leid, aber ich muss noch wissen was Sie gestern, nachdem Ihre Braut Sie verlassen hat, gemacht haben.«

»Ich war mit den anderen am See beim Tontauben-schießen und am Abend hier im Salon.«

»Und wer sind die anderen?«

»Meine Schwester Rebecca, mein Bruder Julian und seine Frau Sabrina, alles Bradshaws.«

»Und Ihre Schwester war es, die meinte, die Tote im Park sei Ihre Braut, warum?«

»Weil sie hysterisch ist und ihr Mann erst kürzlich ums Leben kam.«

»Und sie dachte, beide Todesfälle könnten miteinander zu tun haben?«

»Ich sagte doch, sie ist etwas hysterisch, was solche Dinge betrifft. Sie ist Schauspielerin, die reagieren auf schlechte Nachrichten anders als andere.«

»Das sagen Sie, aber vielleicht hatte sie einen Grund zu dieser Annahme, gab es Unstimmigkeiten, einen Streit oder sonst irgendetwas, was Ihnen aufgefallen ist?«

»Wir sind eine ganz normale Familie, da wird auch gestritten, aber wir bringen uns nicht um.«

»Und gestern gab es so einen Streit.«

»Nein, sicherlich nicht. Es war alles äußerst harmo-nisch.«

»Hatte Misses Wood denn Feinde, beruflich oder pri-vat?«

Ich schüttelte den Kopf, aber plötzlich fiel mir ein: »Mrs. Page und ihr Mann aus der Jagdgesellschaft.«

»Was ist mit denen?«

»Sie kannten Rachel. Und Mrs. Page war nicht gut auf meine Braut zu sprechen, sie hat sogar Rachel einmal angegriffen und sie bedroht.«

»Warum? Was war vorgefallen?«

»Ich war nicht dabei, das liegt schon einige Zeit zurück, also fragen Sie die Pages oder Ihre Kollegen in London. Kann ich jetzt gehen? Ich brauche unbedingt frische Luft.«

»Sie waren ihr Verlobter, da weiß man doch Bescheid über so etwas.«

Zögerlich brachte ich zum Ausdruck, es hätte da wohl einmal eine Affäre mit Mister Page gegeben.

Der Kommissar machte sich einige Notizen, dann sagte er: »Für den Augenblick können Sie gehen, aber halten Sie sich weiterhin zur Verfügung Mister Bradshaw. Und schicken Sie mir Ihre Schwester, ich habe ein paar Fragen an sie.«

Obwohl ich tatsächlich frische Luft gebraucht hätte, wäre ich am liebsten bei dem Verhör von Rebecca dabei gewesen, daher sagte ich: »Wollen Sie nicht mit meinem Bruder zuerst sprechen, ich wäre nämlich gerne anwesend, wenn Sie Rebecca befragen, sie ist so.... so«

»Hysterisch? Ich glaube, wir sollten unverzüglich mit ihr sprechen. Vielleicht hat sie etwas gesehen und hat deswegen so reagiert, oder sie kennt sogar den Schützen. Das sollte doch auch in Ihrem Interesse sein, oder wollen Sie nicht wissen, wer Ihre Braut getötet hat?«

»Natürlich will ich das, aber ich mache mir Sorgen um Rebecca, das ist momentan alles zu viel für sie.«

Der Kommissar dachte kurz nach, dabei kam er höchstwahrscheinlich zu der Erkenntnis, dass eine hysterische Frau ihn nicht viel weiterbringen würde. »Okay, dann rede ich zuerst mit Ihrem Bruder.«

Ich verließ den Salon so schnell ich konnte. In der Eingangshalle erwarteten mich Anthony, Claire und der Pfarrer mit der Frage: »Was sagt der Kommissar?«

»Wir sollen uns alle zur Verfügung halten. Kannst du mir einen Whisky bringen, mir geht es nicht gut.«

»Ach, mein lieber Junge, es tut uns so leid um Rachel. Wie konnte das nur passieren?« Claire hatte Tränen in den Augen, als sie sich umdrehte, um meinen Drink zu holen. Der Pfarrer sagte, er würde für uns beten und Anthony klopfte mir auf die Schultern. »Das ist alles so furchtbar. Jetzt kommt bestimmt heraus, dass die Jagd gar nicht hätte stattfinden dürfen, das wird noch ein unangenehmes Nachspiel für mich haben.«

Ich hatte den Eindruck, dass er Rachel dafür verantwortlich machte und mir fielen wieder die Pages ein. Als ich nach ihnen fragte, antwortete Anthony, sie seien noch da, wollten aber schon abreisen, was die Polizei verhindert hätte. Niemand dürfe Fergason Castle verlassen, bis die Vernehmungen abgeschlossen sind.

Mit meinem Drink in der Hand trat ich nach draußen und schaute mich nach meinen Geschwistern um. Julian, Rebecca und Sabrina saßen schweigend an dem noch unberührten Frühstückstisch. Man hätte annehmen können es seien Fremde, die sich zufällig einen Tisch teilen mussten. Während Sabrina und Rebecca in sich gekehrt mit gesenkten Köpfen meine Rückkehr nicht bemerkten, blickte Julian mir erwartungsvoll entgegen. Ich sagte ihm, dass der Kommissar ihn sprechen wolle, dann ließ ich mich in einen Stuhl fallen. »Er will später auch mit euch reden, es werden alle aus dem Hotel verhört, also keine Panik.«

Sabrina schaute mich erstaunt an. »Wieso keine Panik? Was genau ist denn passiert?«

Erst jetzt wurde mir bewusst, dass sie vollkommen im Unklaren waren und nicht wissen konnten, dass es sich bei der Toten tatsächlich um Rachel handelte, schon gar nicht, wie sie zu Tode gekommen war.

Weil mir nicht einfallen wollte, wie ich die Nachricht auf schonende Weise vorbringen konnte, räusperte ich mich, bevor ich mit der Sprache herausrückte. »Es ist furchtbar, Rachel wurde erschossen, mitten ins Gesicht.«

Rebecca schrie auf, hielt sich die Hände vors Gesicht und fing zu zittern an. Sabrina schloss ihre Augen und murmelte kopfschüttelnd: »Schrecklich, nein, nicht so etwas.« Beide hatten genug Fantasie sich vorzustellen, wie Rachel ausgesehen haben muss.

»Und du hast sie identifizieren müssen? Das ist unmenschlich.«

Erneut lief mir ein Schauer über den Rücken und ich leerte mein Glas. »Ja, es war grauenvoll. Warum ist sie nur in diese Richtung gegangen, sie wusste doch von der Jagd.«

»Du glaubst es war ein Unfall?«, fragte Sabrina.

»Was denn sonst, ein Selbstmord wird von der Polizei ausgeschlossen.«

»Und wenn es Mord war?«

»Sabrina hat recht, und wenn es jemand von uns war? Es passieren mir zu viele Morde in unserer Gesellschaft.« Rebeccas Stimme bekam wieder diesen überreizt hohen Tonfall und ich nahm beruhigend ihre Hand. »Es kann niemand von uns gewesen sein, wir waren den ganzen Tag zusammen am See und abends im Salon.«

»Weiß die Polizei schon, wann das passiert ist?«, wollte Sabrina wissen.

Ich schüttelte den Kopf.

»Aber du weißt schon, dass wir am Nachmittag nicht ständig alle zusammen waren«, fügte sie hinzu und schaute mich eindringlich an. »Es hätte jeder von uns sein können, wir waren alle von Zeit zu Zeit abwesend. Wer soll es sonst gewesen sein?«

»Falls es Mord war, was ich bezweifle. Ich kann mir nicht vorstellen, dass es einer von uns war, außerdem war niemand lange fort. Jedenfalls nicht lange genug«, erwiderte ich.

Rebecca fing zu schluchzen an. »Warum werden alle ermordet. Das ist alles zu viel für mich.«

»Es war ein Unfall, was sonst? Hier wurde überall rumgeballert, und wenn wirklich jemand mit Absicht geschossen hat, dann weiß ich auch, wer es getan hat.«

Sabrina und Rebecca schauten mich entgeistert an.

»Dann war es diese Mrs. Page.« Daraufhin erzählte ich ihnen die Geschichte von dem Zwischenfall mit Rachel und Mister und Mrs. Page.

»Weiß der Kommissar davon?« Hörbare Erleichterung war in Rebeccas Stimme und ich sah, wie sich ihr Körper entspannte. Ihr war jeder Verdächtige lieber, als einer von uns, darüber vergaß sie sogar die Trauer um Rachel.

»Was ist, wenn jemand von uns das nur zum Anlass genommen hat, um den Mord als Racheakt einer betrogenen Ehefrau aussehen zu lassen?«

Diese Frage empfand ich als eine Beleidigung, denn sie war an mich gerichtet und nur ich wusste von dieser Geschichte.

»Du nimmst doch nicht im Ernst an, ich hätte Rachel erschossen. Ich wollte sie heiraten.«

»Du oder jemand der sonst noch davon wusste. Vielleicht war es aber genau diese Story, die bei dir das Fass zum Überlaufen brachte, nach der Affäre mit Rachel und Julian.«

»Sabrina, bitte hör auf damit. Robert doch nicht«, meine Schwester war empört. »Er hat sie immer geliebt, auch wenn wir das nicht verstanden haben. Vielleicht war es dieser Nick und er hat Rachel aus verschmähter Liebe erschossen. Er lief doch auch mit einem Gewehr durch die Gegend.«

»Oder Julian. Rachel hätte ihm auch von der Affäre mit Nick erzählen können, sie haben sich um diese Zeit ständig in London getroffen.« Sabrina litt nach wie vor unter der Vorstellung, wie sehr sie von Julian betrogen worden war, und traute ihm seitdem alles zu.

»Sabrina, woher weißt du, dass Mister Page Nick heißt?«, fragte Rebecca erstaunt.

Meine Schwägerin schaute mich Hilfe suchend an, so als hätte ich eine Erklärung dafür, dann fiel ihr ein, dass Rebecca den Namen vorher erwähnt hatte. »Von dir, und woher wusstest du ihn?«

»Schluss jetzt! Bevor wir uns gegenseitig beschuldigen, sollten wir die Untersuchungen der Polizei abwarten.« Nachdem ich das gesagt hatte, verfielen wir in Schweigen. Wie Sabrina schon sagte, wir hätten alle die Gelegenheit gehabt, Rachel zu erschießen, nur hatte Sabrina, meiner Meinung nach, von uns allen das beste Motiv, aber ich sagte nichts.

Es dauerte nicht mehr lange, dann kam Julian mit großen Schritten aus dem Haus, quer über den Rasen, geradewegs auf uns zu. Hinter ihm folgte, ohne mit ihm Schritt halten zu können, ein Hausmädchen mit einem Tablett und Sektkübel. Er hatte Champagner bestellt, um mir einen Gefallen zu tun, nicht um zu feiern, wie es für manche Gäste auf der Terrasse ausgesehen haben könnte, die uns und das Szenarium weiterhin nicht aus den Augen ließen.

»Die stehen ganz am Anfang. Weder die Todeszeit noch andere Anhaltspunkte sind bekannt. Das wird noch ein paar Tage dauern, und wen wundert es, wir müssen mal wieder bleiben, bis dem Kommissar die Fragen ausgehen. Ein Tipp von mir, wir sollten eine Woche zusätzlich einkalkulieren, wenn wir uns das nächste Mal treffen.«

»Was mich betrifft, so wird es kein nächstes Mal geben. Ich habe die Nase voll. Wenn, dann treffe ich mich höchstens mit Rebecca alleine. Ich habe einen Job. Ich kann nicht so einfach immer ein paar Tage länger wegbleiben«, sagte Sabrina und schaute irritiert auf ihre Uhr am Handgelenk, als könne sie damit die Zeit beeinflussen.

»Sag nicht so etwas. Schau mal Süße, wir sind doch eine Familie. Außerdem hört es sich so an, als würde ständig etwas Furchtbares passieren.«

»Rebecca, das tut es doch auch, und wie du weißt, gehöre ich nur zur Familie, weil Julian sich nicht scheiden lassen will. Aber es ist schon komisch, dass nur noch die Bradshaws übrig sind, meint ihr nicht auch?« Sabrina schaute herausfordernd in die Runde.

»Wir leben offensichtlich ein gediegeneres Leben als unsere dahingeschiedenen Freunde«, bemerkte Julian lakonisch. »Apropos, gediegen leben, du willst doch hoffentlich nicht immer noch bei mir einziehen.«

Ich schüttelte den Kopf. »Nein, kein Bedarf mehr.« Dieses Thema hatte sich für mich erledigt.

»Schade, ich fing gerade an, mich an den Gedanken zu gewöhnen«, sagte Rebecca.

Die Stimmung an diesem Tag schwankte zwischen Betroffenheit und aufgesetzter Normalität, dementsprechend hatten wir das Bedürfnis zu schweigen oder über alles Mögliche zu reden. Wir tranken viel, stritten zwischendurch über unsere unterschiedlichen Erinnerungen an die frühe Jugendzeit, als Rachel bei uns einzog. Wir sprachen auch das erste Mal seit langer Zeit über unsere Eltern, für die es selbstverständlich gewesen war, sich um Rachel nach dem Tod ihrer Mutter zu kümmern. Und irgendwann mussten wir auch etwas essen. Die Fergasons waren ebenfalls anwesend und Claire versuchte uns, anhand der Natur, über den Kreislauf von Leben und Tod aufzuklären, während Anthony über die Folgen seiner illegalen Jagdveranstaltung lamentierte.

Der gesamte Inhalt seines Gewehrschranks war zur ballistischen Prüfung abgeholt worden und niemand konnte ihm sagen, wann er seine Waffen zurückbekommen würde. Ich versicherte ihm, dass er bestimmt für den offiziellen Start der Schnepfenjagdsaison wieder schussbereit sein würde.

Außer, dass wir alle unsere Fingerabdrücke abgeben mussten und Rebecca und Sabrina nach ihren Alibis gefragt wurden, gab es an diesem Tag keinen weiteren Kontakt mit der Polizei.

*

Hätte ich nicht so viel getrunken, dann wäre meine Nacht wahrscheinlich unruhiger verlaufen. So aber schlief ich tief und fest. Erst durch ein lautes Pochen an der Tür wachte ich mit einem Hangover auf.

»Es tut mir leid, aber Sie haben das Telefon nicht gehört«; entschuldigte sich das Zimmermädchen, als ich unwirsch die Tür öffnete. »Kommissar Burton wartet unten auf Sie.«

»Sagen Sie ihm, ich komme, sobald ich fertig bin, und das kann noch eine Weile dauern.« Schlecht gelaunt schlug ich die Tür zu und schaute mich nach ein paar Kleidungsstücken um. Mein Hochzeitsanzug lag zerknittert über einem Sessel, auf meinem Hemd waren Spuren von Lippenstift und Mascara, die von Rebecca rührten, als ich sie bei einem ihrer Heulanfälle in den Arm nahm. Im Schrank fand ich ein frisches Poloshirt und eine weiße Hose, falls man schwarze Kleidung an mir erwartet hatte, so wurde man enttäuscht. Ich fand, das sei ein Indiz, dass ich mit einem Trauerfall nicht gerechnet hatte und dachte, dass Rachel sich nicht einmal über ihren neuen Namen freuen durfte. Im Bad rasierte ich mich nicht, sprang nur kurz unter die Dusche und putzte meine Zähne. Ich seh gar nicht so übel aus, nach allem, was passiert ist, stellte ich fest und kämmte meine Haare zurück, die mir, sobald sie trockneten, wieder ins Gesicht fallen würden. Rebecca meinte, ich sei sehr eitel für einen Mann, damit hatte sie nicht unrecht, mir ist daran gelegen meinem Image entsprechend auszusehen, was mir an diesem Morgen ganz gut gelang. Ich dachte wieder an Rachel. Sie mochte mein saloppes Auftreten. Wir waren ein ungleiches Paar gewesen, und das nicht nur im Erscheinungsbild, auch was Treue und Zuneigung betraf. Sie hätte nicht so grausam enden müssen. Ihr das Gesicht wegzuschießen war entweder unermesslicher Hass oder purer Zufall. Und unten wartete ein Kommissar, der herausfinden wollte, auf wessen Konto Rachels Tod ging.

Nach einer kurzen Begrüßung fragte mich der Kommissar, warum wir ihm nicht gesagt hätten, dass unsere Gruppe zum Todeszeitpunkt nicht ständig zusammen gewesen sei.

»Vielleicht, weil wir nicht wussten, wann der Todeszeitpunkt war?«, antwortete ich.

»Sie hätten uns sagen müssen, dass Sie alle zwischendurch eine Pause vom Tontaubenschießen einlegten und zum Haus zurückgingen oder sich sonst wo aufhielten. Sie, Ihr Bruder und Ihre Schwägerin wurden sogar mit dem Opfer gesehen, wie es heißt, in hitzigem Wortwechsel.«

»Davon stirbt man aber nicht. Und wann genau wurde Rachel erschossen?«

»Der Tod ist zwischen 16 Uhr und 18 Uhr eingetreten. Uns interessiert natürlich, ob jemand von Ihnen ein Motiv hatte.«

»Ich jedenfalls nicht, ich wollte Rachel heiraten, aber nicht umbringen. Und wie sieht es mit den Pages aus? Haben Sie Mrs. Page nach ihrem Alibi gefragt, denn ein Motiv hatte sie jedenfalls.«

»Wenn Mrs. Page ein Motiv hatte, dann hatten Sie ebenfalls eins.«

»Diese Affäre liegt schon zwei Jahre zurück, außerdem hat Rachel mir davon erzählt.«

»Wann?«

»Als wir hier ankamen und die Pages auftauchten.«

»Und dann sind Sie ausgerastet, als Sie Ihre Braut mit Mister Page gestern sahen.«

»Ich habe die beiden aber nicht zusammen gesehen, wann soll das gewesen sein?«

»Am Tag des Mordes.«

»Wer sagt das?«

»Eines der Hausmädchen.«

»Dann hat sie sich getäuscht. Aber wenn Rachel sich mit diesem Nick Page getroffen hat, dann um ihm zu sagen, er solle sie in Ruhe lassen. Denn er hatte die Trennung nicht gewollt und sie danach immer noch belästigt. Für mich gab es keinen Grund eifersüchtig zu sein, ganz im Gegensatz zu Mrs. Page.«

»Wir gehen auch dieser Sache nach. Nun sagen Sie mir noch, weswegen Sie sich mit Ihrer Braut gestritten haben.«

»Ich wollte nicht, dass Sie sich alleine hier rumtreibt, während wir Spaß beim Tontaubenschießen haben. Sie hätte uns Gesellschaft leisten können, auch wenn sie nur miserabel schießen konnte. Außerdem war es kein Streit, ich hab nur kurz mit Rachel gesprochen und bin dann ins Haus gegangen, als ich wieder rauskam, war sie weg.«

»Und Sie alle schießen gut?«

»Passabel.«

»Können Sie mir vielleicht sagen, worüber sich Ihr Bruder und Ihre Schwägerin mit Ihrer Braut gestritten haben?«

»Keine Ahnung, da müssen Sie sie selbst fragen.«

»Gut, dann möchte ich jetzt Ihre Schwester sprechen. Sie können gerne dabei sein, wenn Sie wollen.«

Ich wollte dabei sein, woraufhin der Kommissar seinem Kollegen den Auftrag gab, Rebecca zu holen. Sie, Sabrina und Julian warteten bereits in angemessener Distanz und ließen mich, seit sie die Eingangshalle betreten hatten, nicht aus den Augen. Aber Rebecca konnte dem Kommissar in keinster Weise helfen, irgendwie stand sie immer noch neben sich und war ständig den Tränen nahe. Sie habe Rachel nicht gesehen, als sie am Nachmittag kurz ihr Zimmer aufsuchte, um sich etwas frisch zu machen. Und sie hatte auch keine Ahnung, was die Pages betraf. Sie konnte, beziehungsweise wollte auch nicht sagen, warum sich Julian und Sabrina mit Rachel gestritten haben, obwohl es dafür einige Gründe gab. Auch wenn sie es nicht sagte, sie war wie ich der Ansicht, das ginge den Kommissar nichts an. Und auf seine Frage, woher sie vor allen anderen wusste, dass es eine Tote im Park gab und diese ihre zukünftige Schwägerin war, bestand Rebecca darauf, dass der Gärtner diese Worte gemurmelt hätte, als er sie anrempelte und durch den Schock ihre Fantasie mit ihr durchging. Bei der Befragung von Sabrina und Julian war ich nicht mehr dabei. Rebecca und ich gingen nach draußen auf die Veranda. Die Tische, die zum Frühstück für die wenigen Gäste gedeckt waren, standen weit voneinander entfernt und wir steuerten auf den am weitest entfernten Tisch zu. Ich fühlte, wie die Blicke der anderen Gäste uns folgten.

»Irgendeiner von denen muss diesen fatalen Schuss abgegeben haben«, sagte ich verächtlich, als wir uns setzten.

»Meinst du wirklich?«

»Wer sonst? Ein Unbekannter war es bestimmt nicht. Oder hast du sonst jemanden hier rumschleichen sehen?«

Rebecca zuckte mit den Schultern und schwieg.

»Vielleicht sollten wir Rachel hier beerdigen lassen, was meinst du?«, fragte ich.

»Wir sollten sie auf dem Landsitz beisetzen, dort wollte sie doch leben, oder?«

»Du sagst es, sie wollte dort leben, aber nicht unbedingt dort unter der Erde liegen.«

»Ich glaube, das ist ihr jetzt egal.«

»Also, warum sollten wir sie mitnehmen? Ich denke, sie ist hier gut aufgehoben.«

»Wen mitnehmen?«, fragte Julian, als er sich zu uns setzte.

»Rachel natürlich. Wen sollten wir sonst beerdigen wollen«, antwortete Rebecca.

Julian wollte wissen, wohin wir sie mitnehmen wollten und als er hörte, dass es Bradshaw Mansion war, flippte er vollkommen aus. »Ich bin dabei wieder einen Garten anzulegen, aber nicht einen Friedhof. Ihr seid doch total übergeschnappt. Zuerst wollt ihr alle zu mir ziehen und jetzt willst du eine Leiche bei mir deponieren, so weit kommt es noch.«

»Es war meine Idee«, nahm mich Rebecca in Schutz. »Aber vielleicht ist es besser, sie bleibt hier in Schottland.«

»Wer bleibt in Schottland? Ich nicht. Ich würde liebend gerne abreisen, aber der Kommissar meinte, wir müssten noch die Untersuchungsergebnisse abwarten«, sagte Sabrina.

»Das war aber ein kurzes Verhör«, bemerkte Julian. »Schade, ich hatte gehofft, er behält dich hier, dann hätte Rachels Tod wenigstens etwas Gutes.«

»Hat es doch für dich. Sonst würden wir jetzt alle bei dir einziehen. Hast du dich deswegen gestern noch mit Rachel gestritten?«, fragte ich.

Julian zuckte nur mit den Schultern und verzog seinen Mund verächtlich. »Dir war der Umzug doch auch nicht geheuer, du hättest dein geliebtes London verlassen müssen, mit all den netten Pubs und den netten Jungs. Daher: Always look on the bright side of life, dadab, dadadadadadab«, sang Julian und grinste.

»Geschmacklos. Deinen Humor hab ich noch nie verstanden«, sagte seine Frau und begann zu frühstücken.

»Und warum hast du dich mit Rachel gestritten?«, fragte ich Sabrina.

»Ich? Das stimmt nicht, wir haben uns nicht gestritten. Sie hat mich gefragt, ob ich wieder von dem deutschen Kommissar gehört hätte, der für Tobias zuständig ist. Oder ob etwas in den Zeitungen über den Fall stand, der Prozess müsste doch bald sein. Aber in Berlin schreiben die Zeitungen nicht über einen Mord in München, daher konnte ich ihr auch nichts sagen. Sie war empört und sauer. Ich würde mich nicht darum kümmern, dass Tobias Gerechtigkeit widerfährt. Aber was kann ich schon machen? Ich hätte mal seinen Vater anrufen können, aber ich dachte, ich besuche seine Mutter, wenn ich demnächst auf der Insel bin.«

»Wann fliegt du?«, fragte Rebecca. »Mir täte eine Abwechslung auch gut.«

»Voraussichtlich im September. Wenn du Lust hast, dann komm doch mit.«

Von da an war Rebecca abgelenkt und Julian erzählte mir von seinen Plänen, auf dem Weideland um Bradshaw Mansion Schafe zu züchten, sobald er mit dem Haus und Garten fertig sei. Jedenfalls verbrachten wir einen Tag ohne Tontaubenschießen, da alle Gewehre in Polizeigewahrsam waren. Am Nachmittag wollten wir uns die Beine vertreten und gingen den Flusslauf entlang gegen Westen. Auf diesem Weg erreichten wir ungewollt die Trauerweide, unter der Rachel gefunden worden war, nur ein Abgrenzband und das zertrampelte Gras erinnerten noch an den Tatort vom Vortag. Die langen Zweige der Weide hingen wie ein zotteliger Vorhang bis zum Boden und machten den stattlichen Baum zu einem uneinsehbaren Pavillon. Hatte sich Rachel hier mit jemandem getroffen, oder hatte sie von hier etwas beobachtet, und was hatte Rachel überhaupt hier gewollt? Rebecca gab mir darüber Auskunft: »Dort hat sich Rachel früher immer versteckt oder las stundenlang, wenn wir uns beim Tontaubenschießen vergnügten oder irgendetwas unternahmen, wozu sie keine Lust hatte.« Jedenfalls konnte man von der Seite, auf der wir standen, kaum den Baumstamm wahrnehmen und unauffällig, wie Rachel gekleidet war, wäre sie meines Erachtens nicht zu erkennen gewesen.

Am Abend ging uns der Gesprächsstoff aus und wir langweilten uns. Erst als sich Anthony und Claire zu uns gesellten, kam wieder eine Unterhaltung zustande. So nebenbei erfuhren wir, dass die ballistischen Untersuchungen am nächsten Tag abgeschlossen sein würden und die Waffen dann dort hinkämen, wo sie hingehörten. Man hätte anhand der Fingerabdrücke die Jagdgewehre nur teilweise den Benutzern zuordnen können, da die meisten Jagdteilnehmer Handschuhe getragen hatten. Jetzt wurde nur noch nach der Waffe gesucht, aus der der Schuss abgefeuert worden war, falls es überhaupt ein Gewehr aus dem Castle war. Ich fragte Anthony, wie sich die Jagdgesellschaft zusammensetze, irgendwie schienen sie nicht befreundet zu sein. Jedenfalls sah man sie kaum zusammen, alle gingen ihre eigenen Wege, wie an diesem Abend. Anthony meinte, es sei eine aus dem Internet zusammengewürfelte, internationale Gruppe und seit dem Vorfall misstrauten sie sich gegenseitig. Keiner wollte denjenigen näher kennenlernen, der eventuell den fatalen Schuss abgefeuert hatte, außerdem hätte es von Anfang an Probleme untereinander gegeben.

Claire fand es bewundernswert, wie gut ich diese Tragödie weggesteckt hätte. Ich allerdings wusste, dass es nicht Bewunderung, sondern Kritik war, sie hätte mich gerne am Boden zerstört gesehen und diesen Gefallen hatte ich ihr nicht getan. Ich nehme an, dass Sabrina keinen falschen Eindruck aufkommen lassen wollte und deshalb sagte: »Das sieht nur so aus, innerlich leidet er wie ein Tier. Robert hat Rachel mehr geliebt, als sie es...«, hier machte sie eine kurze Pause, ich glaube sie wollte sagen, verdient hat, aber sie fuhr fort: »...als Sie es sich vorstellen können. Das trifft übrigens auf uns alle zu, auch wenn es nicht den Anschein haben sollte. Wir sind zutiefst erschüttert über das, was passiert ist und hoffen, dass der Kommissar den Schützen so schnell wie möglich findet.«

Claire nickte, sie hatte keine Zweifel mehr, falls sie je welche an unserem Mitgefühl gehabt hatte. Sie und ihr Mann bedauerten daraufhin noch einmal alles, ganz be-

sonders die geplatzte Hochzeit und wünschten uns eine
gute Nacht.

*

Es war später Nachmittag, als Kommissar Burton
und seine Kollegen auf dem Castle eintrafen. Eine leichte
Nervosität stieg in mir hoch, aber ohne uns zu beachten,
gingen sie schnurstracks dem Haus entgegen und ver-
schwanden darin. Wir hatten uns nach dem Lunch den
Kaffee auf dem Rasen servieren lassen und ich bestellte
mir nach der Ankunft der Polizisten einen doppelten Cognac. Dass der Kommissar nicht sofort zu uns kam, deutete
ich, nach dem zweiten Cognac, als ein gutes Zeichen. Wären wir verdächtig gewesen, dann hätte er uns unverzüglich
aufgesucht, doch so harrten wir mit ansteigender Spannung der Dinge, die da kamen. Es dauerte nicht wirklich
so lange, wie es mir schien, und als er endlich den Weg zu
uns fand, fragte er, ob er sich setzen dürfe, dann informierte er uns über den Stand seiner Ermittlungen.

»Soweit wir feststellen konnten, wurde das Opfer
nicht aus nächster Nähe, wie wir zuerst annahmen, erschossen. Wir konnten den Standort des Schützen anhand
des Schusswinkels ausfindig machen, dort entdeckten wir
Spuren von einer Gruppe nicht von einer Einzelperson.
Die Jagdgewehre konnten wir durch den Vergleich mit den
Fingerabdrücken nur teilweise den jeweiligen Schützen
zuordnen, es gab zu viele unterschiedliche Abdrücke darauf. Offensichtlich haben die Jagdteilnehmer mehrere
Gewehre ausprobiert, bevor sie sich für ihre Schusswaffe
entschieden, andere trugen Handschuhe. Leider hat auch
die ballistische Auswertung keinen eindeutigen Aufschluss
über die Tatwaffe erbringen können. Da alle der Anwesenden mehr oder weniger dingfeste Alibis haben und wir
kein Mordmotiv feststellen konnten, sind wir zu dem

Schluss gekommen, dass es sich um einen bedauernswerten Unfall gehandelt haben muss. Es gibt keine Zeugen und keine Anhaltspunkte, die das Gegenteil beweisen. Allerdings hat die Jagdgesellschaft, nach eigener Aussage, des Öfteren versucht durch Blindschüsse die Beute aufzuscheuchen, wahrscheinlich hat jemand nicht hoch genug in die Luft geschossen. Jedenfalls hätte niemand gezielt auf das Opfer in die Weide schießen können, denn der Fundort der Leiche war nahezu uneinsehbar. Leider müssen wir sagen, dass sich das Opfer aus diesem Areal hätte fernhalten müssen, es war doch allgemein bekannt, dass eine Jagd stattfand. Trotzdem wird dieser Vorfall noch Folgen für den Veranstalter der Jagd haben. Mister Fergason wird sich dafür verantworten müssen.«

»Und die Pages, was ist mit denen? Sie wollten sofort abreisen. Das sah in meinen Augen nach Flucht aus«, gab ich zu bedenken.

»Naja, wer macht schon gerne Urlaub an einem Ort, wo jemand erschossen wurde? Außerdem wussten sie, wenn herauskommt, dass es eine Verbindung zwischen ihnen und dem Opfer gibt, würden sie direkt zu den Verdächtigen gehören. Glauben Sie mir, wir haben die Alibis der Pages mehr als sorgfältig geprüft, aber sie waren während der gesamten Zeit immer in Begleitung der anderen Jagdteilnehmer.«

»Ich dachte, Nick Page wurde mit Rachel gesehen?«

»Das war am Morgen vor der Jagd, wie sich herausstellte. Mister Bradshaw, Ihre Alibis sind weit dürftiger, aber man hat Sie und Ihre Familie nicht in die Richtung gehen sehen, oder in der Nähe des Tatortes. Alle Zeugen sagen einstimmig, Sie hätten sich nur auf dem Rasen vor dem Haus, im Haus oder auf der Ostseite am See aufgehalten, sonst wären Sie genauso verdächtig. Denn aus Erfahrung wissen wir, die meisten Motive für einen Mord finden wir innerhalb der Familie. Zu den anderen Gästen hatte das Opfer keine Verbindung, das haben wir ebenfalls überprüft. Aus unserer Sicht gibt es kein Motiv und keinen Vorsatz für einen Mord, außer Sie verschweigen uns etwas. Allerdings beschäftigt uns noch die Frage, warum sich Ihre Braut gerade diesen Platz ausgesucht hat.«

Ich schaute zu Rebecca hinüber, woraufhin sie dem Kommissar erzählte, dass Rachel diesen Ort von früher gut kannte und es geliebt hatte, sich dorthin zurückzuziehen. Kommissar Burton war zufrieden mit dieser Erklärung, doch mir drängte sich plötzlich der Gedanke auf: *Wer von uns, außer Rebecca, wusste sonst noch von Rachels Vorliebe für den Platz unter der Trauerweide?* Ich schaute in die Runde und wusste, dass ich darauf keine Antwort bekommen würde, außerdem war es nicht mehr relevant. Der Fall war abgeschlossen und alle waren erleichtert, nur mich störte es, dass der Todesschütze nicht ausfindig gemacht werden konnte. Bisher endeten die Ermittlungen der Polizei in den Todesfällen unserer drei Freunde mit einem überführten Täter, nur bei Rachel nicht. Auch sie hätte es verdient, dass jemand für diese Tat zur Rechenschaft gezogen wird, selbst wenn es nur ein tödlicher Unfall gewesen war.

Episode 5

Meine Entscheidung auf die Insel zu fliegen, fiel zwar schnell, aber nicht ganz freiwillig. Ehrlich gesagt blieb mir nichts anderes übrig, um keine ungewollten Fragen aufkommen zu lassen. Also verkündete ich meiner Schwester, dass ich ebenfalls zu diesem Treffen ehemaliger Schüler unserer damaligen Landschule kommen würde. Ein Schultreffen war absolut nicht meine Sache, aber Sabrina wolle ohnehin ihre Eltern auf der Insel besuchen, also warum nicht auch das Klassentreffen, außerdem würde Robert auch kommen, sagte mir Rebecca. Sie war ganz glücklich, dass wir alle wieder einmal zusammen sein würden. Seit dem Tod von Juan war sie besonders anhänglich und ich versuchte ihre Wünsche, so gut wie möglich, zu erfüllen. Immerhin hatte ich nach dem Tod unserer Eltern die Verantwortung für meine Geschwister übernommen. Bei Rebecca macht es mir nichts aus, nur Robert geht mir mehr und mehr auf den Geist. Das letzte Mal habe ich ihn auf Fergason Castle gesehen, wo wir Rachel beerdigten, das war vor drei Wochen. Jetzt ist auch sie unter der Erde und ich erleichtert, dass Robert nicht darauf bestanden hatte, ihre Leiche auf unserem Landsitz zu begraben. Hätte sie es geschafft in unsere Familie einzuheiraten, dann hätte ich mich kaum seinem Wunsch widersetzen können, aber so gehörte sie nicht zur Familie und sogar Sabrina fand es absolut okay, dass ich mich dagegen sträubte. Unter normalen Umständen hätte ich ihm vielleicht den Gefallen getan, aber Bradshaw Mansion wird renoviert und der Garten neu angelegt. Außerdem war da meine Affäre mit Rachel gewesen, die kein gutes Licht auf mich geworfen hat und vieles ist dadurch ins Rollen gekommen, allerdings nichts, was nicht schon in Bewegung war.

Dass ich Sabrina heiratete, war damals eine gute Entscheidung, nur wie sich später alles entwickeln würde, konnte niemand von uns voraussehen. Sie steht mir immer noch sehr nahe, außerdem ist sie in meinen Augen die attraktivste Frau, die ich kenne, außer meiner Schwester vielleicht, aber meine Gefühle ihr gegenüber haben sich verändert. Jetzt ist sie erfolgreich und unerbittlich, jedenfalls mir gegenüber. Rachel war anders, sie hatte diese uneingeschränkte Hingabe und Bewunderung, die ich eine Zeit lang genoss, bis sie mir auf die Nerven ging. Sie war nicht besonders intelligent, zu gefühlsduselig und berechnend. Ihr war klar, dass ich Sabrina nicht verlassen würde, deswegen faselte sie ständig davon, ihren Robert heiraten zu wollen. Frauen wie sie langweilen mich schnell, sie müssen andauernd über alles reden, ihre Gefühle zum Ausdruck bringen und um Verständnis heischen. Sabrina tat das nicht, sie mischte sich nicht in meine Angelegenheiten und ich mich nicht in ihre. Unser Leben war gut aufeinander eingespielt, wir hatten unsere Freiräume und von meinen Affären ahnte sie nichts. Ich kann sehr gut Geheimnisse für mich behalten, allerdings habe ich die Sache mit Rachel total verbockt. Ich weiß nicht, was mich damals geritten hatte, jedenfalls lief alles aus dem Ruder. Es war Sabrinas Idee gewesen, alle zu diesem gemeinsamen Weihnachtsfest einzuladen. Sie glaubte, mir damit einen Gefallen zu tun und mir gefiel in der Tat der Gedanke. Sie kannte unseren Landsitz nur von Fotos und Erzählungen. Irgendwie ist es nie dazu gekommen sie mitzunehmen, denn wenn ich dort war, war es nur für kurze Zeit, um nach dem Rechten zu sehen. Und als sie Bradshaw Mansion als einen alten, runtergekommenen Kasten bezeichnete und ich ihre gerümpfte Nase sah, ging bei mir die Sicherung durch. Danach hatte ich keine Lust mehr, ihr das Haus zu zeigen, schon gar nicht, ein Zimmer mit ihr zu teilen. Strafe muss sein, dachte ich mir. Hinzu kam, dass Robert Rachel tatsächlich heiraten wollte, das gab mir den Rest, denn eine Familienerweiterung passte mir nicht in den Kram. Ich musste ihm zeigen, dass Rachel nicht die richtige Frau für ihn ist. Dass ich mich vollkommen falsch verhalten hatte, wurde mir erst bewusst, als sich Sabrina nach dem Fest von mir trennte. Damit hatte ich nicht gerechnet. Ich hatte geglaubt, sie würde einige Zeit schmollen und mir danach wieder verzeihen, aber sie ging und besteht nach wie vor auf eine Scheidung, die ich mir nicht leisten kann. Hätte meine Mutter bei unserer Hochzeit noch gelebt, sie hätte darauf bestanden, einen Ehevertrag abzuschließen, aber ich war damals zu jung und zu blauäugig. Ich habe es Sabrina in den Monaten nach unserer Trennung übel genommen, wie sie sich verhalten hat und wenn wir uns sahen, ziemlich unfreundlich behandelt. Zeitweilig habe ich sie sogar für die Unannehmlichkeiten, die sie verursachte, gehasst. Doch nach reiflichen Überlegungen kam ich zu dem Entschluss, sie künftig freundlich zu behandeln, vor allem, ihr diese Scheidung auszureden. Ich hoffe, dass sich Sabrina meinem Charme und den Erinnerungen nicht entziehen kann, wenn wir auf der Insel sind, und dann wieder alles beim Alten ist, jedenfalls in unserer Beziehung.

So wie früher wird es nicht mehr sein. Hazel, Juan und Tobias werden jedenfalls fehlen, aber warum mussten sie auch ihre Nasen in die Dinge anderer Leute stecken? Vor allem Hazel, sie war die Schlimmste, immer musste sie rumschnüffeln. Manchmal kam mir das zugute, wenn sie mir gute Anlagetipps geben konnte, aber das war nicht ihre Stärke. Sie ruinierte Existenzen, nichts konnte peinlich genug sein, sie musste es in einem Artikel der Öffentlichkeit kundtun. So jedenfalls macht man sich keine Freunde.

Und was Juan betraf, so fand ich seine letzten Aktivitäten total daneben. Er hätte sein Leben einfach so weiterführen sollen wie bisher, sich um meine Schwester kümmern und den lieben Gott einen guten Mann sein lassen. Nein, er musste den großen Checker spielen und sich mit seinem Bruder anlegen. Er, der nicht einmal wusste, wie man eine Kanone hält, schon gar nicht, was es heißt, sich auf riskante Geschäfte einzulassen, wollte ins Waffengeschäft einsteigen. Da hilft keine Familientradition, dazu benötigt man Eier. Naja, vielleicht hatte er Eier, aber keine Menschenkenntnis und keine Ahnung, wie es ist, wenn man schlafende Hunde weckt. Sein Tod war die zwangsläufige Folge. Allerdings hatte die Sache auch etwas Gutes, Rebecca erbt jetzt seinen Anteil an dem Familienvermögen der de Silvas. Und da ich für alle unsere Finanzen zuständig bin, weiß ich, dass es ein beachtliches Vermögen ist, das sie erwartet.

Was sich Tobias geleistet hatte, war ebenfalls kein Paradestück. Wir standen uns nie sehr nahe, er war eher meinem Bruder Robert zugetan. Schwul und ständig deprimiert, ein absoluter Warmduscher, in meinen Augen. Da er immer auf der Suche nach Investoren war, stand ich ganz oben auf seiner Liste. Ich wusste so ziemlich alles über seine Projekte, aber mich konnte er für keines begeistern, obwohl mir durch ihn der Gedanke kam, mich als Produzent zu betätigen. Robert hätte mir bei der Auswahl der richtigen Stücke helfen können, dann wäre ich wie meine Geschwister ebenfalls im Film- und Theaterzirkus gelandet. Doch ich fand eine Zusammenarbeit mit Familienangehörigen nicht wünschenswert. Ich blieb lieber in der Finanzwelt, von der meine Geschwister keine Ahnung haben, und kann uneingeschränkt agieren. In all den Jahren habe ich kein einziges Mal Sabrina in meine Geschäfte eingeweiht. Sie wäre mit vielem nicht einverstanden gewesen und hätte schlaflose Nächte gehabt, das wollte ich mir ersparen. Wie gesagt man, Reden ist Silber und Schweigen ist Gold und je weniger die Familie weiß, umso besser ist es für unser Zusammenleben. Weder Robert noch Rebecca sind an Hedgefonds, Warengeschäften, Aktienanteilen oder Immobilienspekulationen interessiert, beide wollen nur ihre Ruhe und sorgenfrei leben und ich ermögliche es ihnen. Im Großen und Ganzen macht mir diese Arbeit Spaß, ich habe das Nervenkostüm dazu, ich weiß, wie man mit brenzligen Situationen umgeht. Ich muss ständig über den Weltmarkt informiert sein, schnell reagieren und darauf spekulieren. Das ist bestimmt kein Pappenstiel, aber es gibt mir eine Art der Überlegenheit. Kein Wunder, dass mich alle für arrogant und selbstgefällig halten. Doch sie wären nicht in der Lage, diese Geschäfte abzuwickeln. Die Zeiten sind vorbei, in denen man seinen Tisch aufstellte und ein Tuch darüberlegte, zum Zeichen, dass man die Erlaubnis für Geldgeschäfte hat, so wie in Venedig im Mittelalter. Meine Geschwister hätten, wie Dantini, sogar Skrupel gehabt Zinsen zu verlangen, von doppelter Buchführung verstehen sie so viel wie ich von Choreografie.

Bei uns zu Hause kümmerte sich meine Mutter um die Finanzen, mein Vater war, wie meine Geschwister, total unfähig in solchen Dingen. Obwohl ich ihm rein äußerlich ähnlich bin, schlage ich ansonsten meiner Mutter nach. Sie hatte den klaren Kopf für die Realität und das Aussehen einer Madonna. Ich liebte sie über alles, aber sie war es auch, die das Auto fuhr, in dem sie verunglückten, was mein Leben veränderte, mehr als das meiner Geschwister. Mit sechszehn wollte ich noch Flugkapitän werden, danach Weltenbummler oder Fremdenlegionär. Und ein paar Jahre später war ich plötzlich das Familienoberhaupt und kämpfte stattdessen an der Familienfront. Ich hatte das Gefühl, bei meinem Bruder und bei meiner Schwester wieder gutzumachen, was meine Mutter vermasselt hatte. Wie wenig wir doch Einfluss auf unser Leben haben, wie oft werden wir im Strudel mitgerissen und müssen mit den Konsequenzen leben. Jedenfalls war das bei mir so, denn für alles, was ich tat, gab es keine Alternative. Ich weiß nicht, ob meine Mutter auf mich stolz gewesen wäre, wäre sie noch am Leben. Allerdings wäre dann mein Weg auch völlig anders verlaufen, so wie er sich entwickelt hat, kann sie von dort oben kaum etwas gegen die meisten meiner Entscheidungen einwenden. Natürlich nicht alle, einige davon würde sie aufs Schärfste ablehnen, doch wo gehobelt wird fallen auch Späne, darüber muss sie einfach hinwegsehen. Dafür erweise ich ihr gerade einen großen Gefallen. Sie war es, die Bradshaw Mansion nicht verkaufen wollte und meinem Vater ständig in den Ohren lag, er solle das Haus renovieren und dann vermieten, wenn er schon nicht dort leben wollte. Mit der Renovierung erfülle ich meiner Mutter einen Herzenswunsch. Aber ich werde unsere Finca auf der Insel verkaufen, ich bin gespannt, wie Robert und Rebecca darauf reagieren werden.

*

Auf die Insel zu kommen ist immer ein wenig, wie nach Hause kommen und als ich aus dem Flugzeug in die heiße Mittagssonne stieg, kamen sofort Erinnerungen auf.

Als kleiner Junge, wenn wir aus England zurückkamen und das Flugfeld betraten, grasten noch Schafe neben der Landebahn. Das Flughafengebäude war nicht viel größer als eine Scheune mit einer Terrasse, wo die abfliegenden Fluggäste im Schatten unter einem Strohdach warteten. Meine Geschwister können sich daran nicht mehr erinnern, sie waren zu klein und der Fortschritt wuchs schneller als Robert und Rebecca. In dieser Zeit war ich ungefähr fünf, seither sind vierzig Jahre vergangen und alles hatte sich verändert. Damals besaßen meine Eltern einen alten Ford Transit, der wurde am Flughafen auf einem Sandparkplatz abgestellt, bis wir wieder zurückkamen. Dann war die blaue Farbe nicht mehr zu erkennen, Staub hatte sich in den Wochen unserer Abwesenheit darübergelegt und die Sonne das Fahrzeug zu einem Backofen aufgeheizt. Wir mussten eine halbe Stunde die Türen offen und die Lüftung laufen lassen, bevor wir einsteigen und über die staubbedeckten Straßen und Feldwege zu unserem Haus fahren konnten. Meine Eltern hatten ein heruntergekommenes Gehöft gekauft und eine bewohnbare Finca daraus gemacht. Nach und nach wurde um- und angebaut, und als sie starben, erbten wir ein wunderschönes Anwesen mit allem Komfort.

Die erste Zeit mochte ich die Insel nicht, bis ich eingeschult wurde, von da an wurde alles anders. Ich liebte die Schule, empfand es sogar als Strafe, wenn ich einen Tag fehlte. Ein altes, verwinkeltes Bauernhaus war unser Schulgebäude. Die Lehrer, die allesamt eine Macke hatten und aus meiner heutigen Sicht sehr idealistisch und unkonventionell unterrichteten, und die Klassenkameraden, die von überall herkamen, waren für viele Jahre meine Welt. Vor allem Juan, er war mein bester Freund, und je älter meine Geschwister wurden, umso mehr gehörten auch sie und ihre Freunde Sabrina, Rachel, Tobias und Hazel dazu. Es war eine wilde, sorgenfreie Zeit, bis meine Eltern verunglückten. Ich vergesse den Tag nie, an dem die Guardia Civil zu uns in die Schule kam. Wir wurden gerufen und ich überlegte krampfhaft, was wir angestellt haben könnten. In diesem Alter, ich stand kurz vor meinem achtzehnten Geburtstag, weint man nicht gerne in der Gegenwart anderer und es war auch das allerletzte Mal, aber als ich hörte, was geschehen war, heulte ich bitterlich.

Hätte man damals schon die ganzen Kreuzungen als Ringzufahrten konzipiert, dann würden meine Eltern vielleicht noch leben, dachte ich, als ich die Hauptstraße vom Flughafen zu unserem Haus fuhr. Es hatte sich viel verändert, nur auf dem letzten Stück des Weges war alles wie früher. Ich kam an den typischen Trockensteinmauern vorbei, die die Grundstücke weiträumig eingrenzen. Vor langer Zeit sorgfältig aufgehäuft, um die störenden Steinbrocken von den Feldern sinnvoll zu verwenden, zerfielen jetzt viele der Mauern. Es kümmerte sich niemand mehr darum, auch nicht um die Bewirtschaftung des Ackerlandes. Ich sah in der Ferne Windmühlen mit zerbrochenen Windrädern, vereinzelt ein Gehöft oder Neubau und die uralten, verknorpelten Olivenbäume, die nicht mehr geerntet wurden und nur noch als Schattenspender für die Schafe dienten. Und mit dem süßlichen Geruch der Johannisbrotbäume in der Nase näherte ich mich langsam, auf dem holprigen, durch Regengüsse zerfurchten Weg, unserem Anwesen. Früher stand unsere Finca umgeben von Brachland mit unzähligen Obst- und Mandelbäumen, jedoch gut sichtbar, in der Landschaft. Meine Eltern ließen sogar das Haus die meiste Zeit unverschlossen. Doch auf einmal war nichts mehr sicher. Es wurde ständig bei den Nachbarn eingebrochen und überall entstanden hohe Mauern um die Häuser der Ausländer herum. Auch ich hatte vor Jahren eine hohe Steinmauer um unser Grundstück bauen und ein ebenso hohes Holztor anbringen lassen, denn wir waren zu selten anwesend.

Als ich an der vormals weißen Mauer vorbeifuhr, ahnte ich bereits, was mich dahinter erwarten würde. Der Garten war total ausgetrocknet und die Fassade des Hauses war wie die Außenmauer mit dem rötlichen Staub, der angeblich aus der Sahara kommt, bedeckt. Rinnsale hatten Spuren darin hinterlassen. Sie zeugten von einem heftigen Regenschauer, der schon vor einiger Zeit heruntergekommen sein musste. Ich konnte mir gut vorstellen, wie der Swimmingpool hinter dem Haus aussehen würde und wusste, es kommt eine Menge Arbeit auf mich zu, um alles halbwegs in Ordnung zu bringen, bevor Rebecca und Robert eintreffen werden.

Offensichtlich hatten sich Antonio und seine Frau Katalina nicht so wie vereinbart, um das Grundstück gekümmert. Später am Tag erfuhr ich, dass beide erkrankt seien, er hatte Krebs und seine Frau erholte sich gerade von einer Hüftoperation, aber dieses Wissen half mir recht wenig. Ich musste so schnell wie möglich jemanden finden, der das Haus kalken und den Pool reinigen konnte. Die Spanier, die ich kannte und dafür infrage gekommen wären, hatten ihre Jobs in den Hotels oder waren zu alt.

Eine Frau für die Hausarbeiten fand ich sehr schnell und nach einigen Telefonaten auch einen Poolreiniger und Anstreicher. Alles Deutsche, die eingewandert waren und sich über jede Arbeit freuten. Da ich das Haus verkaufen wollte, musste der Garten ebenfalls in Ordnung gebracht werden, denn mit dem vertrockneten Gestrüpp konnte ich keinen Staat machen. Ein Landsmann übernahm die Gartenarbeiten, so waren wir alle ich die Zeit vor der Ankunft meiner Geschwister vollauf beschäftigt. Eine Ironie des Schicksals, statt mich von einer Baustelle zu erholen, landete ich auf einer anderen.

Nach drei Tagen harter Arbeit machte das Anwesen wieder einen passablen Eindruck. Das Haus war innen sauber und außen weiß, wenigstens von vorne, hinten musste noch getüncht werden. Der Pool war gereinigt und mit Wasser gefüllt, die Bougainvillea auf der Terrasse beschnitten, die trockenen Palmenblätter waren entfernt worden, das Unkraut und was an Pflanzen nicht mehr gerettet werden konnte, ebenso. Der Oleander und die Geranien hatten viel Wasser bekommen, sie würden überleben, und James war gerade dabei neue Sträucher einzupflanzen, als meine Geschwister ankamen.

Ich hatte vergessen sie vom Flughafen abzuholen und bekam gleich Roberts Unmut zu spüren. »Verflucht, warum liest du denn nicht deine SMS oder gehst ans Telefon? Es war kein Auto zu kriegen und wir mussten eine Stunde in der Hitze rumstehen und warten.«

Ich sagte ihm, dass das keine Absicht gewesen sei, ich wäre die ganze Zeit beschäftigt gewesen. Worauf Rebecca meinte, ich solle mich nicht aufregen, Robert sei nicht gut drauf, er nerve sie schon seit dem Abflug aus London.

»Ich nerve dich? Du nervst mich! Ständig dieses Gefasel von: *Ach, wie wird das nur ohne Juan, ich weiß nicht, ob ich das durchhalte.* Dann hättest du zu Hause bleiben sollen, da geht es doch auch ohne deinen Juan.«

»Hier ist es aber anders. So viel Verständnis hätte ich dir jedenfalls zugetraut.« Rebecca bekam Tränen in die Augen und Robert drehte sich weg, er konnte sie noch nie weinen sehen. »Und dass ich diese blöde Rolle nicht haben will, solltest du auch verstehen, ich bin derzeit nicht dazu in der Lage. Basta.«

»Sagt das dein Horoskop?«

»Ach, lass mich einfach in Ruhe.«

»Und an mich denkst du gar nicht. Was sollen die vom Theater von mir denken, ich habe ihnen fest zugesagt. Ich sage dir, auf dein nächstes Engagement kannst du lange warten, wer will schon mit so einer Zicke arbeiten.«

»Zicke? Du spinnst wohl. Weißt du was, ich suche mir einen anderen Manager. Juan hatte recht, er wollte das schon lange tun.«

»So jetzt beruhigt euch wieder, im Kühlschrank ist Champagner«, unterbrach ich das Gezänke und nahm Rebeccas Koffer. »Wow, was ist denn da drin? Willst du für immer hierbleiben?«

»Jetzt reg du mich nicht auch noch auf, sonst ziehe ich zu Sabrina«, erwiderte Rebecca und folgte Robert zum Haus.

Ich bekam die beiden erst gegen Abend wieder zu Gesicht. Nachdem James gegangen war, legte auch ich die Schaufel aus der Hand und sprang zur Abkühlung in den Pool. Das frisch eingefüllte Wasser hatte sich noch nicht in der Sonne aufwärmen können und verschlug mir den Atem. Das würde der nächste Kritikpunkt sein, aber ich kannte ja meine Geschwister und es machte mir wenig aus, solange sich alles im Rahmen hielt, dass sie meine Bemühungen als selbstverständlich hinnahmen.

Zuerst erschien Robert, er hatte sich eine Flasche Champagner mit auf sein Zimmer genommen und war besserer Laune. Dann kam auch Rebecca, sie hatte gekifft und schwebte wieder einmal auf einer ihrer Wolken. »Ist es nicht traumhaft? Sonne, Pinien, Palmen, Natur pur, keine Menschenseele weit und breit, nur das Meer könnte etwas näher sein. Stellt euch vor, Sonnenuntergang am Meer. Lasst uns zum Strand fahren und den Abend dort verbringen.«

»Manchmal vergisst man, was man hat. Es ist wirklich schön hier, vielleicht bleibe ich einfach auf der Insel und lasse den ganzen Mist zurück«, sagte Robert und schaute sich um.

»Ich auch. Ach, wenn Juan doch nur da wäre.«

»Und Rachel, Tobias und Hazel? Was ist denn mit denen?«, fragte Robert aufgebracht.

»Mit denen war ich nicht verheiratet und glücklich. Aber du hast recht, nichts ist so, wie es einmal war.«

»Deswegen ist es auch gut, dass ich das Haus verkaufen werde. Also genießt die Zeit, solange es noch möglich ist.«

»Warum das? Da haben wir auch ein Wörtchen mitzureden«, meinte Robert.

»Seit wann?«, fragte ich.

»Wenn es um solche Dinge geht, immer schon.«

Robert hatte keine Ahnung, wie wenig mich sein Kommentar beeindruckte, aber mir wurde augenblicklich klar, dass ich einen äußerst schlechten Zeitpunkt gewählt hatte, daher lenkte ich ein: »Naja, war nur so ein Gedanke.«

Ich konnte mir nicht leisten, beide gegen mich zu aufzubringen. In ein paar Tagen würde sich ihre Meinung, hier leben zu wollen, geändert haben. »Was haltet ihr von einem Abendessen im Can Pedro?« Mein Vorschlag fand sofort Rebeccas Zustimmung und Robert fügte sich.

Can Pedro liegt umgeben von Pinien auf einer felsigen Anhöhe mit einer traumhaften Sicht aufs Meer und ist bekannt für seine Tapas und Paella. Es war das Lieblingsrestaurant meiner Eltern gewesen, wir gehörten fast zur Familie, so oft waren wir dort. Victoria, die Frau von Pedro begrüßte uns überschwänglich als wir die Terrasse betraten, so als wären wir ihre eigenen Kinder. Mir war das früher schon unangenehm, als sie nach dem Tod unserer Eltern damit anfing. Plötzlich legte sie Wert darauf, dass wir anständig aßen, und ließ keine Gelegenheit aus, mir das zu sagen. Robert und Rebecca fanden das fürsorglich, ich hingegen fand es aufdringlich und unangebracht. Wir hatten damals bereits Katalina, die recht gut für uns sorgte, und brauchten nicht zusätzlich noch Victoria. Ich hatte sogar den Verdacht, sie wollte uns nur dazu bewegen, öfter bei ihr im Restaurant zu essen. Jedenfalls hielt ich mich im Hintergrund, während Rebecca schluchzend in ihre fetten Arme fiel. Zu viel schwabbeliges Fleisch erregt meinen Widerwillen. Ich glaube, Robert erging es ebenso, denn er schaute unbeholfen aus der Wäsche, ließ sich jedoch von ihr drücken. Ich ging, nachdem ich Victoria die Hand gereicht hatte, allen voran auf den Tisch zu, an dem wir früher immer saßen. Die Stühle mit den geflochtenen Sitzen sind für meine Größe eine Idee zu niedrig. Als wir Kinder waren, passten sie, aber sie kratzten und wir nahmen stets das Flechtmuster auf unseren nackten Beinen mit nach Hause. Auf dem alten Holztisch konnte ich noch Ritzspuren erkennen, die nicht nur wir hinterlassen hatten, darunter war auch das Herz mit den Buchstaben J+S.

»Ich bin froh, dass sich hier wenigstens nichts verändert hat«, meinte Rebecca wehmütig.

»Kannst du vielleicht mit der Gefühlsduselei aufhören, das bringt deinen Juan auch nicht mehr zurück«, erwiderte Robert unnötigerweise. Und ich sagte, dass ich nichts dagegen gehabt hätte, wenn sie bequemere Stühle angeschafft hätten. Wäre aber froh, dass sie keine Plakatwand hochgezogen hätten, die die Sicht aufs Meer versperrte, zuzutrauen wäre es Pedro, wenn man ihn dafür bezahlte.

Ich hielt nicht viel von den meisten Einheimischen, mindestens genau so wenig, wie sie von uns Ausländern, die ihrer Meinung nach die Insel systematisch aufkauften. Leider vergaßen sie, dass sie damit viel Geld verdient hatten, denn sie waren es, die liebend gerne Haus und Hof verscherbelten, zumindest zu der Zeit, als unsere Eltern hier ankamen.

Robert schaute mich nur an, sagte aber nichts. Rebecca streckte ihre langen Beine aus, drehte ihr Gesicht zum Meer und seufzte: »Ich bin jedenfalls froh, dass er es nicht getan hat. Man sollte alles wieder zurückdrehen können und in den ursprünglichen Zustand versetzen, die Welt ist so hässlich geworden.«

»An welche Welt und wie weit zurück denkst du da? Mittelalter und Hexenverbrennung?«

»Ach Julian, du solltest was rauchen, dann wirst du etwas lockerer. Du bist genau wie Mutter, bei ihr musste auch immer alles straight sein.«

»Lass Mutter aus dem Spiel. Sie war genau richtig, wie sie war«, empörte ich mich.

»Naja, so straight wie du denkst war sie bei Weitem nicht«, wandte Robert ein.

Ich wollte wissen, wie er das meinte, aber Robert antwortete nicht, er starrte an mir vorbei ins Leere.

»Nun sag schon! Wie hast du das gemeint?«

Roberts Unterlippe schob sich ein wenig nach vorne und ein Auge zuckte, aber dann kam Victoria mit dem Wein, frischem Brot und einer großen Portion Aioli und seine Gesichtszüge entspannten sich. Ich hätte es dabei belassen sollen, aber wenn es um meine Mutter geht, kann ich sehr hartnäckig sein. Ich wartete nur, bis Victoria wieder verschwunden war, bevor ich ihn erneut fragte, dieses Mal sogar mit Rebeccas Unterstützung. Zuerst wollte sich Robert aus der Situation winden, indem er sagte, es sei nur so dahingesagt gewesen. Weder Rebecca noch ich nahmen ihm das ab und auf unser Drängen meinte er verächtlich: »Sie hatte eine Affäre und wollte uns verlassen. Das war unsere Mutter.«

Auf einmal umgab mich völlige Stille. Nicht viele Tische waren besetzt, doch die anwesenden Gäste schienen verstummt auf meine Reaktion zu warten. Sogar die Zikaden in den Pinien gaben keinen Laut von sich. Sie waren jedoch die Ersten, die ich nach einer Weile, als sich der Druck in meinen Ohren langsam löste, wieder wahrnahm. Dann fragte ich: »Und woher willst du das wissen?«

Als Robert nicht antwortete, sagte ich abfällig: »Wahrscheinlich eines deiner Hirngespinste. Mutter hätte das niemals getan, sie liebte Dad und hätte uns nicht sitzen lassen, auf keinen Fall!«

»Ja, das kannst du dir natürlich nicht vorstellen, aber es stimmt. Ich habe nämlich diesen Brief gefunden, in dem alles stand. Außerdem kannst du Sabrinas Vater fragen, denn mit ihm wollte sie nämlich durchbrennen.«

Plötzlich glaubte ich Robert. In meinem Unterbewusstsein war ein Bild mit meiner Mutter und Sabrinas Vater, wie sie sich mehr als nur freundlich ansahen und berührten. Meine Eltern und die von Sabrina waren oft zusammen. In der Galerie meiner späteren Schwiegereltern kaufte meine Mutter ganz gerne mal ein Bild, außerdem waren sie jahrelang die besten Freunde, so dachte ich jedenfalls.

»Wann hast du diesen Brief entdeckt? Und warum hast du uns nichts davon erzählt?« Rebecca hatte sich wieder gefasst und blickte Robert fragend an.

»Weil ich den Brief schon vor langer Zeit gefunden habe, und mir seither Vorwürfe mache.«

»Warum Vorwürfe? Ich verstehe das nicht, verstehst du das?«, Rebecca schaute verwirrt zu mir. Ich schüttelte den Kopf.

Dann erzählte Robert, wie er den Brief unserem Vater gab, der ihn vor seinen Augen zerriss und zu Robert sagte, er solle kein Wort darüber verlauten lassen. An diesem Tag hatten meine Eltern den Autounfall. Für mich stellte sich auf einmal die Frage, hatte meine Mutter mit Absicht den Wagen an den Baum gefahren oder hat mein Vater in das Lenkrad gegriffen, um sich und sie zu töten. Wir saßen eine Zeit lang schweigend an dem Tisch, an dem wir vor dreißig Jahren noch mit unseren Eltern gesessen hatten, ohne auch nur im Entferntesten zu ahnen, was in ihrem Leben vor sich ging. Rebecca schaute traurig zu Robert und sagte: »Und du hast dir deswegen immer Vorwürfe gemacht?«

»Das sollte er auch, verdammt noch mal. Ohne seine Petzerei wären beide noch am Leben.«

»Und unsere Mutter mit Sabrinas Vater irgendwo auf und davon. Du hättest Sabrina nicht geheiratet, Vater wäre jetzt wahrscheinlich Alkoholiker und Sabrinas Mutter würde mit ihren Künstlerfreunden rummachen. So oder noch schlimmer wäre alles gekommen. Unser ganzes Leben wäre anders verlaufen, wenn ich mir das vorstelle, dann ist es mir so lieber.«

Derart pragmatisch hatte ich meine Schwester noch nie erlebt, außerdem sah ich es als ein Kompliment für mich. Ich nahm ihre Hand, was sonst Robert immer tat, und drückte sie.

»Jetzt, wo du dir alles von der Seele geredet hast, vergisst du am besten das Ganze endlich. Es ist doch schon so lange her«, sagte Rebecca zu Robert und hob ihr Glas. »Ich trinke auf die Zukunft. Vergesst was ich eben gesagt habe, von wegen zurückdrehen und so.«

So einfach ging das bei Rebecca, bei mir braucht es etwas länger, bis die Dinge wieder im Lot sind. Aber mein Appetit kam zurück, sodass ich nach dem ungesalzenen Brot mit der Knoblauchmayonnaise einige Schälchen Abodigas, Pulpo, Artischocken und Sardinen für uns bestellte. Nach ein paar Gläsern Wein lächelte auch Robert wieder, denn unsere Schwester war in bester Laune. Sie freute sich auf den nächsten Tag, dann würde sie nämlich Sabrina vom Flughafen abholen, und wie ich sie kannte, ihr alles brühwarm erzählen.

*

Ich hatte mir zwar überlegt, Rebecca zum Flughafen zu begleiten, verwarf aber diesen Gedanken, denn ich wollte Sabrina nicht mit meiner übertriebenen Aufmerksamkeit misstrauisch machen. Auf Fergason Castle kamen wir ganz gut miteinander zurecht und eine sanfte Annäherung war erfolgversprechender als ein spontaner Überfall. Außerdem war der Anstreicher noch zugange und die Gartenarbeiten noch nicht abgeschlossen. Und wenn meine Schwester Sabrina die Geschichte von unserer Mutter und ihrem Vater erzählen wollte, dann eher, wenn ich nicht dabei war. Ich hoffte nämlich, das würde meine Frau veranlassen, sich bei uns einzuquartieren, statt bei ihren Eltern. Einige Stunden später war mir klar, dass meine Hoffnung nicht erfüllt wurde, denn gegen sechs rief Rebecca an und sagte, meine Schwiegereltern würden uns zum Abendessen erwarten.

Robert hatte den ganzen Vormittag verschlafen und den Rest des Tages in der Sonne gelegen, während ich im Garten schuftete. Er war ausgeruht und ich total geschafft. Normalerweise hätte ich die Einladung abgesagt, meine Schwiegereltern sind mir nämlich ziemlich egal, aber es gibt Situationen die muss man durchstehen, wenn ein Plan durchgeführt werden soll.

Simone und Werner Soltau haben ein modernes Haus an einem Hügel den Ort überblickend, in dem sie immer noch eine kleine Galerie betreiben. Als wir aus dem Auto stiegen, kam uns mein Schwiegervater entgegen. Er trug einen Strohhut über seinen schulterlangen, grau melierten Haaren und eine weite Leinenhose. Sein Oberkörper war nackt und gebräunt. Ich hatte ihn vor zwei Jahren das letzte Mal gesehen, seitdem hatte er sich nicht verändert. Allerdings wusste ich jetzt, dass er mit meiner Mutter durchbrennen wollte, deswegen schaute ich ihn mit anderen Augen an. Das tägliche Schwimmen im Pool hielt ihn bestens in Form. Ich musste zugeben, dass er für sein Alter eine gute Figur abgab. Er schloss Robert in seine Arme und mir gab er die Hand, ein kräftiger Händedruck, der mir zeigen sollte, dass er die Dinge im Griff hatte, das drückte auch sein stechender Blick aus.

»Die anderen sind am Pool, geht schon voraus, ich muss noch mal weg«, sagte er, bevor er verschwand.

Sabrina und meine Schwiegermutter begrüßten Robert besonders herzlich, mich hingegen zurückhaltend. Da Robert etwas neben der Spur stand, hatte ich die Gelegenheit beiden zu sagen, dass sie fantastisch aussehen würden. Simone lächelte versöhnt, nur Sabrina schaute mich skeptisch an. Doch als Robert mein Kompliment bestätigte, lächelte sie ebenfalls. Ich wusste, ich hatte den richtigen Ton getroffen, trat einen Schritt auf Sabrina zu und gab ihr einen Kuss auf die Wange. Ich hörte Rebecca sagen: »Julian, meinst du nicht auch, Sabrina sollte bei uns auf der Finca wohnen?«

»Ja, natürlich. Tut sie das nicht?« Ich schaute fragend zu meiner Frau.

»Tut sie nicht, sie will hierbleiben. Ich finde du solltest sie fragen, sie glaubt nämlich, das wäre nicht in deinem Sinn«, meinte Rebecca.

»Unsinn. Sabrina stimmt das?«

»Da hörst du es. Ich habe es dir doch gesagt, Julian hat nichts dagegen. Mach uns die Freude«, bettelte Rebecca, sodass Sabrina versprach, darüber nachzudenken.

Ihre Eltern zankten gerne. Sie waren selten einer Meinung, was Sabrina nicht ausstehen konnte. Die Chancen standen also gut, dass sie sich für eine andere Bleibe entscheiden würde, ich musste mich nur noch ein wenig ins Zeug legen. »Rebecca hat recht, mach uns die Freude.« Ich kannte Sabrina gut genug, um zu wissen, dass ich nicht zu dick auftragen durfte. Ohne ihre Antwort abzuwarten, fragte ich Simone, was es zu essen gäbe. »Ich habe den ganzen Tag im Garten gearbeitet und seit dem Frühstück nichts gegessen.«

Dass ich im Garten gearbeitet hatte, erstaunte Simone. Daraufhin erzählte Sabrina ihr, dass ich sogar Bradshaw Mansion renoviere und die Gartenanlage neu gestalte. Simone war begeistert. »Endlich mal wieder jemand in der Familie, der sich die Hände schmutzig macht.«

Ich erwartete von Robert eine Reaktion, doch er war irgendwie abwesend oder zu apathisch, um darauf zu reagieren. Daher lächelte ich Sabrina an und sagte, sie solle nicht übertreiben, denn selbst renovieren würde ich nicht. Allerdings mache es mir Spaß in der Natur zu arbeiten, das würde den Kopf von trüben Gedanken freimachen.

»Und warum das Ganze? Damit mein Bruder ein nettes Eigenheim hat, aber die Finca will er verkaufen.« Robert war aus seiner Lethargie erwacht.

»So selten, wie ihr hier seid, verstehe ich das. ihr könnt doch auch bei uns oder den de Silvas für die paar Tage im Jahr wohnen, meinst du nicht auch?«, warf Simone ein, aber Robert antwortete nicht, er war schon wieder auf Tauchstation.

»Das Haus der de Silvas hat Juan schon vor einigen Jahren verkauft«, sagte meine Schwester.

Auf den erstaunten Blick von Simone erklärte ich: »Rebeccas Kleiderschrank musste aufgefüllt werden.«

»Rede keinen Unsinn, wir waren zu selten da. Es hat Juan und mir gehört, ein Hochzeitsgeschenk seiner Eltern, wir konnten also damit machen, was wir wollten.«

»Schön, wenn man machen kann, was man will, worum geht es?« Werner stand unerwartet hinter uns und sofort erwachte Robert aus seiner Teilnahmslosigkeit. »Man kann nicht immer machen, was man will. Was ist schön daran, wenn andere darunter leiden müssen? Doch dir macht das wohl nicht viel aus.«

Werner schaute ihn erstaunt an: »Was meinst du damit, wer leidet unter was und was macht mir nichts aus?«

Wir alle waren gespannt was Robert darauf erwidern würde. Aber er schien sein Interesse wieder verloren zu haben und ich hatte keine Lust Werner eine Erklärung abzugeben, stattdessen sagte Sabrina es ging ums Häuserverkaufen.

»Woher wisst ihr das? Es ist doch noch nichts entschieden, ich hätte vorher schon noch mit euch darüber gesprochen«, gab Werner zu verstehen.

Ich verstand sofort, aber Sabrina und Simone fragten erstaunt: »Wie? Was?«

»Naja die Galerie. Ich habe vor die Galerie zu verkaufen, es gibt da einen Interessenten.«

Simone war außer sich. Sie fauchte Werner an: »So erfahre ich das also. Wann hast du denn vorgehabt, mir davon zu erzählen?«

Eine betretene Stille trat ein, alle starrten Werner an und ich sah, dass Robert kurz davor war, die Affäre mit unserer Mutter auch noch auf den Tisch zu packen. Ich fand jedoch die Gelegenheit nicht passend und sagte daher: »Wahrscheinlich hat Werner einen guten Grund die Galerie zu verkaufen. Solange eine Sache nicht dingfest ist, redet man nicht darüber. Stimmt doch, oder?«

»Julian hat recht. Es wird Zeit, dass wir uns zur Ruhe setzen, ich habe keine Lust mehr. Die Zeiten haben sich geändert. Früher kamen die Leute und kauften einfach ein Bild. Heute kommen sie und wollen zuerst einmal wissen, ob in den nächsten Jahren mit einem Wertzuwachs zu rechnen ist, dann nehmen sie es probeweise mit, bringen es aber nicht mehr zurück und du läufst deinem Geld hinterher.«

Werner wollte unser Mitgefühl, stattdessen bekam er von Simone nur den Vorwurf zu hören, dass er es ja so gewollt hätte. »Wir hätten bei dem Kunsthandwerk bleiben sollen, dafür gibt es immer Kunden, aber du wolltest etwas Besseres, damals hast du mich auch nicht gefragt.«

»Jetzt komm bitte nicht mit den alten Kamellen, du hast dich doch ganz wohlgefühlt mit deinen Künstlern.«

»Ich hab mich auch ganz wohlgefühlt mit meinen Kunsthandwerkern«, erwiderte Simone patzig.

Ich konnte mir gut vorstellen, dass sie früher ein wildes Leben geführt hatte, denn sie war immer noch eine sehr attraktive Frau und an Bewunderern hatte es bestimmt nicht gemangelt.

»Könnt ihr jetzt bitte aufhören? Setzt euch damit auseinander, wenn ihr alleine seid. Julian hat den ganzen Tag nichts gegessen und ich bin auch hungrig«, unterbrach Sabrina den Wortwechsel ihrer Eltern und schaute ihren Vater vorwurfsvoll an.

»Schon gut, Liebes, ich kümmere mich darum«, erwiderte Werner. Offensichtlich froh der Situation zu entrinnen, verschwand er in der Küche.

Ich hatte die Befürchtung, Robert wolle ihm folgen, daher hielt ich ihn mit der Frage zurück, wann denn das Schultreffen stattfinden würde.

»Keine Ahnung. Warum fragst du mich?«, war seine Antwort. Mittlerweile hatte Robert ein Glas Wein getrunken und mit Werner aus seinem Blickfeld, schien er sich zu entspannen, aber irgendetwas stimmte nicht mit ihm. Er war nicht wie sonst der selbstzufriedene Zuschauer, er lag auf der Lauer.

Die Stimmung meiner Schwiegereltern wurde auch während des Essens nicht besser, sodass wir uns zeitig verabschiedeten. Wäre der Konflikt zwischen Sabrinas Eltern beendet gewesen, dann wäre sie wahrscheinlich dort geblieben, so aber entschloss sie sich, erst gar nicht ihre Koffer auszupacken und gleich mit uns zu kommen. Die Fahrt zu unserem Haus legten wir schweigsam zurück. Für Inselverhältnisse ist es ein weiter Weg ins Innere des Landes und nicht nur ich spürte die Müdigkeit. Als wir ankamen, gingen die beiden Frauen sofort auf ihre Zimmer. Ich wäre am liebsten auch schlafen gegangen, aber Robert war noch munter, daher nahm ich die Gelegenheit wahr, mit ihm ein Wörtchen zu reden. »Sag mal, was ist denn los mit dir? So kenne ich dich gar nicht.«

»Dann wird es Zeit, dass du mich kennenlernst.«

»Was soll denn das schon wieder? Du solltest nicht so viel trinken und die alten Geschichten ruhen lassen. Oder gibt es sonst noch etwas, was ich wissen sollte?«

»Solltest du? Kümmere du dich lieber um unsere Finanzen, damit solltest du vollauf beschäftigt sein und lass mich in Ruhe. Und was Werner angeht, das ist meine Angelegenheit. Ich bin noch lange nicht fertig mit ihm.«

»Aber das ist eine Ewigkeit her. Kein Hahn kräht mehr danach, was Mutter und er miteinander hatten. Vielleicht haben sie sich wirklich geliebt.«

»Und Dad? An den denkst du gar nicht. Wie hat er sich wohl dabei gefühlt?«

Robert stand unserem Vater immer schon näher als ich. Ich war der Sohn meiner Mutter und Robert teilte sich mit Rebecca unseren Vater.

»Naja, wie man sich halt fühlt, wenn man abserviert wird. Nicht gut nehme ich an, aber daran kannst du heute auch nichts mehr ändern.«

»Daran nicht, aber Werner soll nicht einfach so davonkommen. Ich will, dass er erfährt, dass wir alle wissen, was damals war. Auch Sabrina und Simone sollen es erfahren, dann möchte ich mal sehen was passiert, und wie er sich fühlt.«

*

Es war noch früher Morgen, als ich aufstand. Die Sonne warf ihre ersten warmen Strahlen auf die Terrasse und Helga, unsere neue Haushaltshilfe, kochte Kaffee. Ich traute mich nicht in den Pool zu springen, aus Angst einen Herzinfarkt zu bekommen, daher setzte ich mich in die Sonne und wartete. Und auf was wartete ich? Auf das, was noch passieren wird? Auf Sabrina und wie sie sich verhalten wird? Auf das Klassentreffen und was der Tag sonst noch bringen wird? Jedenfalls hatte ich keine Lust im Garten zu arbeiten, während alle anderen faulenzten. Der Stock Market in New York öffnet erst am Mittag unserer Zeit und die Verluste vom Vortag waren noch in meinem Gedächtnis. Ohne meinen Laptop hätte ich einfach das Hier und Jetzt genießen können, so aber saßen mir die Welt und meine Geschäfte im Nacken. Robert hatte gut reden, ich solle mich auf unsere Finanzen konzentrieren, aber es gab noch andere Dinge, die mich beschäftigten.

Mein Bruder hatte sich verändert. Seit dem Tod von Rachel hatten wir kaum Kontakt und wenn, dann war da eine zur Schau gestellte Ruhe, die alles andere als beruhigend war, eine unterdrückte Aggression, von der eine unterschwellige Gefahr ausging. Er kam mir vor wie ein Pulverfass, das jeden Moment hochgehen konnte und Werner könnte der Auslöser sein, befürchtete ich.

Helga hatte mir eine Tasse Kaffee serviert und fragte, ob sie das Frühstück für uns alle zubereiten solle. Ich wollte gerade verneinen, als Sabrina und Rebecca auf der Terrasse erschienen. Sabrina sah wie immer bildschön aus, ihre langen Beine steckten in Shorts und das trägerlose Top lag eng um ihre wohlgeformten Brüste. Die Haare hatte sie zu einem Pferdeschwanz zusammengebunden, sodass ihre feinen Gesichtszüge voll zum Ausdruck kamen. Und meine Schwester hatte einen bunten Seidenmantel lose übergeworfen, darunter trug sie einen schwarzen Badeanzug, der ihre ungebräunte Haut noch weißer erscheinen ließ. Um ihren Kopf hatte sie ein schwarzes Tuch zu einem Turban gebunden. »Gut seht ihr aus und das am frühen Morgen, alle Achtung.« Im Allgemeinen überließ ich Robert diese Schmeicheleien, aber die Gelegenheit war günstig, beide Frauen auch einmal von meinem Charme zu überzeugen.

»Die Einsamkeit tut dir gut, offensichtlich hat sie deine Sinne geschärft. Ich kann mich nicht erinnern, dass du früher so etwas bemerkt hast«, meinte Sabrina.

»Dann war ich wohl zu sehr mit anderen Dingen beschäftigt. Tut mir leid, aber die Wahrnehmung leidet, wenn der Geist abwesend ist.«

»Hat er das nicht schön gesagt? Und du meinst, er sei ein Banause«, bemerkte meine Schwester und zwinkerte Sabrina zu.

»Eine Schwalbe macht noch keinen Sommer, er wird bald wieder unter seiner Wahrnehmungsschwäche leiden, keine Sorge.«

Rebecca versuchte mich zu verteidigen, aber Sabrina war nicht zu überzeugen, jedenfalls nicht in diesem Moment. Sie wollte stattdessen wissen, wie der Plan für den Tag aussähe.

»Um elf am Strand mit unseren ehemaligen Leidensgenossen. Ich bin mal gespannt, wer noch hier lebt oder extra gekommen ist«, antwortete ich.

»Und ich, wie sie sich verändert haben. Wann haben wir sie das letzte Mal gesehen? Das ist bestimmt schon zehn Jahre her. Oh mein Gott, was werden sie sagen, wenn sie hören, dass Juan, Hazel, Rachel und Tobias tot sind«, sagte Rebecca.

»Wir kommen wohl nicht umhin, davon zu erzählen«, meinte Sabrina.

»Wenn ich daran denke, dann habe ich keine Lust hinzugehen. Ich glaube ich bleibe einfach hier am Pool.«

»Rebecca, das geht nicht, entweder wir bleiben alle hier oder wir gehen alle zusammen hin«, sagte Sabrina mit Bestimmtheit.

Ich hätte dem gerne widersprochen, auch wenn alle in unserer Gesellschaft umgekommen sind, so waren wir noch lange nicht verpflichtet, als Trauerteam aufzutreten. Allerdings verzichtete ich auf diesen Kommentar, um Sabrina nicht vor den Kopf zu stoßen und sagte: »Meinetwegen können wir uns das Ganze sparen und bleiben weg. Wir sollten darüber abstimmen.«

»Worüber abstimmen?«, fragte Robert aus dem Hintergrund und gähnte laut. Er stand verkatert in der Tür und nahm seine Sonnenbrille ab. Ich hatte ihn schon ewig nicht mehr in einer Badehose gesehen und fand, er sah ungesund dünn aus. Doch statt auf eine Antwort zu warten, rannte er an uns vorbei und machte einen Satz in den Pool. Er blieb sehr lange unter Wasser, sodass ich befürchtete, ich müsse ihm nachspringen, weil ihn der Kälteschock getroffen hatte. Dann aber tauchte er am Beckenrand auf, hielt sich mit beiden Händen daran fest und schwang sich beinahe athletisch aus dem Wasser. »Verflucht noch mal. Hast du Polarwasser eingefüllt, um uns umzubringen?«

»Gibt es irgendetwas, was man dir recht machen kann? Ich persönlich habe das Wasser nicht abgekühlt, falls du das meinst, so kommt es aus der Erde. Und pass auf, wenn du deinen Kaffee trinkst, er ist heiß, daran ist aber Helga schuld, du wirst es nicht glauben, sie hat doch tatsächlich das Kaffeewasser gekocht.«

Und Rebecca schlug ihm vor, er solle noch eine Runde schlafen, vielleicht wäre er dann besserer Laune, er hätte jedenfalls genügend Zeit, denn wir würden das Schultreffen sausen lassen.

»Wieso das? Deswegen sind wir doch hier. Kommt nicht infrage, ich gehe hin, man soll die Feste feiern, wie sie fallen. Wer weiß, wie lange wir dazu noch in der Lage sind«, sagte Robert und setzte sich seine Sonnenbrille wieder auf.

»Genau das ist der Grund, weswegen wir besser fernbleiben, wir haben nämlich überhaupt keinen Grund zu feiern«, sagte Rebecca.

»Ach, die paar Toten um uns herum sind doch kein Hindernis. Es sterben in jeder Sekunde Menschen, wen kümmert es.«

»Sag mal, bist du immer noch betrunken?« Sabrina schüttelte ihren Kopf. Sie schaute Robert fassungslos an. »Das waren Rebeccas Mann und unsere Freunde.«

»Nur tote Freunde sind gute Freunde, nicht wahr Julian?«, erwiderte Robert mit einem Grinsen.

»Rebecca, hast du ihm was gegeben? Irgendeinen Dreck, den du immer rauchst?«, fragte Sabrina und zündete sich eine Zigarette an.

»Ich rauche keinen Dreck, mein Gras ist sauber.«

»Ich brauche den Shit nicht zu rauchen, davon ist genug um mich herum. Ich kann es aus der Luft inhalieren«, sagte Robert angewidert.

»Was ist mit dir los? Bist du krank? Fühlst du dich nicht wohl? Sollen wir einen Arzt rufen?« Sabrina war sichtlich besorgt.

Robert besann sich daraufhin und entschuldigte sich, er hätte sauschlecht geschlafen, auch sonst sei alles pure Scheiße. Danach verfiel er in Schweigen und ich hoffte, dass dieser Zustand für die nächsten Stunden anhalten würde.

»Also sind wir uns einig, wir gehen nicht zu dem Treffen«, stellte Rebecca leise fest, so als wolle sie keine schlafenden Hunde wecken. Sabrina und ich nickten. Wir schauten uns lange in die Augen, dann nahm sie einen tiefen Zug von ihrer Zigarette und sagte laut: »Eine gute Gelegenheit, stattdessen zu Irmela zu fahren, meint ihr nicht auch?«

Zwei Stunden später saßen wir im Auto und fuhren an die nördliche Küste der Insel zu Tobis Mutter. Wir hatten angerufen und sie erwartete uns zum Lunch. Irmela Baumann hat eine bemerkenswerte Macke. Sie erlaubt keinem Mann ihr Haus zu betreten, außer er ist als Handwerker verkleidet. Daher wurden die Frauen an der Haustür begrüßt und durften durch das Haus auf die Terrasse gehen, während Robert und ich um das Gebäude herumgehen mussten. So ist das, seit wir erwachsen sind, nur bei ihrem Sohn Tobias machte sie natürlich eine Ausnahme. Aber Tobias gab es nicht mehr, und da die Trauer um ihn nicht abgeschlossen war, sah Irmela entsetzlich aus. Sie war um Jahre gealtert, nicht sonderlich gepflegt und irgendwie noch schrulliger als früher. Ihre rundliche Gestalt steckte in einem bunten Gewand und gefederter Ohrschmuck baumelte zwischen den grauen, langen Haaren von ihren Ohren. Sie roch nach Moschus oder ungewaschen, ich konnte es nicht genau sagen. Da mir nie viel an Tobias gelegen hatte, war mir auch seine Mutter ziemlich gleichgültig und ich fragte mich, was ich überhaupt hier verloren hatte.

»Es ist wunderbar, dass ihr mich besuchen kommt. Ich hatte euch schon früher erwartet. Aber ihr alle seid wohl sehr beschäftigt. Wo ist Rachel? Ist sie nicht da? Tobias hatte mir erzählt, sie würde zu ihm nach München kommen. Er war so glücklich darüber, dann passiert das. Ich kann immer noch nicht glauben, dass er nicht mehr da ist. Sie könnte mir sagen, wie es dazu gekommen ist. Sie war doch dabei, nicht wahr? Entsetzlich.«

Als sie das sagte, wusste ich, eine Menge Aufklärungsarbeit würde auf Robert zukommen, denn sie schaute ihn erwartungsvoll an. Während er unfreiwillig die Geschichte über Rachels Tod, einen Tag vor ihrer Hochzeit, erzählte, sank Irmela immer tiefer in sich zusammen. Die Veränderung kam langsam, sie glitt wie eine Schlange in ihr Bewusstsein. Ich konnte hören und sehen, wie zuerst die Erinnerung an Hazel und dann Juan kam, denn sie murmelte deren Namen und zählte die Todesfälle an ihren Fingern ab. Plötzlich erwachte Irmela aus ihrer Lethargie. Sie blickte jeden von uns einzeln und mit aufgerissen Augen an, dann schrie sie: »Weg! Weg mit euch. Allesamt raus hier!« Sie schnellte auf, streckte abwehrend ihre Arme von sich und spreizte ihre Finger zu Krallen. Ihr Blick wurde ganz irre und gehetzt stieß sie hervor: »Das ist doch kein Zufall, ihr seid verflucht. Weg mit euch, weg, weg, weg!«

Rebecca sprang entsetzt auf, Sabrina versuchte Irmela zu beruhigen und Robert war zu einer Salzsäule erstarrt, während Irmela diese Worte ständig wiederholte. Ich war genau so überrascht wie die anderen, sah aber sofort, dass es das Beste ist, so schnell wie möglich das Feld zu räumen. Ich legte meinen Arm um Rebecca, reichte Sabrina die Hand und zog sie aus dem Korbsessel. Aus den Augenwinkeln sah ich wie Irmela versuchte, Robert von seinem Stuhl zu schubsen, bis auch er aufstand. Dann führte ich schnell die beiden Frauen um das Haus zu unserem Auto. Robert war uns wie in Hypnose gefolgt und schaute noch einmal zurück, bevor er langsam in den Wagen stieg und ich endlich abfahren konnte. Auf dem Rücksitz hatte Sabrina nun ihren Arm um meine Schwester gelegt und Robert saß sprachlos neben mir. Ich musste mich auf die Schlaglöcher in der schmalen Straße von Irmelas Grundstück bis zur Hauptstraße konzentrieren, danach auf den Verkehr, erst als wir zu Hause waren sagte ich: »Sie ist reif für die Klapse. Das wird ja immer schlimmer mit ihr.«

»Und wenn sie recht hat?«, fragte Rebecca.

»Mit was? Dass wir verflucht sind?«, fragte ich gereizt zurück, denn ich ahnte, was danach folgen wird.

»Das auch. Und dass alles kein Zufall ist.«

»Jetzt fang du nicht auch noch an.« Mehr wollte ich dazu nicht sagen und bereitete meinen Rückzug vor. »Ich muss einige Sachen für den Garten besorgen, es kann spät werden.«

»Ich komme mit«, sagte Robert.

Aber ich wollte alleine sein und meinte, er solle sich um die Frauen kümmern und etwas essen, bevor er wieder zu trinken anfange. Außerdem hatte ich die Befürchtung, er könne in die Galerie zu Werner gehen und ihn mit der Vergangenheit konfrontieren. Unberechenbar, wie er geworden war, hätte ich ihn am liebsten nicht aus den Augen gelassen, aber ich brauchte meine Ruhe, um nachzudenken. Kurze Zeit später saß ich wieder im Auto und fuhr über Feldwege zu dem fünf Kilometer entfernten Ort, der zu dieser Jahreszeit immer noch mit Touristen überfüllt war, sodass es schwer war, einen Parkplatz zu finden. Ich hatte jedoch Glück und konnte direkt an der Strandpromenade parken, sie war eine Errungenschaft neuerer Zeit und der ganze Stolz der Bewohner. Früher gab es in dieser Bucht weder eine Flaniermeile noch einen Sandstrand und nur die Hauptstraße war asphaltiert. Jetzt war alles aufgepäppelt und touristenfreundlich, aber mir gefiel es. Je mehr die Insel aufgewertet wird, desto mehr kann ich für unsere Finca verlangen. Ich hatte Hunger und ging zu einer Tapasbar nahebei. Die meisten Urlauber aßen in ihren Hotels, daher konnte man sicher sein, zu dieser Tageszeit nur die Einheimischen anzutreffen. Es roch gut in Manolos Bar und wieder kamen Erinnerungen auf. Hier aß ich mit meinen Eltern meinen ersten Tintenfisch in seiner eigenen Tinte und hierher lud ich Sabrina zu unserem ersten gemeinsamen Abendessen ein, denn das Essen war billig und gut. Manolo erkannte mich sofort und fragte nach Rebecca und Robert. Ich musste einen Hierbas mit ihm trinken und war gerade dabei mir Hackfleischbällchen zu bestellen, als ich eine Hand auf meiner Schulter spürte.

»Du hier? Bist du alleine?« Es war Werner, wer sonst. Er hatte die Galerie um die Ecke und das war offensichtlich die Bar, in der er immer seine Mittagspause macht, was ich nicht bedacht hatte.

Ich nickte und sagte ihm, dass ich Dünger für den Garten besorgen müsse, und setzte mich mit ihm an einen der kleinen Tische. Wir aßen und eine Zeit lang unterhielten wir uns über Belanglosigkeiten bis Werner auf einmal wissen wollte, wie es mit mir und Sabrina weitergehen wird, es wäre kein Zustand immer getrennt zu leben. Ich gab ihm recht und versicherte ihm, alles zu tun, damit unsere Ehe wieder in Ordnung kommt, außerdem hätte ich ganz gerne Kinder. Werner war beeindruckt, er lächelte und meinte, dann solle ich in Zukunft meine Finger von anderen Frauen lassen. Was mich veranlasste ihm zu sagen, das hätte er besser auch einmal getan.

»So ein Blödsinn, wie kommst du darauf? Ich betrüge meine Frau nicht.«

»Wir wissen von deiner Beziehung mit meiner Mutter und dass ihr bei Nacht und Nebel abhauen wolltet.« Es fühlte sich gut an, ihm mal so richtig eins reinzuwürgen. Nicht, dass ich ihn nicht mochte, er war mir nur allzu oft etwas zu überheblich und die letzte Zeit mir gegenüber zu kritisch.

Mein Schwiegervater sah mich alarmiert an, dann fragte er: »Wer weiß davon? Sabrina auch?«

»Bis jetzt nur meine Geschwister und ich, aber Robert hat vor, dich damit zu konfrontieren und es deiner Frau zu erzählen, er ist derzeit ziemlich schlecht drauf.«

»Das ist so lange her, zu was soll das gut sein? Deine Mutter ist tot.«

»Naja, er gibt dir die Schuld daran und an dem unseres Vaters.«

»Aber es war ein Verkehrsunfall. Ich hatte nichts damit zu tun.«

Ich sah mit Genugtuung, dass Werners Selbstsicherheit wie weggeblasen war und meinte: »Das sieht Robert anders, aber das wird er dir wohl selbst noch sagen. Er ist, soweit ich es beurteilen kann, zu allem fähig, also nimm dich in acht vor ihm.«

Mein Schwiegervater war sehr nachdenklich geworden, fast hatte er mir leidgetan, nur meine Gefühle diesbezüglich hielten sich in Grenzen, auch wenn meine Mutter ihn geliebt hatte. »Komm doch mit Simone heute Abend bei uns vorbei, dann kannst du ihn zur Seite nehmen und mit ihm reden«, schlug ich vor und ohne eine Antwort abzuwarten verabschiedete ich mich.

Ich besorgte nichts mehr für den Garten, stattdessen fuhr ich ziellos über die Insel. Es war ein heißer Spätsommertag, aber die Klimaanlage hatte mein Auto dermaßen gekühlt, dass ich mich nach einiger Zeit in der Sonne aufwärmen musste. Ich fand auf einer Anhöhe einen Parkplatz, stieg aus und ging ein Stück des Weges, bis ich an den Rand der Klippe kam. Unter mir lag die kleine Bucht, in der unser Treffen mit den alten Schulkameraden stattfand. Aus der Ferne beobachtete ich diejenigen, die gekommen waren. Einige standen in Grüppchen und unterhielten sich, andere badeten im smaragdgrünen Wasser oder lagen in der Sonne. Es waren viele weiße Körper zu sehen, ein Zeichen, dass die Meisten nicht mehr auf der Insel wohnten. Ich hatte kein Bedürfnis dabei zu sein. Ich wollte auch nicht gesehen werden, daher drehte ich mich nach einer Weile um, ging zu meinem Wagen zurück und fuhr nach Hause.

Es waren mittlerweile einige Stunden vergangen und ich hatte keine Ahnung, welche Stimmung mich erwarten würde, doch als ich auf die Terrasse kam, war niemand zu sehen. Ich war durstig und gegen meine Gewohnheit nahm ich Roberts Edelgetränk in der Küche aus dem Kühlschrank. Mit Eiswürfeln füllte ich ein Longdrinkglas und schüttete den Champagner darüber. Sprudelnd quoll die Hälfte davon über meine Hand und die Anrichte. Fluchend wischte ich mit einem Lappen alles trocken und begab mich dann unter den Sonnenschirm am Pool. Das Leben konnte so angenehm sein und verglichen mit dem Wetter in England, war Spanien die bessere Alternative, stellte ich fest. Nur konnte die Sonne keine Probleme lösen, ebenso wenig wie der Alkohol. Trotzdem war bei dieser Hitze der eiskalte Champagner genau das richtige Getränk und ich fühlte mich einen Moment lang rundum wohl. Alleine sein ist die problemloseste Form des Daseins, dachte ich und hörte kurz darauf nackte Füße näherkommen.

»Wer stört?«, fragte ich mit geschlossenen Augen.

»Ich bin's, und Rebecca holt uns nur noch etwas zum Trinken. Wie ich sehe, hast du dich schon bedient«, stellte meine Frau fest und fügte hinzu, »du warst lange weg.«

Ich knurrte eine Bestätigung und gähnte. Der Alkohol hatte mich müde gemacht, ich war vollkommen entspannt und ein Gefühl der Schwere überkam mich, dann nickte ich ein.

Ich weiß nicht, wie lange ich geschlafen hatte, wahrscheinlich wäre ich nicht aufgewacht, wäre da nicht diese laute Stimme gewesen. Das Letzte was ich hörte war: *Ihr habt da eine ganz linke Nummer abgezogen, aber damit kommst du und dein Bruder nicht durch, das verspricht er dir. Du wirst schon sehen, was noch passiert.*

Ich war sofort hellwach und setzte mich auf, aber der Besucher hatte sich bereits umgedreht und eilte mit schnellen Schritten davon.

»Wer war das denn?«, fragte ich Sabrina, die wie gebannt die Szene beobachtet hatte.

»Das war ein Freund von Carlos. Er stand plötzlich auf der Terrasse und wollte mit Rebecca sprechen«, antwortete sie.

»Über was?«

»Er ist überzeugt, dass Carlos nie seinen Bruder erschlagen hätte, lieber wäre er gestorben. Und dann richtete er ihr von Carlos aus, das wäre eine ganz linke Nummer gewesen und sie....«

»Jaja, das hab ich gehört«, unterbrach ich Sabrina.

Meine Schwester stand noch wie vom Blitz getroffen da, dann drehte sie sich langsam um und schritt wie eine Königin, die einen missglückten Anschlag überlebt hatte, vollkommen gefasst auf uns zu. Sie nahm ihr Glas in die Hand und leerte es in einem Zug. Und als ich meinen Mund aufmachen wollte, um zu sagen, dass das nur eine leere Drohung war, Carlos säße im Gefängnis, er könne gar nichts tun, unterbrach sie mich. »Ich will nichts hören, sei still.« Ich hatte immer schon den Eindruck, dass Rebecca mehr vertragen konnte, als man ihr zutraute, nur leider oder Gott sei Dank gab man ihr dazu nie die Gelegenheit. Ich schaute auf meine Uhr, es war fast acht und mein Magen knurrte. »Wann essen wir? Werner und Simone können jeden Augenblick kommen, und wo ist Robert?«

»Er war eben noch hier, wahrscheinlich ist er jetzt auf seinem Zimmer.«

»Nein, bin ich nicht.« Er kam aus dem Haus und hatte eine Flasche Wein in der Hand. »Wir bekommen also Besuch, das ist gut.«

Sabrina sagte, dann würde sie Helga Bescheid geben und stand auf. Rebecca nahm Robert die Flasche aus der Hand und füllte unsere Gläser, gleichzeitig zischte sie ihm leise zu: »Und du benimmst dich, wenn Werner hier ist, hast du mich verstanden?«

Es war ein sehr wohltuendes Gefühl, dass zur Abwechslung nicht mir befohlen wurde mich zu benehmen, sondern meinem Bruder. Erst als Robert mich fragte, was so lustig sei, wurde mir bewusst, dass ich grinste.

Simone kam an diesem Abend nicht, nur Werner erschien, als wir mit dem Essen schon lange fertig waren. Es muss so gegen zehn Uhr gewesen sein, als er aus dem Auto stieg. Seine Begrüßung fiel ziemlich kurz aus, nur Sabrina bekam einen Kuss auf die Wange. Er hatte sich vorgenommen, mit Robert zu reden und verschwendete keine Zeit. Sabrina hatte null Ahnung, was die beiden miteinander zu besprechen hatten und schaute uns fragend an. Rebecca meinte, Robert hätte da wohl ein Problem, wobei Werner ihm helfen könne. Ich stimmte ihr zu, aber die Antwort auf die Frage nach dem Problem blieben wir ihr schuldig. Um Sabrina abzulenken, bemerkte ich, dass es doch schön wäre, Kinder zu haben. Wir alle würden im Alter einmal so ganz ohne Nachkommen dastehen, niemand, der von uns einen Rat haben wollte, niemand, dem wir Haus, Hof und Gene vererben konnten. Die Zukunft sähe ohne Kinder und Enkelkinder ziemlich trist aus. Zu denken, mit dieser Feststellung würde ich meine Frau vom Hocker reißen, war falsch, sie war weder erfreut noch überrascht, jedenfalls zeigte sie es nicht. Sie meinte nur emotionslos, dass sich bei all meinen Affären bestimmt einige Bälger finden lassen würden. Dieser Gedanke war mir noch nie gekommen, auch nicht, dass Sabrina von mehr als nur einer Affäre wusste. Ich wollte gerade einen Einwand machen, doch sie stand auf, sagte, sie hätte genug für heute und verschwand.

»Sag mal, was ist denn in dich gefahren?« Rebecca schaute mich kopfschüttelnd an, dann zu Robert hinüber. «Und schau dir unseren Bruder an, er wird nicht aufgeben.«

Die beiden waren so weit von uns entfernt, dass wir nur an ihrer Körpersprache erkennen konnten, dass sie sich nicht einig waren. Dann machte Robert einen Schritt auf Werner zu, der stieß ihn von sich und sagte laut, sodass wir es hören konnten: »Du kleiner Bastard, untersteh dich und sag ein Wort zu Simone, andernfalls....« Er ließ unausgesprochen, was andernfalls wäre und ohne sich von uns zu verabschieden, ging er rasch zu seinem Auto und fuhr davon.

Wir ließen Robert nicht aus den Augen. Eine Weile stand er regungslos vor der Zypresse, dann kam er langsam auf uns zu. Es war schon dunkel und ich konnte seinen Gesichtsausdruck erst erkennen, als er zu uns an den Tisch trat. So hatte ich meinen Bruder noch nie gesehen. Seine Augen waren zusammengekniffen, seine Fäuste geballt. »Er hat Bastard zu mir gesagt«, stieß er zwischen zusammengepressten Zähnen hervor.

»Selber schuld, du hättest ihn in Ruhe lassen sollen«, bemerkte Rebecca.

»Hörst du nicht richtig? Bastard hat er gesagt.«

»Jetzt beruhige dich. Du glaubst doch nicht, dass er das wörtlich gemeint hat.«

»Was denn sonst?«

»Bastard ist unter anderem ein Schimpfwort. Wird auch von mir frequentiert benutzt, besonders wenn mir jemand auf den Sack geht«, erklärte ich gelangweilt. Aber Robert wollte sich nicht beruhigen lassen, daher schlug ich ihm vor, eine Runde im Pool zu schwimmen, das würde seinen Hitzkopf abkühlen und ihn vielleicht zur Vernunft bringen. Er schaute mich verächtlich an, drehte sich um und ging langsam auf das offene Tor zu. Es dauerte eine Weile, bis er den Feldweg erreicht hatte und hinter der Mauer verschwand, erst dann sagte Rebecca: »Seit Rachels Tod ist er unausstehlich. Ich kann dir nicht sagen, wie oft wir uns die letzte Zeit gestritten haben. Mir reicht es jedenfalls für heute, ich gehe zu Bett, du solltest das auch tun. Das war ein Scheißtag!«

*

Von meinem Fenster aus konnte ich die Terrasse und den Pool überblicken, aber ich lag noch im Bett und hörte daher nur, wie Helga die Gläser vom Vorabend wegräumte. Ich wollte ihr genügend Zeit geben, um alles aufzuräumen, doch der plötzliche Aufschrei veranlasste mich, sofort aufzustehen. Ich hätte das lieber bleiben lassen sollen, denn ich stieß mit dem Fuß an einen Stuhl und verstauchte mir den Zeh. Fluchend und unter Schmerzen humpelte ich zum Fenster. Die Sonne blendete mich, ich hörte nur den anhaltenden Schrei, der allmählich in einen Jammerton überwechselte. Dann drehte ich mich um, zog mir ein Hemd über und eilte, so gut ich konnte, aus dem Zimmer, die Treppe hinunter. Ich erreichte die Terrasse, als Helga mit beiden Händen vor ihrem Mund endlich verstummte. Hinter mir hörte ich Schritte und die Frage: »Was um Gotteswillen soll das Geschrei?«

Ich schaute mich um, sah Rebecca und eine Sekunde später Sabrina auf der Treppe. »Keine Ahnung, wahrscheinlich hat sich Helga beim Aufräumen geschnitten oder ihr ist eine Ratte über die Füße gelaufen.«

Helga stand immer noch wie angewurzelt da, hatte sich aber vom Pool abgewendet und jetzt ihr ganzes Gesicht mit den Händen bedeckt. Rebecca, Sabrina und ich gingen zusammen über die Terrasse zu dem Platz, an dem wir den Abend verbracht hatten und Helga ihre Aufräumarbeit verrichten wollte, bis sie davon abgehalten wurde.

Als ich neben Helga stand, hörte ich sie stammeln: »Im Swimmingpool.«

Ich schaute an ihr vorbei und sah an der tiefsten Stelle im Pool etwas Dunkles liegen, das durch die Sonnenspiegelung auf der Wasseroberfläche ständig in Bewegung war. Wir machten einige Schritte nach vorne an den Beckenrand, wo ich dann einen Körper mit ausgestreckten Armen und Beinen wahrnahm. Ich setzte zum Sprung an, doch Rebecca klammerte sich an mich und fragte ängstlich: »Was ist das?«

»Das siehst du doch, jetzt lass mich los. Ich muss da runter«, antwortete ich.

»Wo ist eigentlich Robert?«, hörte ich Sabrina fragen. Wir schauten uns an und jetzt war Rebecca an der Reihe, ihren Schrei loszulassen. Es war aber nur ein unterdrückter Aufschrei. Ich legte sofort meine Hand beruhigend auf ihre zitternde Schulter und führte sie zu einem Stuhl. Zusammen mit Sabrina ging ich zum anderen Ende des Pools. Dann erst konnten wir sehen, dass der Tote im Pool mein Bruder war. Er muss schon sehr lange dort gelegen haben, denn als ich nach unten tauchte, lag nur noch sein lebloser Körper auf dem Grund des Beckens. Genau so erzählte ich es auch den Kriminalbeamten, als sie später eintrafen.

Es hatte eine gefühlte Ewigkeit gedauert, bis die Beamten der nächstgrößeren Polizeistation ankamen. Allen voran ein Polizist in Zivil, der sich als Kommissar Pinto vorstellte. Er war in unserem Alter und kam mir irgendwie bekannt vor. Seine Augen waren auf Rebecca gerichtet, als er uns fragte, was geschehen sei. Sie war allerdings nicht in der Lage, einen vernünftigen Ton herauszubringen und schüttelte nur verstört den Kopf. Auch Sabrina und ich konnten darüber keine Auskunft geben, daher wandte er sich an Helga, die die Leiche entdeckt hatte. Aber auch sie hatte nichts gesehen oder gehört.

Aus einiger Entfernung sahen wir, wie Robert aus dem Wasser gezogen wurde. Meine Schwester heulte erneut los, dabei warf sie sich in Sabrinas Arme. Er lag am

Beckenrand, sein aufgequollenes Gesicht uns zugewandt. Das war selbst für mich zu viel. Ich stand auf und führte Rebecca und Sabrina ins Haus. Pinto folgte uns später, nachdem er mit seinen Kollegen gesprochen hatte. Er sah betroffen aus, als er sagte: »Wir müssen eine Obduktion vornehmen, um die genaue Todesursache festzustellen. Und Sie sind sich vollkommen sicher, dass es Ihr Bruder ist? Verstehen Sie, ich muss das fragen.«

Ich nickte.

»Hatte er einen Grund Selbstmord zu begehen?«

Wir schauten ihn erstaunt an: »Wie kommen Sie darauf, war es kein Unfall?«

»Einen Unfall können wir ausschließen. Er hatte sich einen schweren Stein ins Hemd gepackt, das macht man nur, wenn man sichergehen will, auch unter Wasser zu bleiben. Auf den ersten Blick sind keine anderen Merkmale zu finden, die auf Gewalteinwirkung schließen lassen. Daher gehen wir von einem Selbstmord aus, falls wir durch die gerichtsmedizinische Untersuchung zu keinem anderen Ergebnis kommen. Hatte Ihr Bruder Schwierigkeiten? Zum Beispiel Geldprobleme, Liebeskummer, war er krank?«

»Seine Braut ist am Tag vor seiner Hochzeit ums Leben gekommen und seither hat er sich irgendwie verändert«, sagte meine Schwester unter Tränen.

Ich wurde gefragt, ob ich das bestätigen könne. »Ich habe mit ihm in der Zwischenzeit nur telefoniert. Gesehen habe ich ihn erst wieder, als er hier auf der Insel ankam. Das war vor zwei Tagen, aber auch mir ist aufgefallen, dass sein Verhalten anders war als sonst.«

»Wann ist seine Braut umgekommen?«

»Vor etwa drei, vier Wochen.«

»Inwiefern hat er sich anders verhalten?«

»Er war schnell genervt, oft geistig abwesend, vielleicht etwas provokativer als sonst. Früher war er ausgeglichen und die Ruhe selbst.«

»Was ist gestern Abend vorgefallen, gab es irgendetwas, was ihn zu diesem Schritt veranlasst haben könnte?«

»Sabrinas Vater hatte ihn einen Bastard genannt, das hat ihn ungemein mitgenommen.«

Wir waren bisher immer vorsichtig gewesen, was wir der Polizei mitteilten, daher war ich erstaunt, dass Rebecca mit diese Aussage Werner in den Fokus rückte.

»Wie bitte? Was hat mein Vater?« Sabrina war sichtlich geschockt.

»Ist Ihr Vater nicht Herr Soltau von der Galerie? Und weswegen glauben Sie, hat er das zu Ihrem Schwager gesagt?« Kommissar Pinto kannte offensichtlich jeden von uns und unsere Familienzugehörigkeiten.

»Ich weiß es nicht. Warum sollte mein Vater so etwas sagen?« Diese Frage war an Rebecca gerichtet. »Ich dachte, Robert wollte ihn zu einem Problem befragen, also weshalb sollte mein Vater ihn als Bastard beschimpfen?«

»Dann hatte Ihr Schwager doch ein Problem, was war das?«

»Keine Ahnung. Fragen Sie meinen Mann. Ich bin zu Bett gegangen, als mein Vater ankam.«

Da alle Blicke auf mich gerichtet waren, sagte ich, dass es sich wahrscheinlich um einen Bilderkauf gehandelt hat, Robert uns aber nichts Näheres berichtet hätte.

»Naja, Herr Soltau weiß sicherlich mehr darüber, ich werde ihn danach fragen. Und was können sie mir über den Ablauf des gestrigen Abends erzählen?«, fragte der Kommissar.

Rebecca erklärte, sie sei gleich nach Sabrina zu Bett gegangen und hätte mich hier alleine zurückgelassen. Pinto schaute mich an: »Und wo war Ihr Bruder zu diesem Zeitpunkt?«

»Er machte einen Spaziergang, das Gespräch mit meinem Schwiegervater hat ihn ziemlich mitgenommen, und ich ging kurze Zeit nach meiner Schwester ebenfalls auf mein Zimmer.«

»Und Sie haben Ihren Bruder danach nicht mehr gehört oder gesehen?«

Ich schüttelte den Kopf.

»Wo liegt Ihr Schlafzimmer?«

Ich zeigte nach oben auf das Fester zur rechten Seite und sagte: »Ich bin sofort eingeschlafen.«

»Und Ihre Zimmer, wo sind die?«, fragte er die beiden Frauen.

»Auf der anderen Seite des Hauses«, antwortete Sabrina.

»Ich würde jetzt gerne sehen, wo Ihr Bruder geschlafen hat. Vielleicht finden wir einen Abschiedsbrief oder etwas, was uns Aufschluss geben kann, denn wie ich schon sagte, einen Unfall können wir aufgrund der Vorgehensweise ausschließen.«

Ich begleitete Pinto nach oben und öffnete die Tür zu Roberts Schlafzimmer, das direkt neben meinem lag. Einige Kleidungsstücke lagen herum und ein aufgeklappter Laptop stand auf dem Tisch unter dem Fenster. »Darf ich den mitnehmen?«, fragte der Kommissar. Ich nickte, aber von einem Abschiedsbrief war nichts zu sehen. »Es ist ungewöhnlich, dass jemand ohne eine Mitteilung an die Angehörigen aus dem Leben scheidet«, bemerkte er und schaute sich um. Nachdem er keine Auffälligkeiten entdecken konnte, drehte er sich um. »Lassen Sie vorerst alles so stehn und liegen.«

Ich stand am Fenster und sah, wie Roberts Leiche in einen Plastiksack verpackt und weggetragen wurde. »Ich kann das einfach nicht glauben, er hatte keinen Grund sich umzubringen. Es ging ihm doch gut, abgesehen von seiner Trauer um Rachel«, sagte ich und drehte mich zu dem Kommissar.

»Wir wissen nicht, was in den Köpfen der Menschen vor sich geht und welche Probleme sie mit sich rumtragen. Aber lassen Sie uns die Untersuchungen abschließen, dann kennen wir die genaue Todesursache, vielleicht noch etwas mehr.« Ganz nebenbei fügte er hinzu, dass wir auf der Insel bleiben sollten, falls er noch Fragen hat. Als wir wieder auf der Terrasse standen, drückte der Kommissar uns allen sein Beileid aus, dann verabschiedete er sich.

Plötzlich waren wir alleine. Rebecca verharrte regungslos in einem Schockzustand, Sabrina starrte dem Auto nach, das Robert mitnahm und eine Träne kullerte über ihre Wange, während ich mich unfähig fühlte, angesichts dieser Tragödie, ein passendes Wort zu finden.

»Warum hat Robert das getan? Und warum hat mein Vater ihn einen Bastard genannt? Und überhaupt, was wollte Robert von ihm?« Sabrina schaute von mir zu Rebecca. Ihr Gesichtsausdruck zeigte, dass sie eine Antwort erwartete, die keine Fragen mehr offen ließ.

»Der Kommissar meinte, man wisse nie, was in dem Kopf eines Menschen vor sich geht. Wahrscheinlich hatte Robert Probleme, von denen wir bislang nichts ahnten. Doch ich weiß wirklich nicht, was in deinen Vater gefahren ist, so etwas zu sagen. Das musst du ihn selber fragen, aber ich kann dir verraten, was Robert von ihm wollte.« Ich erzählte ihr von der Affäre meiner Mutter mit ihrem Vater und dass Robert sich schuldig fühlte, weil er den Brief unserem Dad gegeben hatte, worauf sie den Autounfall hatten.

Sabrina hörte sich die Geschichte an und ich hatte den Eindruck, sie glaubte mir nicht. »Du kannst gerne deinen alten Herrn fragen, er hat es jedenfalls nicht abgestritten. Sie hätten sich auf und davon gemacht, wäre der Unfall nicht passiert. Unser Leben wäre anders verlaufen, denn dein Vater hätte deine Mutter und dich sitzen lassen und unsere Mutter meinen Dad und uns. Daran besteht kein Zweifel, wir wissen nur nicht, ob meine Mutter absichtlich in den Baum gefahren ist oder mein Dad das Lenkrad herumgerissen hat. Und Robert hat das die ganzen Jahre mit sich herumgetragen, bis er jetzt endlich den Mut gefunden hatte, uns davon zu erzählen und deinen Vater zur Rede zu stellen. Du weißt doch, dass er unseren Dad vergöttert hat. Er gibt Werner die Schuld an dieser Katastrophe.«

Sabrina stand auf und ging, ohne ein Wort zu verlieren, ins Haus. Es dauerte nicht lange, bis sie zurückkam. Sie war zum Ausgehen gekleidet und verlangte den Autoschlüssel.

»Du willst jetzt nicht zu deinen Eltern fahren?« Sie war in keiner guten Verfassung, aber manche Dinge müssen erledigt werden, wenn die Zeit dazu reif ist. Ich fragte noch, ob ich sie begleiten solle, doch Sabrina wollte mit ihrem Vater unter vier Augen sprechen.

Ich saß mit Rebecca eine lange Zeit schweigend zusammen, bis sie ganz plötzlich sagte: »Und wenn dieser Freund von Carlos gestern Abend zurückkam und Robert im Streit ins Wasser geworfen hat? Er hat gesagt, wir würden schon sehen, was noch passiert, das hast du doch auch gehört, oder?«

»Dann wird die Polizei das hoffentlich herausfinden, nur hättest du diesen Typen erwähnen sollen, statt Werner ins Spiel zu bringen, aber Pinto glaubt sowieso an einen Selbstmord«, antwortete ich.

»Ich aber nicht. Hat er einen Abschiedsbrief gefunden? Nein! Robert hätte mich nicht alleine gelassen, nach allem, was passiert ist.«

»Vielleicht hat er ausnahmsweise nur an sich gedacht?«

»Wie kannst du nur so etwas sagen. Du bist so....«, ihr fehlten die Worte.

»Oder Werner ist wieder zurückgekommen und wollte Robert mundtot machen. Er war wütend und hatte kein Interesse, dass Robert diese alte Geschichte bei Simone und Sabrina ausplaudert.«

»Glaubst du wirklich, dass Werner dazu fähig wäre?«

Ich zuckte mit den Schultern.

»Robert hat mir auf dem Flug gesagt, es wäre an der Zeit mal mit dir über einige Sachen zu reden, was unsere Finanzen anbelangt. Habt ihr euch gestritten?«

Ich schaute sie erstaunt an. »Nein!« Dann wollte ich wissen, was er damit gemeint hätte, aber Rebecca konnte mir darüber keine Auskunft geben.

»Wahrscheinlich brauchte er Geld. Bestimmt muss er eine Konventionalstrafe zahlen, weil du die Rolle nicht angenommen hast. Er war ziemlich sauer auf dich.«

»Sag so etwas nicht, jetzt wo er tot ist und ich ihm nicht mehr sagen kann, wie leid mir unser Streit tut.« Tränen stiegen in Rebeccas Augen. Ich stand auf, beugte mich zu ihr hinunter und küsste sie auf die Stirn. »Sorry, war nicht so gemeint. Willst du einen Kaffee?«

Sie nickte und schaute zu mir nach oben: »Glaubst du auch, dass ein Fluch auf uns liegt?«

Lächelnd schüttelte ich den Kopf, streichelte ihr über das Haar und ging ins Haus. Ich war froh, dass ihr hysterischer Anfall ausblieb, aber offensichtlich war ich nicht das richtige Publikum für solche Ausbrüche, dazu eigneten sich Juan und Robert viel besser.

*

Dunkle Wolken waren aufgezogen und der Wind blies in Böen das heruntergefallene Laub, Piniennadeln und Blütenblätter in den Pool. Während die Nadeln langsam auf den Grund sanken, schaukelten die bunten Rosen-, Geranien- und Hibiskusblütenblätter auf der Wasseroberfläche, bis sie sich an einer Stelle zu einem Blütenteppich zusammenfügten. Ich war froh, dass Rebecca dafür kein Auge hatte, sie hätte es als Omen oder Wink von oben interpretiert. Sie hätte wahrscheinlich darauf bestanden, dass das die Stelle ist, an der Robert ertrunken sei, und wäre vielleicht doch noch hysterisch geworden. Es war später Nachmittag und glücklicherweise kam Sabrina zurück, um die Aufmerksamkeit auf sich zu lenken. Auch ich war gespannt, was sie uns zu berichten hatte, aber ein Unwetter war im Anzug und der Regen würde nicht mehr lange auf sich warten lassen, daher schlug ich vor, ins Haus zu gehen. Ich betrat allen voran die Entrada, einen großen offenen Raum, der fast die gesamte Grundfläche des Hauses einnimmt, und ging in die Küche gleich neben dem Eingang. Außer einigen großformatigen Bildern und einem riesigen Esstisch für zwölf Personen ist die Entrada leer, doch seitlich hinter der Küche, zwei Stufen tiefer gelegen, befindet sich der gemütliche Wohnbereich mit Sofas, Sesseln und einem gigantischen Panoramafenster. Dort servierte ich den beiden die Getränke, die ich aus der Küche geholt hatte. Auf meine Frage, wie Sabrinas Unterredung verlaufen sei, antwortete sie: »Robert hätte die ganze Angelegenheit ruhen lassen sollen. Mein Vater war außer sich, dass Robert aus Rache seine Ehe ruinieren wollte, er hat ihn nur deshalb Bastard genannt. Als Schimpfwort, aber nicht weil es Zweifel an seiner Herkunft gibt. Er kann nicht verstehen, dass Robert ihm die Schuld an allem gibt, denn zu einer Affäre gehörten immer zwei. Aber er ist natürlich geschockt, dass Robert im Pool ertrunken ist.« Sabrina liebt ihren Vater und war nur zu gerne bereit, seinen Fehltritt von damals zu verzeihen.

»Aber jetzt ist Robert tot, du solltest ihn nicht kritisieren. Er hat das die ganzen Jahre mit sich rumgeschleppt und jedes Recht Werner damit zu konfrontieren«, erwiderte meine Schwester vehement.

»Aber nicht das Recht, die Ehe meiner Eltern zu ruinieren.«

»Das hat Werner schon selber getan.«

»Vor hundert Jahren vielleicht. Glaubst du im Ernst, dass das der richtige Weg gewesen wäre?«

»Nein, aber wie es aussieht, hat er dafür mit seinem Leben bezahlt.«

Sabrina sah Rebecca erstaunt an: »Du glaubst doch nicht wirklich, was du da sagst? Wie kannst du nur meinem Vater die Schuld daran geben?«

»Rebecca meint das nicht so, niemand glaubt das«, beruhigte ich meine Frau.

»Die Polizei sagt, es sei Selbstmord. Ich sehe keinen Grund, das zu bezweifeln. Nur, dass sich Robert wegen dieser uralten Geschichte oder wegen dem, was mein Vater gesagt hat, umgebracht haben soll, glaube ich nicht. Er hatte immer schon seine Probleme. Erinnerst du dich, an seine Fahrerflucht, mit der Hazel ihn erpresst hat? Hat einer von uns wirklich gewusst, was mit ihm los war? Vielleicht hatte er noch mehr zu verbergen oder einfach nur die Nase voll von uns allen.« Sabrina war aufgestanden, offensichtlich hatte sie die Nase voll darüber zu sprechen. Sie schaute vorwurfsvoll zu Rebecca dann zu mir, ohne ein weiteres Wort zu sagen, ging sie nach oben auf ihr Zimmer.

Der Regen peitschte mit unbändiger Wucht gegen die Fensterscheiben. Der Wind zerrte an den Bäumen und Sträuchern und es war, als würde die Natur ihren Unmut auf uns Menschen mit aller Gewalt an diesem Ort abreagieren. Rebecca saß zusammengekauert in ihrem Sessel und hielt verängstigt ihr Glas in der Hand. »Was wird jetzt aus uns?«

»Was soll schon werden, wir warten, was die Polizei herausbekommt und dann fliegen wir nach England zurück. Oder willst du immer noch hier bleiben?«

Sie schüttelte den Kopf. »Kann ich zu dir ziehen? Jetzt wo Robert nicht mehr da ist, weiß ich nicht, was ich in London noch soll.«

Ich war sehr froh, das zu hören und sagte ihr, es sei eine ausgezeichnete Idee zu mir nach Bradshaw Mansion zu kommen.

Am nächsten Tag schien wieder die Sonne und draußen sah es wie auf einem Schlachtfeld aus. Schlammbedeckt waren die Fliesen auf der Terrasse, die Korbstühle umgekippt und einige der neu eingepflanzten Sträucher lagen im Pool. Die frisch getünchte Fassade sah genauso schmutzig aus, wie an dem Tag als ich ankam, und Helga stand vor der Misere und bekreuzigte sich, ziemlich ungewöhnlich für eine Deutsche, dachte ich. Mir brummte der Schädel, Aspirin konnte ich nicht finden und der Kaffee, den ich mir gebraut hatte, schmeckte scheußlich. Helga hatte schnell aufgegeben Ordnung zu schaffen, sie fand es einfacher, Frühstück zuzubereiten, wir müssten mal wieder etwas Vernünftiges essen, meinte sie. Nur von Rebecca und Sabrina war an diesem Morgen nichts zu sehen. Ich war nicht traurig darüber, denn so konnte ich mich, nachdem ich gefrühstückt hatte, den Aufräumarbeiten widmen. Ich war so sehr damit beschäftigt, dass ich die Ankunft meiner Schwiegereltern erst bemerkte, als ich meinen Namen rufen hörte. Simone stand hinter mir und als ich mich umdrehte, schaute sie mich fassungslos an. »Es tut mir so leid, aber wie konnte er nur so etwas tun. Sich im Swimmingpool ertränken, grässlich und das vor aller Augen. Dabei war er immer so charmant, zurückhaltend und liebenswürdig, einfach unverständlich.« Offensichtlich war meine Schwiegermutter der Meinung, dass man sich mit solchen Charaktereigenschaften nicht umbringen dürfe und wenn, dann nur im Verborgenen. Sie schaute sich suchend um: »Wie geht es Rebecca? Und was ist denn hier passiert?«

Ich ließ meinen Blick schweifen und antwortete nur auf die letzte Frage: »Wie du siehst, hat uns der Sturm gestern Nacht voll erwischt.«

»Und du räumst jetzt auf. Guter Junge, so kenne ich dich gar nicht.«

Ich führte sie auf die Terrasse und Werner folgte uns. Alle Terrassenmöbel standen wieder sauber auf ihrem Platz. Nur die Sonnenschirme schwammen noch im Wasser, ich hatte sie zum Reinigen in den Pool geworfen. Simone dachte wohl, das sei pietätlos, wo doch Robert dort seinen letzten Atemzug genommen hatte, denn sie schüttelte den Kopf, drehte sich abrupt um und fragte: »Wo ist meine Tochter und deine Schwester?«

»Auf ihren Zimmern nehme ich an. Geh einfach nach oben, du kennst dich ja aus.«

Als ich alleine mit Werner war, sagte ich: »Da hattest du aber Glück, dass Robert es sich anders überlegt hat.«

Werner setzte sich und entgegnete: »Sag so etwas nicht. Es ist furchtbar. Wer hätte damit gerechnet. So wie ich ihn erlebt habe, würde ich sagen, er war krank, sehr krank, armer Junge.« Dabei versuchte er ein bestürztes Gesicht zu machen und ich hätte ihm eine reinhauen können, denn für mich war offensichtlich, dass er sich bemühen musste, seine Erleichterung zu verbergen.

»War die Polizei schon bei dir?«, fragte ich und auf einmal zeigte er aufrichtige Betroffenheit.

»Warum sollten sie?«

»Nun ja, sie wissen von einem Problem zwischen euch, und weil wir nichts gesagt haben, wollen sie dich danach fragen, falls sich herausstellt, dass er umgebracht wurde.«

»Umgebracht? Gibt es dafür Anzeichen?«, fragte er kleinlaut.

»Bis jetzt noch nicht.«

»Und wann soll das sein?«

»Nach der Obduktion nehme ich an.«

»Er wird obduziert?«, murmelte Werner. Man konnte sehen, dass ihn diese Nachricht verwirrte. »Ihr werdet doch Simone gegenüber den Mund halten, kann ich mich darauf verlassen? Sie wird mir das nie verzeihen, deine Mutter war ihre beste Freundin.«

Ich war mir sicher, er würde der Polizei nicht erzählen, weswegen er sich mit Robert gestritten hatte, er würde ihnen stattdessen irgendein Märchen auftischen. Die Gefahr war zu groß, dass Simone auf Umwegen von dem so gut gehüteten Geheimnis erfahren könnte. Ich wollte ihn darauf hinweisen, dass es besser wäre, die Wahrheit zu sagen, doch in diesem Moment erschien Sabrina auf der Terrasse. Sie sah unausgeschlafen und bedrückt aus, aber hellwach, so als hätte sie sich bereits stundenlang mit trüben Gedanken herumgeschlagen. Nachdem sie ihren Vater begrüßt hatte, schaute sie mich überrascht an, als sie die

Überreste des Sturms wahrnahm. »Das war eine furchtbare Nacht. Wie ich sehe, warst du schon fleißig«, meinte sie und lächelte mich an.

Seit wir getrennt leben, war dies das erste Lächeln, welches Zuneigung ausdrückte. Es lag eine Sehnsucht in ihren Augen, die mir früher einen Stich durch die Brust versetzt hätte. Ich lächelte zurück und sagte: »Du siehst aus, als hättest du nicht gut geschlafen.« Ihr Lächeln verschwand, zur Antwort erhielt ich ein Schulterzucken und der Zauber war vorbei.

Meine Schwester, die kurz danach mit Simone erschien, nahm nicht einmal wahr, was ich schon alles getan hatte. Apathisch ließ sie sich in einen der Sessel fallen. Ihre Augen waren verquollen, die Haare ungekämmt und mit dem verschmierten Make-up sah sie an diesem Morgen aus, als wäre sie einem Horrorfilm entlaufen. Robert hätte ihr gesagt, dass wegen des Todesfalls jeden Moment Reporter auftauchen könnten, und sie hätte sich augenblicklich zurückgezogen, um erst wieder in tadelloser Aufmachung auf der Bildfläche zu erscheinen. Aber ich war nicht Robert, mir war es egal, wie sie aussah. Jedoch Simone verkündete meiner Schwester in einem sehr freundlichen Ton, sie sähe grauenhaft aus. Und als sie dann noch sagte, sie würde uns so gerne helfen, hätte ich ihr am liebsten einen Besen in die Hand gedrückt.

Ich hätte mit Freude auf die Gesellschaft meiner Schwiegereltern verzichtet, daher war es mir ganz recht, dass sich niemand wohlfühlte. Rebecca versuchte verzweifelt ihre wilden Locken am Hinterkopf zusammenzuknoten. Sabrina beobachtete angespannt ihre Mutter, wie sie unruhig hin und her lief und dann auf einen der Korbsessel zuging, aber bevor sie sich setzen konnte, war Werner schon aufgestanden. Er schaute nervös auf seine Uhr, daraufhin zu seiner Frau: »Kommst du? Wir müssen.« Simone sah ihn erstaunt an, fragte jedoch nicht was sie müssen, sondern ging auf ihre Tochter zu, umarmte sie und sagte: »Ihr hört ja, wir müssen. Wenn etwas ist, meldet euch, wir sind immer für euch da.«

Der Tag schleppte sich dahin und ich war dankbar, dass ich genügend zu tun hatte. Ich tat sogar mehr als notwendig gewesen wäre und gegen Abend war alles wieder perfekt, Rebecca ebenfalls. Sie sah ganz bezaubernd aus, auch Sabrina schien in besserer Verfassung als am Morgen.

»Rebecca hat mir erzählt, sie würde zu dir aufs Land ziehen. Ich finde das ist eine gute Idee«, sagte Sabrina, als ich mich endlich mit einem Glas Wein zu ihnen gesellte.

»Und du? Willst du ewig in Berlin bleiben und anderen Leuten die Wohnungen einrichten?«, fragte Rebecca.

»Ich liebe meinen Beruf, also warum sollte ich daran etwas ändern?«

»Vielleicht, weil du einen Mann, ein schönes Haus und eine Schwägerin hast, die dich gerne in ihrer Nähe hätten?«

Ich fand, es war an der Zeit meiner Frau zu sagen, dass ich mir das auch wünschen würde. Sabrina schaute mich skeptisch an, nach einer kleinen Pause sagte sie: »Ich werde darüber nachdenken.«

So endete der Abend für Rebecca am angenehmsten. Sie wusste, was sie machen wird, während Sabrina sich erst entscheiden musste und ich keine Ahnung hatte, was noch alles auf mich zukommen wird.

Der Kommissar, den ich eigentlich schon tags zuvor erwartet hatte, erschien um die Mittagszeit. Helga hatte für uns gerade Serrano Schinken, Tomaten, Oliven, Chorizo, verschiedene Käsesorten und ungesalzenes Brot aufgetischt, als sein Wagen vorfuhr. Und wieder hatte er nur Augen für Rebecca, als er sich zu uns setzte. Ich machte eine einladende Handbewegung. »Greifen Sie zu.«

»Ich bin gekommen, um Ihnen den Stand unserer Ermittlungen mitzuteilen«, sagte er förmlich und räusperte sich, bevor er fortfuhr. »Ihr Bruder ist ertrunken. Wir haben Wasser in seiner Lunge gefunden. Anhand der Analyse besteht kein Zweifel, dass das Wasser aus dem Swimmingpool stammt, in dem wir ihn gefunden haben. Des Weiteren wurden 2,8 Promille Alkohol in seinem Blut festgestellt, er muss also zum Zeitpunkt seines Ertrinkens sehr betrunken gewesen sein. Der Tod trat gegen ein Uhr nachts ein. Außer einigen Kratzern an Brust und im Bauchbereich, die alle von dem Stein stammen, der ihn am Boden hielt, konnten wir keinerlei Kampf- oder Abwehrspuren finden, daher wurde eindeutig festgestellt, dass es sich um einen Selbsttötungsakt handeln muss. Soweit zur Obduktion der Leiche.« Hier machte er eine kurze Pause und wandte sich zu mir. »In seinem Laptop haben wir eine Datei gefunden mit allerlei Schriftverkehr. Ein Brief war angefangen, aber offensichtlich nicht zu Ende geschrieben. Er ist an einen Julian gerichtet, ich nehme an, das sind Sie Señor Bradshaw.« Pinto nahm den Ausdruck aus seiner Jackentasche und las: *Hi Julian, ich habe mir in der letzten Zeit sehr viele Gedanken gemacht, ganz besonders seit Rachels Tod. Es gibt da ein paar unangenehme Dinge, über die ich unbedingt mit dir und Rebecca sprechen muss. Ich habe schon viel zu lange damit gewartet....* Hier endet der Brief«, sagte Pinto. Er schaute mich fragend an. «Vielleicht wollte er dann doch lieber mit Ihnen persönlich darüber reden. Können Sie mir sagen, was Ihr Bruder so dringend besprechen wollte?«

Ich schüttelte den Kopf: »Ich weiß es nicht. Außer dieser Sache, die schon sehr lange zurückliegt und ihn die ganzen Jahre beschäftigt hat, hat er uns nichts erzählt.«

»Naja, das ändert auch nichts an der Todesursache, aber es zeigt, dass ihn etwas beunruhigt hatte, vielleicht erklärt es Ihnen, warum er diesen Schritt getan hat. Für uns jedenfalls ist der Fall abgeschlossen und der Leichnam ist freigegeben.« Pinto stand auf. »Ich wünsche Ihnen alles

Gute, wenn noch etwas sein sollte, hier ist meine Karte.« Er reichte sie zu Rebecca und lächelte: »Die Sache mit Ihrem Mann tut mir natürlich auch sehr leid, Señora de Silva.«

Nachdem der Kommissar gegangen war, fragte Sabrina: »Könnte Robert noch etwas anderes gemeint haben? Rebecca, Ihr hattet doch so ein enges Verhältnis, hat er mit dir nicht darüber gesprochen?«

Rebecca schüttelte nur den Kopf und Sabrina zündete sich eine Zigarette an, dann meinte sie plötzlich: »Hast du bemerkt, wie der Kommissar dich ständig angestarrt hat? Kennst du ihn von früher?«

»Ich kann mich nicht erinnern, wahrscheinlich kennt er mich aus den Zeitschriften. Auf jeden Fall ist er informiert, was Juan betrifft und bestimmt auch über Carlos. Für mich ist es jedenfalls an der Zeit, von hier wegzukommen. Wann fliegen wir?«

Ich sagte meiner Schwester, dass ich nur die Formalitäten für Roberts Einäscherung und die Überführung der Urne nach England organisieren müsse, danach könnten wir abreisen.

»Und du, Sabrina? Wirst du auf der Insel bleiben?«

»Ja, ich bleibe noch eine Woche. Ich hab doch Urlaub und in Berlin regnet es derzeit, außerdem würde ich gerne noch einmal mit Irmela sprechen«, antwortete Sabrina.

Sowohl Rebecca als auch ich fanden, das sei keine gute Idee. »Sie hat einen Hau und wird dich rauswerfen oder noch schlimmer.«

Aber Sabrina war der Ansicht, sie alleine hätte bessere Chancen bei einer Frau wie Irmela.

»Und über was willst du mit ihr reden?«, fragte ich, worauf ich von Sabrina nur ein Schulterzucken zur Antwort bekam.

*

Da es kein Krematorium auf der Insel gibt, war es etwas kompliziert die Einäscherung zu organisieren, aber nach ein paar Tagen hatte ich alles erledigt und wir konnten abreisen. Roberts Asche musste uns später vom Festland folgen. Sabrina blieb auf der Insel und zog am Tag unserer Abreise zu ihren Eltern. Sie versprach jedoch, zur Beisetzung nach Bradshaw Mansion zu kommen.

Episode 6

Auf meinem Tisch stehen fünf Kerzen. Ich zünde sie an, wenn es mir mal wieder nicht so gut geht. Das kommt in der letzten Zeit immer häufiger vor. Dann rede ich mit meinen Freunden, von denen ich mich nicht verabschieden konnte. Uns blieb nur, sie zu beerdigen oder die leiblichen Überreste ihren Angehörigen zu übergeben. So war das mit Hazel, sie wurde ihrer Familie in Kanada zugeschickt und wir wissen nicht einmal, wo sie bestattet wurde. Juan ruht im Familiengrab der de Silvas in Cádiz und nur Rebecca hat ihn dorthin begleitet. Tobias wurde in München beigesetzt, ohne uns, sein Vater hatte vergessen, uns zu informieren. Rachel haben wir in Schottland begraben, obwohl ihre Wurzeln in Amerika sind. Und Roberts Asche werden wir auf dem Familienlandsitz der Bradshaws in alle Winde verstreuen oder wenn es regnet, in einer Urne unter einem Baum im Park vergraben. So etwas wäre in Deutschland unmöglich.

Wie sehr mir doch Deutschland auf die Nerven geht, all diese Regeln und Verordnungen, Vorurteile und Intoleranz. Man sollte meinen, Berlin sei anders, aber dem ist nicht so. Außerdem macht Berlin aggressiv und die Stimmung, wenn der Winter im Anzug ist, die Abende länger und die Tage immer grauer werden, sinkt in den Keller. Man findet kaum noch ein Lächeln auf den Gesichtern der Menschen und die Selbstmordrate steigt.

Nicht, dass es in England diesbezüglich besser ist, auch was die Witterung betrifft, steht England unserem trüben Novemberwetter in keinster Weise nach, denn als ich auf dem Flughafen in Birmingham landete, regnete und stürmte es so stark, dass ich mir überlegte, ein Zimmer für die Nacht zu mieten, statt die Fahrt mit dem Auto fortzusetzen. Rebecca und, man höre und staune, Julian wollten mich zwar abholen, aber ich verneinte, da ich nicht genau wüsste, welchen Flug ich nehmen würde. Das war die offizielle Ausrede, in Wirklichkeit beabsichtigte ich die Strecke selbst abzufahren, damit ich mich auskenne, falls ich überstürzt abreisen muss. Bei Julian bin ich mir nicht sicher, was mich erwartet. Rebecca kann ich besser einschätzen. Sie ist zwar launisch aber eine gute Freundin, eigentlich ist sie seit Jahren meine beste Freundin. Früher war das Hazel, die ich wegen ihrer Unbestechlichkeit und ihres Scharfsinns am liebsten mochte. Die beiden hätten nicht unterschiedlicher sein können. Rebecca ist ebenfalls nicht auf den Kopf gefallen, doch sie ist korrupt. Ich glaube, für Geld würde sie alles machen. Da sie jedoch genug davon hat, braucht sie nicht bis zum Äußersten zu gehen, sie kann sogar ganz großzügig sein. Aber ich möchte nicht wissen, zu was sie fähig wäre, wenn sie als mittellose Schauspielerin von einer Hungergage leben müsste. Allerdings stellte sich diese Frage nicht, denn Rebecca geht es gut, jedenfalls finanziell, und bei ihrer Gemütsverfassung kommt es immer auf die Tagesform an. Da sie sich jedoch freut mich zu sehen, das versicherte sie mir am Telefon, und ich keinen Grund habe ihr nicht zu glauben, wird ihre Stimmung bestens sein. Schon deswegen war es besser, nicht noch eine Nacht fernzubleiben, das könnte ihre Laune zum Kippen bringen, also bestieg ich mein Mietauto am Flughafen und fuhr, für meine Begriffe auf der falschen Straßenseite, bei strömendem Regen los.

Diese Strecke war ich vor elf Monaten zum ersten Mal mit Julian gefahren, aber als Beifahrerin hatte ich der Landstraße und den vielen Abzweigungen wenig Beachtung geschenkt. Damals freute ich mich auf das Weihnachtsfest mit unseren Freunden, wer konnte auch ahnen was passieren würde, schon gar nicht, dass elf Monate später von uns acht nur noch drei übrig sein würden. Eine traurige Bilanz für nicht mal ein ganzes Jahr. Wenn Rachel ihren Robert geheiratet hätte und alle am Leben wären, dann hätten wir uns wahrscheinlich jetzt zu einem Thanksgiving Diner getroffen, da Rachel, als Amerikanerin und Hazel, als Kanadierin fast jedes Jahr darauf bestanden, den Indianern auf diese Weise Dank zu sagen. Stattdessen fuhr ich durch kleine Ortschaften, an Feldern und Wiesen entlang zu einem Begräbnis und war gespannt, was mich auf Bradshaw Mansion erwarten wird. Julian hatte nicht nur das Haus renoviert, auch den Garten neu angelegt, deswegen war die Beisetzung von Robert auf einen späteren Zeitpunkt verschoben worden, denn es sollte alles fertig sein, wenn ich ankomme.

Ich muss schon sagen, dass sich Julian seit Roberts Tod redlich bemüht freundlich zu sein und nicht nur zu mir. Sogar Rebecca ist ganz begeistert, wie er sich ihr gegenüber verhält, obwohl sie sich darüber noch nie beklagen konnte. Es ist jedoch ein Wunder, dass es ihr überhaupt auffällt, denn so etwas nimmt sie gewöhnlich als selbstverständlich hin. Aber jetzt benötigt sie unsere Aufmerksamkeit, wo sich doch Juan und Robert nicht mehr um sie kümmern können.

Es ist schon erstaunlich, wie wenig wir acht an anderen Freundschaften interessiert waren, obwohl wir alle getrennt voneinander lebten. Meine beruflichen Kontakte reichten mir, auch Julian schien die ganzen Jahre mit meiner Gesellschaft und seinen Geschäftsreisen vollauf zufrieden zu sein, jetzt weiß ich auch warum. Rachel hatte Robert und ihre Affären, und Hazel war reich an Feinden. Rebecca hatte ihren Juan und Robert, die beiden hatten Rebecca und flüchtige Bekannte aus der Theaterwelt. Aber richtige Freunde hatten wir alle nicht, außer uns. Nicht einmal Tobias, er beschränkte sich auf eine Liebschaft nach der anderen. Doch uns verband eine Vergangenheit, die uns dreißig Jahre zusammenhielt. Neue Bekanntschaften waren nur vorübergehende Begegnungen ohne Substanz. Auch wenn wir in der letzten Zeit nicht mehr ein Herz und eine Seele waren, so hingen wir doch wie Kletten aneinander. Und nun klettete sich Rebecca an Julian. Ich konnte das gut verstehen, denn obwohl ich die Trennung von Julian anfänglich sehr genoss, so fehlt mir jetzt eine Person, die mir näher steht als nur ein Kunde, dem ich die Wohnung einrichte. Daher hatte sich Rebecca auch sofort nach der Rückkehr von der Insel zu Julian aufs Land begeben und war nicht wieder nach London zurückgekehrt. Das war vor fast zwei Monaten, seither erhielt ich täglich Anrufe und Emails abwechselnd von Rebecca oder Julian. Erstaunlicherweise waren darunter keinerlei Beschwerden. Wie es schien, war alles in bester Ordnung im Hause Bradshaw.

Ich war bereits einige Zeit mit dem Auto unterwegs, es hatte zu regnen aufgehört und noch immer war mein Ziel in weiter Ferne. Meine Gedanken schweiften zurück auf die Insel und unser letztes Zusammentreffen. Ich hatte mich so sehr auf meine Eltern und den Urlaub gefreut, doch dann nahm sich Robert das Leben, was mir einfach nicht in den Kopf gehen will. Außerdem erfuhr ich von der Affäre meines Vaters mit meiner Schwiegermutter. Gottlob ist meine Mutter nach wie vor unwissend und ich hoffe, das wird auch so bleiben. Die Konsequenzen wären katastrophal. Beide sind zu alt, um sich durch eine Trennung ihr Dasein noch schwerer zu machen, als sie es schon mit ihrem Gezänke tagtäglich tun, aber daran sind sie gewöhnt. Sogar im Paradies gibt es Zwist, nur sollte man sich nach Möglichkeit nicht daraus vertreiben lassen. Wenn mein Vater uns damals verlassen hätte, wäre ich wahrscheinlich auf der Insel geblieben und würde jetzt die Galerie führen, ich hätte meine Mutter unmöglich sich selbst überlassen können. Mein Leben wäre anders verlaufen, ich weiß nicht, ob es mir nicht besser ergangen wäre. Die Sonne fehlt mir und die Leichtigkeit des Seins. In Berlin ist mein Alltag hektisch und problematisch. Die Kunden sind eine Pest und die Wohnungen, die ich einrichte, meistens nicht nach meinem Geschmack. Vor ein paar Monaten behauptete ich, ich liebe meinen Beruf und möchte nichts an meinem Leben ändern. Aber da hatte mich der Großstadtkoller auch noch nicht erwischt. Jetzt würde ich am liebsten alles hinwerfen. Ich bin definitiv reif für die Insel. Nur, was in aller Welt soll ich auf unserer Insel? Ich hatte keine Lust zu meinen Eltern zu ziehen, mir deren Gezeter anzuhören. Alleine, ohne Freunde erscheint mir jeder Ort nicht sonderlich attraktiv, daher freute ich mich, in die Midlands zu fliegen, wären da nicht der traurige Anlass und meine Bedenken Julian betreffend. Er bemüht sich zwar mir das Gefühl zu geben, es liege ihm noch etwas an mir, ich müsse das nur akzeptieren, dann wäre wieder alles wie früher zwischen uns. Doch ich traue ihm nicht, er hatte mich nicht nur einmal betrogen, wie ich mittlerweile weiß, daher würde es niemals wieder wie früher sein.

Ich war nicht mehr weit von Bradshaw Mansion entfernt und das letzte Stück hätte ich auch ohne eine Zigarettenpause zurücklegen können, aber wie der Zufall es wollte, hielt ich genau an der Stelle an, an der der fatale Auto-

unfall passierte. Ich wurde Zeugin eines riskanten Über-
holvorgangs, der mit dem Zusammenprall zweier Autos
endete. Die Polizei war sehr schnell vor Ort, ich wurde
gebeten eine Zeugenaussage zu machen, außerdem musste
ich meine Personalien und Adresse hinterlassen. Ich hätte
liebend gerne gesagt, ich hätte nichts gesehen, doch der
junge Mann, der den Unfall verursachte, wurde aus seinem
Auto geschleudert und landete fast vor meinen Füßen, wo
er regungslos liegen blieb. Es war ein grauenvoller Anblick.
Die Beamten waren sehr nett und fragten, ob ich psycho-
logischen Beistand benötige, aber ich beteuerte, dass alles
mit mir in Ordnung sei, denn ich wollte den Unfallort so
schnell wie möglich verlassen. Erst im Auto bemerkte ich,
wie ich zitterte, und zündete mir trotz Nichtraucherauto
eine weitere Zigarette an. Sollte ich es als Omen ansehen,
dass das Unheil weiterhin meiner Spur folgt? Was hatte
Robert gesagt, es sterben jede Sekunde Menschen, wen
kümmert es. Dieser junge Mensch hatte nichts mit mir zu
tun, es war sein bedauernswertes Schicksal, nicht meines,
versuchte ich mir einzureden und setzte meine Fahrt sehr
bedachtsam fort. Aber vielleicht lag Irmela doch nicht
falsch und es lastete tatsächlich ein Fluch auf uns. Ich
musste noch einmal anhalten, um meinen Kopf freizube-
kommen und informierte dann Rebecca, dass ich mich
verspäten würde.

*

Als ich mich auf dem bogenförmig angelegten Kie-
selweg, umgeben von Rasenflächen, Bäumen und Sträuchern, dem Herrenhaus näherte, fand ich meinen Eindruck
vom Vorjahr bestätigt. Es war imposant, was sich mir dar-
bot. Bei näherem Hinsehen war es zwar immer noch ein
alter Kasten, aber die Spuren, die die Jahre hinterlassen
hatten, waren nicht mehr zu erkennen. Die Sandsteinfassa-

de war ausgebessert und gereinigt, die Fensterrahmen erneuert und die vormals blinden Scheiben glänzend. Bepflanzte Keramiktöpfe schmückten die Treppenstufen zum Eingangsportal, davor stand Rebecca und zappelte ungeduldig in der Kälte.

»Das hat ja eine Ewigkeit gedauert, hast du dich verfahren? Komm her meine Liebe, lass dich drücken.«

Sie roch gut, stellte ich fest, als sie mich umarmte und auf die Wange küsste. Hinter ihr in der Halle wartete Julian. Er beobachtete uns, dann kam er lächelnd auf mich zu.

»Du siehst blass aus«, sagte er, bevor er mich in den Arm nahm.

Es fühlte sich gut an. In diesem Moment trauerte ich der Zeit nach, als ich seine Berührungen als Zuneigung empfunden hatte und nicht als kalkulierte Aktion. Ich drehte mich um und schaute noch einmal zurück. Die Auffahrt sei beeindruckend, es würde genauso aussehen, wie ich es mir vorgestellt hatte, sagte ich anerkennend.

»Du kannst dir kein Bild machen, wie herrlich hier alles ist, wenn die Sonne scheint, auch hinter dem Haus und innen. Julian hat Wunder bewirkt. Komm ich zeig es dir.«

Rebecca hatte die Begeisterungsfähigkeit eines Kindes, man konnte sie in solchen Momenten nicht stoppen, also blieb mir nichts anderes übrig, als ihr zu folgen. Sie hatte nicht übertrieben. Die Eingangshalle erstrahlte in neuem Glanz durch die eindrucksvolle Beleuchtung und die jetzt weiß verputzten Wänden. Neben den wenigen Möbelstücken, darunter die alte Standuhr, verlieh die frisch aufgemöbelte, mächtige Holztreppe der Halle ein sehr herrschaftliches Aussehen. Den Salon hätte ich nicht besser einrichten können. Das vormals verblichene, rote Gehänge an den Fenstern war cremefarbenen, nun leichten Seidenvorhängen gewichen, passend dazu waren die Wände bespannt. Alles war großzügig, hell und freundlich, sogar die Polstermöbel um den viktorianischen Kamin hatte Julian durch klassisch moderne Sitzgruppen ersetzt und u-förmig angeordnet. Mir präsentierte sich eine gelungene Mischung aus Alt und Neu, nicht zu vergleichen mit dem verwohnten Durcheinander vor elf Monaten. Ein Kaminfeuer brannte und auf dem Tisch standen Gläser bereit. Die ganze Atmosphäre strahlte nicht nur Stil, sondern auch Geborgenheit aus und ich fühlte mich wohl, so wie schon lange nicht mehr. Selbst den tödlichen Autounfall hakte ich als unangenehmen Zwischenfall ab, der meine Stimmung nicht weiter trüben konnte.

»Wie du siehst, habe ich deine Lieblingsbilder aus Berlin kommen lassen, damit du dich wie zu Hause fühlst. Ich hoffe du hast nichts dagegen«, sagte Julian, dabei schaute er mich forschend an.

Mir waren die drei abstrakten Gemälde, ein Geschenk meiner Eltern, sofort aufgefallen. Ich hatte sie in unserer Wohnung zurückgelassen, weil mein Apartment für diese Formate bei Weitem zu klein ist, und nun waren sie mit verantwortlich, weswegen dieser Raum diese angenehme Wirkung auf mich hatte. Allerdings spürte ich dahinter auch das Kalkül, deshalb sagte ich: »Du hättest mich fragen sollen.«

»Süße, er hat das nur für dich gemacht, außerdem war es meine Idee, aber Julian hat den ganzen Transport organisiert, rechtzeitig zu deiner Ankunft. Sei gnädig und freu dich.«

Ich fühlte mich willkommen und freute mich. Wahrscheinlich war es nicht sichtbar, denn Julian kam auf mich zu, schaute mir tief in die Augen, dann sagte er ernsthaft: »Glaube mir, ich habe das hier nicht nur für mich gemacht. Ich hoffe es gefällt dir und du bleibst.«

Seine blonden Haare waren länger als noch vor zwei Monaten und die gebräunte Haut gab seinen stahlblauen Augen einen noch intensiveren Ausdruck. Er sah einfach blendend aus. Um meine Verlegenheit zu überspielen, wandte ich ein, das käme auf mein Zimmer an, denn wenn ich ein weiteres Mal in dieser Bruchbude vom letzten Jahr übernachten müsse, würde ich lieber in ein Landgasthaus ziehen.

»Keine Sorge, du wirst es lieben«, lächelte Julian.

Ich war froh, dass Rebecca nicht vorschlug, ich solle endlich wieder ein Schlafgemach mit meinem Mann teilen, stattdessen bot sie sich an, mir mein Zimmer zu zeigen. Ich folgte ihr in die obere Etage. Meine Koffer hatte man bereits nach oben gebracht. Wie alles andere war auch dieser Raum sehr geschmackvoll und sparsam eingerichtet. Ich konnte jedenfalls nichts daran aussetzen, denn es war außerdem doppelt so groß wie das Gästezimmer vom Vorjahr mit einer wundervollen Aussicht.

»Ich sehe, es gefällt dir, also das wäre erledigt. Nun lass uns nach unten gehen und Champagner trinken. Darauf warte ich schon den ganzen Tag«, meinte meine Schwägerin, nahm mich an der Hand und zog mich die Treppe hinunter.

»Hat dein Bruder dir heute schon gesagt, dass du bezaubernd aussiehst? Die Landluft tut dir gut«, bemerkte ich, als wir vor dem Kamin saßen, dafür bekam ich ein Lächeln von Rebecca. Die Gläser standen gefüllt auf dem niedrigen Tisch, sodass ich fragte, ob der Geist von Mary Bloom uns bediene. Julian ließ mich wissen, dass es keine Haushälterin mehr gäbe, nur eine Haushilfe, die hier wohne, den ganzen Tag herumwiesele und allerlei Arbeiten verrichte, zu denen auch das Bringen von Getränken gehöre, aber nur wenn Gäste da seien, ansonsten müsse man sich selbst versorgen.

Das Feuer im Kamin war heruntergebrannt. Ich stand auf, um einige Holzscheite auf die Glut zu schichten. Beim Aufrichten fiel mein Blick auf ein schlichtes, eiförmiges

Objekt vor mir auf dem Kaminsims. »Robert nehme ich an«, sagte ich und trat einen Schritt zurück.

»Ja, und morgen soll er unter die Erde kommen. Ich finde, er könnte genauso gut hier stehen bleiben«, meinte Rebecca.

»Kommt nicht infrage. Ich habe einen schönen Platz im Park für ihn gefunden, dort wird er seine letzte Ruhe finden. Hier auf dem Sims kommt es mir vor, als säße er in Aladdins Lampe und würde nur darauf warten, rausgelassen zu werden«, entgegnete Julian.

Ich musste ihm recht geben, alleine das Wissen, dass Roberts Asche in diesem Raum greifbar nahe stand, bedrückte mich.

*

Es hatte in der Nacht noch einmal heftig geregnet, aber als ich am nächsten Morgen aufwachte schien die Sonne. Ich hatte die bodenlangen Vorhänge nicht zugezogen, daher war mein Zimmer lichtdurchflutet und meine Stimmung verbesserte sich augenblicklich. Wie sagt man? Was man die erste Nacht in einem fremden Bett träumt, geht in Erfüllung, wenn das stimmen sollte, dann würde Schreckliches passieren.

Ich öffnete das Fenster und atmete tief durch. Frühnebelschwaden hingen über dem Rasen, die schon im Begriff waren sich mit den wärmenden Sonnenstrahlen aufzulösen. In der Ferne flatterten einige Enten aufgeschreckt in die Höhe, wahrscheinlich hatte ein Fuchs oder Hund sie aufgescheucht, dachte ich, dann hörte ich einen Schuss, der langsam verhallte.

Als ich das Esszimmer betrat, waren weder Rebecca noch Julian zu sehen. Ich goss mir Kaffee ein, nahm meine

Zigaretten, öffnete die Terrassentür und trat hinaus. Es war eiskalt. Ich erinnerte mich an den Weihnachtsmorgen vor einem Jahr, nur dass damals alles mit Schnee bedeckt war und in der Ferne die Polizeiautos anrückten. Doch noch bevor ich mir eine Zigarette anzünden konnte, läutete mein Handy. Eine fremde Stimme stellte sich als Constable Murray vor. Er fragte, ob ich mich im Laufe des Tages auf der Polizeistation einfinden könne. Man müsse meine Aussage zum tragischen Verkehrsunfall vom Vortag protokollieren. Mir blieb nichts anderes übrig, als mein Einverständnis zu geben, allerdings könne ich erst am späten Nachmittag vorbeikommen, antwortete ich.

»Mit wem telefonierst du so früh?« Rebecca stand an der Terrassentür und schaute neugierig auf mein Handy.

Ich sagte ihr, wer mich angerufen hatte und weswegen.

»Warum hast du uns nichts davon erzählt? Das ist ja schrecklich.«

»Weil ich nicht mehr daran denken wollte. Das war eine fremde Person, die sich fahrlässig im Straßenverkehr verhielt und mir einen riesigen Schreck einjagte. Außerdem hatte ich erwähnt, dass ich durch einen Unfall aufgehalten wurde.«

Rebecca beließ es dabei und erzählte mir, dass Julian jeden Morgen auf die Jagd ginge, um das Abendessen zu schießen. »Er kommt nicht eher nach Hause, bis er etwas erlegt hat.«

»Dann war der Hase von gestern Abend auch vor seiner Flinte?«

Rebecca nickte. »Außerdem haben wir einen Nutzgarten mit Gemüse und allerlei Kräutern, selbst ein Gewächshaus. Julian hat sich ganz auf das autonome Leben verlegt. Er denkt sogar daran, eigenen Strom zu erzeugen. Nur weiß er bislang nicht, ob mit einer Fotovoltaikanlage, Abfallverbrennung oder Wind.«

»Dann fehlt nur noch die Viehzucht«, bemerkte ich.

»Richtig, an Schafzucht hat er auch schon gedacht.«

Wir saßen mittlerweile am Frühstückstisch und ich schaute mir genau an, was aufgetischt vor uns stand. Außer der Marmelade schien alles aus dem Supermarkt zu kommen, aber wer wusste schon, wie die Tafel in einem weiteren Jahr aussehen würde. Sogar Rebecca hatte sich verändert. Sie trug eine gewagte Mischung bestehend aus einer bayrischen Knielederhose mit Reitstiefeln, Kaschmirpullover und einer englischen Countryjacke. Die langen Haare waren zu einem Knoten zusammengebunden und vervollständigten den Landlady-Look.

»Was schaust du mich so an, gefalle ich dir nicht? Ich müsste mal wieder zum Friseur, ich weiß.«

»Musst du nicht. Mir gefallen deine Haare so, übrigens auch die von Julian. Ich hätte gar nicht gedacht, dass die längeren Haare ihm so gut stehen.«

Dummerweise hatte Julian alles gehört, denn er kam selbstgefällig schmunzelnd durch die offene Tür, die den Salon von dem Esszimmer trennt. »Soso, ich gefalle dir also, das freut mich.«

»Ich habe gesagt, die längeren Haare gefallen mir, sonst nichts. Aber was Rebecca da erzählt, ist beeindruckend, wenn es funktioniert. Kompliment.«

»Es wird funktionieren. Hast du keine Lust mitzumachen?«

In diesem Moment hätte ich am liebsten ja gesagt, stattdessen lächelte ich nur und meinte, ich würde es mir überlegen.

»Meinst du nicht auch, dass wir einige Zimmer an Gäste vermieten sollten, so wie die Fergasons?«, fragte mich Rebecca, aber Julian entgegnete sofort: »Nein, meine ich nicht. Bitte fang damit nicht schon wieder an.«

»Ich dachte ja nur, wenn Sabrina nicht hierbleibt, dann wäre etwas mehr Leben im Haus.«

»Wenn es dir zu langweilig wird, dann kannst du ja nach London fahren. Fremde kommen mir jedenfalls nicht ins Haus. Basta.«

Der alte, autoritäre Julian schlummerte immer noch in ihm, wahrscheinlich würde er nie ganz aus seinem System verschwinden, doch die Ansätze zu einem umgänglichen, in sich ruhenden Julian waren nicht von der Hand zu weisen. Schon deswegen unterstützte ich seine Ansicht und sagte, dass fremde Menschen nur zusätzliche Probleme mit sich bringen. Außerdem würde es genügend Schwierigkeiten bereiten, ein Anwesen autark aufzubauen.

»Ich weiß gar nicht, weswegen ihr nicht zusammenlebt, wenn ihr euch so gut versteht,« kam als Kommentar. Für einen kurzen Augenblick herrschte betretenes Schweigen, dann sagte Rebecca, es täte ihr leid. Nicht nur sie wollte keine Missstimmung aufkommen lassen, auch Julian wechselte das Thema.

»Falls du einen Moment wartest, dann führe ich dich durch und um das Haus und zeige dir alles, aber zuerst muss ich das Federvieh in die Küche bringen. Heute gibt es nämlich Wildentenbraten, so wie in Deutschland mit Blaukraut und Knödeln.«

»Lass dir nur Zeit, Rebecca kann mich rumführen«, antwortete ich. »Wie sieht es eigentlich mit Roberts Beisetzung aus? Findet die heute statt oder an einem anderen Tag, denn ich muss noch einmal weg.« Ich erklärte ihm, dass ich diese Aussage machen müsse und mir die Zeit einteilen wolle, denn die Beerdigung wollte ich nicht so zwischen Tür und Angel erledigen.

»Solange der Boden nicht gefroren ist, können wir die Bestattung auch verschieben, die Urne läuft uns nicht weg«, meinte Julian.

»Dann wird die Asche nicht in alle Winde verstreut?«

»Es ist windstill. Bei der feuchten Erde und dem nassen Gras wird alles gleich festpappen und wer möchte später schon auf Roberts Überresten rumtrampeln, ich nicht. Er bekommt einen schönen Platz, an einer alten Mauer, unter schattigen Bäumen.«

Julian hatte recht, denn als Rebecca und ich unseren Rundgang über das Grundstück antraten, war das Gras auf dem Rasen immer noch nass vom Regen, die Sonne war nicht stark genug, es zu trocknen. Rebecca konnte nicht aufhören ihren Bruder zu loben, der sich ihrer Ansicht nach um hundert Grad gedreht hätte. »Er lebt wie ein Mönch, allerdings ist er auch genauso knauserig. Die Renovierung hat wohl einiges gekostet, selbst ich verstehe, dass wir das Geld nicht mit vollen Händen aus dem Fenster werfen können, aber man kann es auch übertreiben. Ein wenig mehr Personal würde nämlich nicht schaden.«

»Er wird seine Gründe haben«, sagte ich.

Irmela hatte von Tobias erfahren und mir bei meinem Besuch erzählt, dass es mit den Finanzen der Bradshaws nicht zum Besten stünde. Daher wunderte es mich, dass Julian offensichtlich an der Renovierung des Landsitzes nicht gespart hatte, alles war vom Feinsten. Er hatte mich immer aus seinen Geschäften herausgehalten, ich war auch nicht an seinen Spekulationen und Investitionen interessiert gewesen. Außerdem habe ich mich nie als ein unterhaltsabhängiges Mitglied dieser Familie gefühlt, ich hatte mein eigenes Einkommen. Doch egal konnte mir die Situation nicht sein, solange wir noch verheiratet waren, würde ich genauso im Schlamassel stecken wie er, wenn es zu Zahlungsschwierigkeiten käme. Jedenfalls hatte ich mir in Berlin bereits vorgenommen, sobald sich eine Gelegenheit bot, mit ihm darüber zu reden.

Das Anwesen konnte mir Rebecca nur im Ansatz zeigen, es war so weitläufig, dass wir einen ganzen Tag oder mehr benötigt hätten, alles zu erkunden. Hinter der Ziergarten- und Parkanlage um das Haus herum erstrecken sich ausgedehntes Weideland und ein riesiges Waldstück. Obwohl ich warme Stiefel und eine wetterfeste Jacke trug, wurde mir nach einer guten halben Stunde zu kalt und ich sagte, ich würde gerne zurückgehen. Rebecca hatte nichts dagegen, ihre Begeisterung an der Herbstlandschaft hielt sich in Grenzen, viel mehr war ihr daran gelegen, mir noch die fertigen Zimmer der oberen Etage zu zeigen.

Eine angenehme Wärme empfing uns beim Betreten der Halle, mir ging durch den Kopf, dass es ein Vermögen kosten muss, dieses Haus zu heizen. Ich kam mir vor wie in einem Hotel, die Flügeltür zum Salon stand offen und leise Lounge Musik begleitete uns auf dem Weg nach oben. Von der obersten Treppe erstreckt sich nach links und rechts ein langer Flur mit jeweils sechs Schlafräumen. Rebeccas Gemach war das letzte rechter Hand. Es war das Zimmer, in dem ich zu Weihnachten einquartiert war. Dunkel und unfreundlich war es damals gewesen, allerdings erinnerte jetzt nichts mehr daran. Ein Durchbruch zum Nebenzimmer machte es doppelt so groß und die neue Einrichtung viel luxuriöser. Es war nach Rebeccas Geschmack mit viel Gold und Versace eingerichtet, soweit ich mich erinnerte, ähnlich wie ihre Londoner Wohnung. Offensichtlich hatte sie einige ihrer Sachen aus London kommen lassen und diesen Ort zu ihrem neuen, ständigen Zuhause gemacht.

Julians Suite lag ebenfalls auf dieser Seite des Flurs, ich warf nur einen kurzen Blick hinein und war nicht überrascht, wie komfortable er sich eingerichtet hatte. Das

Gästezimmer, in dem Hazel tot aufgefunden wurde, war auf meiner, der linken Seite. Rebecca öffnete die Tür einen Spalt und meinte, dieses Zimmer sei, wie alle anderen, noch nicht fertig renoviert. »Es wird jedenfalls keine Hazel-Gedenkstätte werden«, sagte sie und warf die Tür ins Schloss.

Das Stockwerk darüber sei nur über die Hintertreppe neben der Küche zu erreichen und für das Personal gedacht, jedoch gäbe es dort nichts zu sehen, erklärte mir Rebecca. Wir verließen also die erste Etage und begaben uns hinunter in die geräumige Küche, an der nichts verändert worden war. Julian saß an dem großen Holztisch, einen Eimer mit heißem Wasser vor sich und zupfte die Enten. Mir blieb vor Staunen der Mund offen stehen.

»Wie du siehst, steckt in mir auch etwas von meinem Dad«, lachte er und zwinkerte mir zu.

Sein Vater war der typische Zivilisationsaussteiger und soweit ich wusste, nicht unbedingt Julians Vorbild, das war seine zielstrebige Mutter gewesen. Sie hatte sich um die Geldgeschäfte der Familie gekümmert, während Leonard auf der Insel für das Haus und den Garten zuständig war. Suzanne Bradshaw hingegen liebte den großen Stil, gab Diner Partys und Einladungen zu allen möglichen Anlässen, die ihren Mann meistens langweilten.

»Wie mir scheint, hast du von beiden etwas«, antwortete ich, »aber es steht dir gut, den Landedelmann zu spielen.«

»Du siehst das falsch. Ich bin hier die Küchenmagd, eigentlich ist das, was ich gerade mache, Frauenarbeit.«

»Das sehe ich allerdings anders. Also lass dich nicht stören, denn ich fahre jetzt zu diesem Constable, damit ich rechtzeitig zum Essen zurück bin. Ich freu mich schon darauf und vergesse nicht die Äpfel im Blaukraut.«

Rebecca begleitete mich. Sie hatte sich in den Kopf gesetzt, zum Friseur zu gehen. Mittlerweile kannte sie sich in dem Städtchen gut aus und fuhr mich direkt zum Eingang der Polizeistation, wo sie mich später abholen würde. Es dauerte zwar eine Weile, bis meine Aussage schriftlich niedergelegt, von mir durchgelesen und unterschrieben war, aber ich hatte noch Zeit, bis Rebecca wieder auftauchen würde. Daher erkundigte ich mich, wo ich Detective Chief Inspector Brown finden könne. Der Constable schaute mich erstaunt an und wollte wissen, ob ich den Chief Inspector kenne oder einen Termin hätte. Ich bejahte, wurde zu seinem Büro geleitet und musste draußen warten. Es dauerte nur Sekunden, bis sich die Tür öffnete und ein freundlich lächelnder, untersetzter Mann mittleren Alters auf mich zukam. Ich muss ihn damals nicht richtig wahrgenommen haben, denn ich hatte den Eindruck, diese Person zum ersten Mal zu sehen, aber die Stimme kam mir bekannt vor, als er sagte: »Mrs. Bradshaw. Was für eine Überraschung. Kann ich etwas für Sie tun?«

»Nein nichts, es war eine spontane Eingebung. Ich habe ein wenig Zeit, bis ich abgeholt werde, daher wollte ich mich bei Ihnen nach dem Fall Mary Bloom erkundigen. Sie erinnern sich, meine Freundin Hazel Adams wurde von ihr ermordet. Ich hoffe, ich komme nicht ungelegen«, fügte ich noch hinzu.

Er bat mich ihm zu folgen, bot mir einen Stuhl an, dann setzte er sich ebenfalls. Sein Lächeln verschwand, als er sagte: »Mary Bloom alias Ihre Mrs. Smith sitzt in Untersuchungshaft und wird demnächst wegen zweifachen Mordes angeklagt. Es gibt da nur ein kleines Problem, sie bestreitet vehement, etwas mit dem Mord an Ihrer Freundin zu tun zu haben. Wir haben also kein Geständnis, nur die Indizien und das Motiv sprechen gegen sie. Trotzdem wird sie aller Voraussicht nach für beide Morde verurteilt werden.«

»Und was heißt das?«

»Sie wird das Gefängnis nicht mehr lebend verlassen.«

»Und es gibt keinen Hinweis, dass sie vielleicht die Wahrheit sagen könnte?«

»Wie kommen Sie darauf?«

»Nun, mir erscheint es seltsam, dass sie einen Mord zugibt, den anderen jedoch abstreitet.«

»Den Mord an diesem Mann im Wald konnte sie nicht verleugnen, die Beweise waren zu eindeutig. Und es macht schon einen Unterschied bei dem Urteil, ob es sich um einen oder zwei Morde handelt. Aber wenn Sie mittlerweile die Erkenntnis gewonnen haben, dass jemand anderes der Mörder von Mrs. Adams ist, beziehungsweise sein könnte, dann bin ich gerne bereit dem nachzugehen.« Brown schaute mich fragend an und ich beeilte mich zu antworten: »Nein, nein, wie gesagt, ich wollte nur in Erfahrung bringen, wie der Stand der Dinge ist. Ich bin ja nie hier und bekomme daher auch keine Nachrichten, was diesen Fall betrifft.«

»Wie gesagt, wir warten auf den Gerichtstermin. Aber Sie können etwas für uns tun. Wir wissen nicht, wem wir den Laptop und die Aktentasche Ihrer Freundin zusenden sollen, die Verwandten von Miss Adams in den Staaten haben die Annahme verweigert. Wenn es Ihnen nichts ausmacht, würde ich gerne diese Sachen zu Ihren Händen schicken, wir benötigen sie nicht mehr.«

Das sei in Ordnung, sagte ich und stand auf.

»Aber sonst ist alles Okay bei Ihnen? Ich habe von dem Selbstmord Ihres Schwagers gehört und möchte Ihnen mein Beileid ausdrücken. War er krank?«

»Ich glaube schon, jedenfalls muss seine Seele krank gewesen sein, sonst geht man doch nicht freiwillig aus dem Leben, oder?«

Der Inspektor nickte nachdenklich und reichte mir die Hand. »Passen Sie auf sich auf, vor allem bleiben Sie gesund.«

Der kleine Ort mit seinen grauen Steinhäusern aus vergangenen Zeiten machte einen einladenden Eindruck, aber mir blieb keine Zeit mehr für einen Spaziergang, denn Rebecca wartete bereits, als ich das Präsidium verließ. Ihre dunklen Locken waren jetzt wieder rot gefärbt und sie strahlte mindestens so auffallend wie ihre Haarpracht. Ich überlegte, ihr von meinem Gespräch mit dem Inspektor zu erzählen, verwarf jedoch diesen Gedanken, stattdessen sagte ich: »Du stellst dich wohl schon auf die graue Jahreszeit ein.«

»Ja, ein bisschen Farbe kann nicht schaden. Ich habe es satt, jeden Morgen im Spiegel das Bild einer trauernden Witwe und Schwester zu sehen. Es wäre ein Traum, wenn du hierbleiben würdest, wir könnten wieder unseren Spaß haben, meinst du nicht auch? Sehr glücklich sahst du nämlich nicht aus, als du gestern ankamst.«

»Sehe ich jetzt glücklicher aus?«

»Nein, aber du bist auch erst einen Tag hier, das kommt noch. Es ist wirklich herrlich auf dem Land und Julian ist ein Schatz. Glaub mir, er vermisst dich und ich dich noch viel mehr. Schmeiß doch alles hin, bleib einfach bei uns, und wenn der Winter zu grau wird, fliegen wir auf unsere Insel. Oder hast du momentan eine Menge Aufträge in Berlin?«

Ich schüttelte verneinend den Kopf.

»Also, was gibt es dann zu überlegen? Ihr hattet eure Auszeit. Jetzt heißt es, nach vorne schauen und neu anfangen. Sieh dir mich an, ich habe keine Lust mehr, Trübsal zu blasen.«

»Soll ich mir vielleicht auch die Haare rot färben?«

»Warum nicht. Das Leben ist so kurz. Wir sollten es genießen, solange wir dazu in der Lage sind. Immerhin gehen wir auf die Fünfzig zu, grässlich, in ein paar Jahren ist es schon so weit. Ich darf gar nicht darüber nachdenken.«

»Um genau zu sein, du bist erst in zehn Jahren fünfzig.« Dann fragte ich ganz unvermittelt: »Was würdest du machen, wenn kein Geld mehr da wäre?«

Rebecca antwortete nicht sofort, schließlich sagte sie: »Du wirst es nicht glauben, aber darüber habe ich früher oft nachgedacht. Es wäre eine Katastrophe. Ich bin froh und dankbar, dass ich darauf nur eine hypothetische Antwort haben muss. Wahrscheinlich würde ich nicht mehr leben wollen.«

Ich hatte mir schon so etwas gedacht, denn Rebecca hatte nicht gelernt, ein Leben mit Existenznöten zu führen. In diesem Moment fiel meine Entscheidung. »Morgen, nach Roberts Beisetzung, werde ich nach Berlin zurückfliegen, meine Siebensachen packen, die Wohnung vermieten und dann zu euch ziehen. Ich hoffe nur, ich mache keinen Fehler.«

Die Bremsen quietschten, der Wagen machte einen kurzen Schlenker und stoppte schließlich am Straßenrand. Rebecca saß regungslos mit einem breiten Grinsen am Lenkrad. Sie atmete tief durch, drehte sich zu mir und umarmte mich. Dann legte sie den ersten Gang ein und sagte: »Gut, also lass uns jetzt endlich nach Hause fahren, Mrs. Bradshaw.«

Julian nahm die Nachricht über meine Entscheidung in England zu bleiben, freudig auf. Nur als ich erklärte, dass sich deswegen nichts an unserer Beziehung ändern würde, schaute er mich zuerst eindringlich, dann spöttisch an. »Heißt das, wir sind nur eine Wohngemeinschaft? Kein gemeinsames Schlafzimmer und Sex?«

»Nichts dergleichen, du hast das ganz richtig verstanden.«

»Okay, dann nicht, ist mir auch recht.«

Ich hatte mit Widerstand gerechnet, sogar mit einem Rausschmiss, aber dem war nicht so. Stattdessen nahm ich ein kühles, kalkulierendes Lächeln wahr, als er sich von mir abwandte. In diesem Moment wusste ich, mit seiner Liebe konnte es nicht so weit her sein, er machte mir etwas vor. Nur störte mich das nicht, ich brauchte einen Tapetenwechsel. Rebecca, eine andere Umgebung und ein bisschen Gesellschaft waren Grund genug, meine Zelte in Berlin abzubrechen. Doch mir stellte sich die Frage, warum wollte Julian mich überhaupt auf dem Anwesen?

Meine Schwägerin jedenfalls wurde durch meinen Entschluss in Feierlaune versetzt. Sie rief Joy, die Hilfe für alles, informierte sie über die neuen Verhältnisse im Hause Bradshaw und ordnete an, auf der Terrasse in der Sonne Champagner zu servieren. Joy ist eine reizende, sehr junge Person, doch der unerwartete Familienzuwachs war nicht unbedingt nach ihrem Geschmack. In erster Linie hieß es zusätzliche Arbeit, und da sie mich nicht kannte, höchstwahrscheinlich auch mehr Stress. Aber sie fügte sich willig und brachte lächelnd nicht nur Champagner und Gläser, auch für jeden eine dicke Wolldecke. Warm eingemummelt, mit meinem Glas in der Hand, das glückliche Lächeln von Rebecca vor mir, einen selbstgefälligen Julian zur Rechten, inmitten eines wunderschönen Landsitzes war mein Großstadtkoller verschwunden. Ich war zufrieden und halbwegs sicher, die richtige Entscheidung getroffen zu haben.

»Also morgen willst du schon zurück und was dann?«, fragte Julian.

»Ich versuche die Wohnung möbliert entweder selbst zu vermieten oder ich beauftrage meinen Makler. Meine persönlichen Sachen sind schnell gepackt. Am besten, ich gebe hier bereits eine Anzeige auf, es gibt einige Portale im

Internet, wo ich sie platzieren kann. Also wenn du nichts dagegen hast, schreibe ich sie auf deinem Computer und stell sie heute noch ins Netz.«

Julian hatte nichts dagegen. Eine Stunde später, als die Sonne untergegangen war, saß ich vor Julians Laptop und verfasste einen kurzen Text, in dem ich meine 3-Zimmerwohnung im Osten von Berlin anpries. Ich meldete mich bei einem der bekanntesten Immobilienanbieter an, dann speicherte ich die Anzeige auf einem Stick. Ich wollte den Computer gerade herunterfahren, als mir, unter den bunten Shortcuts auf dem Desktop, ein gelber Folder auffiel, der mit MB_alias_MS gekennzeichnet war. Zuerst hatte ich Skrupel, doch meine Neugier war stärker. Mit einem Doppelklick öffnete sich der Folder mit Fotos, Zeitungsausschnitten und einer Textdatei. Auf den kleinen Icons war wenig zu erkennen, die Datei wollte ich nicht öffnen, denn ich hatte bereits geraume Zeit vor dem Computer gesessen, daher schickte ich kurzerhand auch diesen Folder zu meinem Speicherstick und beendete die Sitzung hastig. Keine Sekunde zu früh. Auf dem Flur hörte ich Schritte, die angelehnte Tür wurde aufgestoßen, dann stand Julian hinter mir.

»Alles erledigt? Kommst du?«, fragte er und schaute auf den Stick in meiner Hand, »du meinst also, so findest du einen Mieter?«

»Das hoffe ich, aber sicherheitshalber habe ich den Text abgespeichert, so kann ich in Berlin zusätzlich weitere Anbieter kontaktieren, es gibt Hunderte davon. Außerdem sollten auch Fotos dabei sein, doch das mache ich in Berlin. Jetzt habe ich den ersten Schritt getan, das reicht, sonst sitze ich den ganzen Abend noch vor dem Computer.«

Julian nickte: »Dann komm, das Essen ist fertig.«

Rebecca wartete im Salon und zusammen gingen wir in das angrenzende Esszimmer. »Alles, was auf den Tisch kommt, hat dein Mann gekocht. Ist er kein Schatz?«

Es war tatsächlich beachtlich, wie er sich ins Zeug legte. Die Wildenten waren zwar etwas zäh und beanspruchen meine Kaumuskeln aufs Äußerste, aber geschmacklich war an der typisch deutschen Kost nichts auszusetzen. Wir lobten ihn ausgiebig und Julian konnte sich an diesem Abend wie der Hahn im Korb fühlen, was er sehr genoss.

Die Beisetzung am nächsten Morgen zelebrierten wir festlich mit Roberts Lieblingsgetränk, nachdem wir die Urne an einer alten Steinmauer unter einer Trauerweide in die Erde gelegt hatten. Julian hatte einen Mönch aus dem naheliegenden Kloster gebeten, eine Zeremonie zum Gedenken seines Bruders abzuhalten. Er fand bewegende Worte, so als hätte er ihn persönlich gekannt. Mit Tränen in den Augen stellte ich fest, wie groß der Verlust sein wird. Robert hatte mir in den letzten Jahren näher gestanden als mein eigener Mann. Er hatte immer ein offenes Ohr und war da, wenn man ihn brauchte, ohne sich selbst in den Vordergrund zu spielen. Aber ich hatte ihn nicht wirklich gekannt, eigentlich wusste ich nichts über ihn, jedenfalls nichts, was ihn in seinem Inneren bewegte, das machte mich sehr traurig. Auch Rebecca war in keiner guten Verfassung, daher verschob ich meinen Abflug auf den folgenden Tag.

Gegen Mittag, nach dem Lunch, entschuldigte sich Julian, er müsse einige Sachen im Ort erledigen. Er war etwa eine halbe Stunde außer Haus und ich saß alleine im Salon, denn Rebecca wollte sich umziehen, als Joy einen Polizisten meldete, der mich sprechen wollte. Hinter ihr stand ein uniformierter Beamter mit einem Paket in der Hand. »Sind Sie Mrs. Sabrina Bradshaw?«, fragte er mich. Als ich bejahte, fuhr er fort, »Detective Chief Inspector Brown schickt Ihnen diese Unterlagen. Er meinte, Sie wüssten Bescheid.« Mit einem Hackenschlag überreichte er mir den Karton, nahm Haltung an und verabschiedete sich. Vor mir standen nun Hazels Privatsachen, deren Annahme, aus welchem Grund auch immer, ihre Cousine abgelehnt hatte und ich war mir nicht sicher, was ich damit anfangen sollte. Jedenfalls würde es der erste Karton sein, dessen Inhalt in meinem Zimmer ein neues Zuhause finden wird, entschied ich und brachte ihn nach oben, ohne einen Blick hineinzuwerfen, denn dieser Tag war Robert gewidmet.

Am nächsten Morgen flog ich zurück nach Berlin. Zwei Wochen später stand ich wieder am Flughafen von Birmingham und hielt nach Julian Ausschau. Es war mittlerweile Anfang Dezember, frostig, trüb und Schnee lag in der Luft.

Die Abwicklung meiner Angelegenheiten war zügig vonstattengegangen und je näher meine Abreise rückte, umso größer wurden die Zweifel, das Richtige getan zu haben. Nur der Gedanke an Rebecca und welche Enttäuschung es für sie wäre, sollte ich einen Rückzieher machen, hielten mich davon ab. Wir hatten jeden Tag miteinander telefoniert. Ich musste sie detailliert auf dem Laufenden halten, deswegen wusste ich auch, wie sehr sie meiner Ankunft entgegenfieberte.

Ich hatte nur einen Koffer, daher stand ich bereits vor dem Ausgang der Flughafenhalle, als Julian mit seinem Range Rover vorfuhr.

»Willkommen in England. Wo ist dein Gepäck oder willst du nicht bleiben?«

»Warum soll ich mich abschleppen, wenn in ein paar Tagen meine gesamten Habseligkeiten mit einem Spediteur ankommen«, antwortete ich.

»Dann hast du es dir nicht anders überlegt, das freut mich ganz besonders für Rebecca. Ich freu mich natürlich ebenso«, fügte er mit einem verlegenen Lächeln hinzu und küsste mich auf beide Wangen.

Die Fahrt zu meinem neuen Zuhause erinnerte mich an die, vor fast genau einem Jahr. Wie damals waren meine

Gefühle gemischt, denn es standen noch einige Dinge im Raum, die unbedingt geklärt werden mussten.

Allerdings war die Ankunft auf dem Anwesen nicht zu vergleichen mit der vor einem Jahr. Als wir die Auffahrt hinauffuhren, funkelte mir im Dämmerlicht ein beleuchteter Tannenbaum von der Terrasse entgegen, die ersten Schneeflocken rieselten vom Himmel und die Fenster des Hauses strahlten in Festbeleuchtung. Die Überraschung hätte nicht größer sein können und mir wurde ganz warm ums Herz. Statt der rigorosen Mrs. Smith wartete Joy an der Eingangstür und Rebecca eilte die Treppe hinunter, umarmte mich stürmisch und hieß mich willkommen. Es wurde mir auch kein Tee angeboten, sondern Weingläser standen im Salon vor dem flackernden Kaminfeuer bereit und Joy servierte ohne Missbilligung den Weißwein, den ich so gerne trinke. Der weihnachtlich dekorierte Raum verbreitete die Geborgenheit, die ich in den letzten Monaten so vermisst hatte. Ich war überwältigt und glücklich.

*

Die ersten Tage auf Bradshaw Mansion vergingen wie im Traum. Ich erkundete alle Ecken und Enden, fast immer mit Rebecca im Schlepptau, die, wie ich mit Verwunderung feststellte, ihren Marihuana Konsum so gut wie eingestellt hatte. Wir machten lange Spaziergänge und viele schöne oder kuriose Entdeckungen, darunter auch eine Golfzielscheibe. Es war eine grüne Wand mit Löchern darin, die dazu diente, präzis platzierte Golfschläge zu trainieren, so ähnlich wie die Fußballwand im deutschen Fernsehen. Rebecca erklärte mir, dass das eine der Lieblingsbeschäftigungen von Robert gewesen sei. Daneben gab es einen Sandbunker und ein Pitching Green. Wir alle waren gute Golfer, allerdings mit zu wenig Praxis, daher war die Idee, einen Platz zu haben, um verschiedene Schläge zu üben, naheliegend. Nur auf eine Wand zu zielen, war mir noch nie in den Sinn gekommen.

Ich war einmal mehr beeindruckt von der Vielfalt und der Größe des Anwesens, bedauerte jedoch, dass der Winter seinen Einzug hielt und bald die Schönheit der Natur in Schnee hüllen würde. Für mich war es wie Urlaub auf dem Lande. An manchen Tagen fuhren wir ins Umland, besuchten die kleinen Orte mit ihren Weihnachtsmärkten, kehrten in den Pubs der Umgebung ein und abends kochten wir zusammen. Julian ging seinen eigenen Beschäftigungen nach, er gesellte sich meistens erst gegen Abend zu uns. Ich hatte keine Ahnung, mit was er beschäftigte war, daher fragte ich ihn.

»Einer muss sich ja ums Geldverdienen kümmern. Außerdem gibt es hier mehr zu tun, als du dir vorstellen kannst. Schau dir nur mal unseren Holzvorrat an, dann weißt du, mit was ich mich beschäftige.«

Er zeigte mir die Schwielen an seinen Händen, für mich waren sie ein Zeichen, dass er sich öfter draußen als in seinem Arbeitszimmer aufhielt und die Frage, wie er dabei Geld verdiene, lächelte er weg. Aber das Gerücht, es stände um die Finanzen der Familie schlecht, ließ mir keine Ruhe. Als ich ihn damit konfrontierte, wurde er wütend. »So ein Unsinn, wer sagt das?« An jenem Abend hatte ich keine Lust mein Wissen preiszugeben, daher zuckte ich nur mit den Schultern und schwieg.

Eine Woche vor Weihnachten wurden endlich meine Sachen aus Deutschland angeliefert. Ich war froh, mich nun häuslich in meinem Zimmer einzurichten. Es war ein großer, schön geschnittener Raum mit einem Erker und deckenhohen Fenstern, dem noch meine persönliche Note fehlte. Zuerst kam meine Kleidung in den begehbaren Kleiderschrank, als Nächstes die Bücher auf die Regale, danach meine Bilder an die Wände und zu guter Letzt wurde der Laptop ausgepackt. Erst dann erinnerte ich mich wieder an Hazels Karton, den ich gut verstaut in einem Schrank aufbewahrte. Ich hatte bisher noch nicht hineingeschaut, denn mir war, als würde ich damit in ihre Intimsphäre eindringen. Skrupel, die Hazel nie gehabt hätte, mir allerdings Unbehagen verursachte. Doch auch das musste erledigt werden, also packte ich den Karton aus und stellte ihr Notebook neben meinen Laptop auf den Sekretär. Den Inhalt würde ich mir später ansehen. Ich fand, ihr Todestag wäre dafür der beste Zeitpunkt, bis dahin waren es noch zwei Tage und unsere Vorbereitungen für das Weihnachtsfest in vollem Gange.

Wir hatten eine riesige Edeltanne im Wald gefunden, abgesägt und zusammen nach Hause geschleppt. Julian und ich stellten sie auf und wie im Vorjahr übernahm ich am Heiligabend vormittags die Dekoration des Weihnachtsbaums. Rebecca und Joy waren fast den ganzen Tag in der Küche zugange, nur ab und zu kam Rebecca in den Salon, um nach dem Rechten zu sehen, wie sie meinte, und brachte mir ein Glas Glühwein zur Belohnung. Es roch nach Zimt und Tannennadeln und aus der Küche kam der Geruch von gebratenem Truthahn nebst allerlei Köstlichkeiten. Tagsüber und solange wir beschäftigt waren, war unsere Stimmung ausgezeichnet, die kippte erst, als wir am Abend nach dem Essen vor dem Kamin saßen.

Rebecca hatte zur Feier des Tages gekifft, war jedoch nicht wie sonst auf Wolke sieben, sie verfiel langsam aber stetig in eine Depression. »Ist das nicht traurig, wie wir hier sitzen? Drei arme, verlorene Seelen. Was soll das Ganze noch?«

»Was soll denn das? Du hast doch keinen Grund dich zu beschweren, oder hat dir dein Weihnachtsgeschenk nicht gefallen?«, fragte Julian unbeeindruckt.

»Du bist so ein Arsch. Die beiden liebsten Menschen sind nicht mehr unter uns, da helfen auch keine Geschenke.«

»Das hättest du mir früher sagen können, dann hätte ich mir das Geld sparen können«, bemerkte Julian beleidigt.

Er hatte sich wirklich Mühe gegeben, mir und Rebecca eine Freude zu machen. Ich bekam einen Mini Cooper und Rebecca würde ein Pferd bekommen, sobald der Stall ausgebessert ist. Ich musste also Julian in Schutz nehmen und sagte zu Rebecca, sie solle nicht undankbar sein.

»Ein Pferd hätte ich mir auch selber kaufen können und du dir deinen Mini, es ist sowieso unser Geld.«

Julian war erbost aufgestanden, offensichtlich sah er das anders. »Hör mal gut zu, ohne mich säßest du jetzt ohne einen Cent da. Dein allerliebster Juan wollte alles in dieses verfluchte Waffengeschäft stecken und uns ruinieren.«

»Dann wusstest du von seinen Geschäften?«, fragte ich.

»Nicht nur ich, Robert, Tobi, Rachel und Rebecca wahrscheinlich auch. Juan hat doch nie etwas ohne seine Frau gemacht.«

»Stimmt das, Rebecca?«

Meine Schwägerin saß kerzengerade auf der Couch, das Kaminfeuer warf unruhige Schatten auf ihr Gesicht und gab ihr, mit den roten Haaren, ein furioses Aussehen. »Ich habe nichts, aber auch rein gar nichts davon gewusst, doch es freut mich zu hören, dass ihr alle so gut informiert wart. Sogar Robert, dieses kleine Arschloch. Kein Wunder, dass er sich umgebracht hat.«

Ich war entsetzt über Rebecca, denn so, wie sie es sagte, war es nicht liebevoll oder bedauernd gemeint. Wie schnell konnte Liebe in Hass umschlagen.

»Und du, mein lieber Bruder, hast Juan bestimmt dazu angestiftet. Du bist doch derjenige mit den großen Geschäften. Juan hätte sich so etwas niemals ausgedacht, du bist schuld an seinem Tod. Carlos glaubt jedenfalls, dass wir dahinterstecken. Hat er recht?«

Julian schaute sie an, als würde er sie bedauern und schwieg.

Dies war der richtige Zeitpunkt, endlich zu sagen, was mir schon lange auf der Seele lag. »Ich glaube nicht, dass Julian in Waffen investieren wollte. Er hatte dazu gar kein Geld mehr, er ist nämlich pleite. Ich sage nur, Aktienverluste und Schrottimmobilien in Leipzig. Ein riesen Komplex, Millionenprojekt und jetzt nicht mal den Einsatz wert.«

Julian saß da, wie vom Blitz getroffen. So ähnlich muss Hazel ausgesehen haben, als sie die Stehlampe anfasste und den ersten Stromschlag spürte, ungefähr zur gleichen Zeit vor einem Jahr. Aber im Gegensatz zu Hazel erholte sich Julian sehr schnell, stand auf und sagte: »Ihr seid total übergeschnappt. Mir reicht es, ich gehe schlafen«, dann verschwand er durch die Salontür.

Ich beobachtete, wie die Weihnachtsdekoration, verursacht durch Julians heftigen Abgang, am Christbaum hin und her schaukelte. Langsam beruhigte sich alles wieder und ich drehte meinen Kopf zu Rebecca, als sie mich fragte: »Stimmt das, was du da eben gesagt hast, von wegen wir sind pleite?«

»So sind die Gerüchte jedenfalls. Das mit der Schrottimmobilie weiß ich jedoch mit Gewissheit. Aber vielleicht gibt es noch ein bisschen Geld, sonst könnte Julian nicht diesen ganzen Renovierungsaufwand betreiben.«

»Oder er hat es sich geliehen und spekuliert jetzt auf meine Erbschaft«, entgegnete Rebecca nachdenklich. »Wenn Carlos nämlich verurteilt wird, bekomme ich das gesamte Vermögen der de Silvas nach dem Tod meines Schwiegervaters, das hat er so verfügt.« Nach einer Weile fuhr Rebecca fort: »Aber was noch viel schlimmer ist, ich glaube Robert hat sich umgebracht, weil er etwas Furchtbares getan hat.«

»Du meinst die Waffengeschichte?«

»Nein, die Morde.«

»Wie kommst du darauf? Nur weil du sauer auf ihn bist, dass er dir nichts von Juans Geschäftsidee erzählt hat?«

»Nein, wegen der Golfwand, du weißt schon. Er konnte ganz gezielt die Bälle durch die Löcher schlagen und so ist doch Tobi umgekommen, mit einem präzise geschlagenen Golfball an den Kopf.«

»Und das Motiv? Die beiden waren die besten Freunde. Ich glaube nicht, dass er ihm das angetan hätte«, gab ich zu bedenken.

»Und Hazel? Sie hatte ihn erpresst.«

»Du meinst doch nicht im Ernst, dass dein Bruder Robert ein Massenmörder war? Außerdem sind diese Morde aufgeklärt, hast du das vergessen, oder bist du dir nicht mehr sicher?«

»Ich weiß gar nicht mehr, was ich glauben soll. Am besten ich gehe jetzt auch zu Bett.« Rebecca stand auf beugte sich zu mir hinunter und küsste mich auf die Stirn. »Gute Nacht. Ich bin jedenfalls froh, dass es dich noch gibt.«

Ich kauerte eine ganze Weile, mit angezogenen Beinen und einer Decke über den Schultern vor dem Kamin und starrte in die erlöschende Glut. Wenn Rebecca recht hatte, dass Robert der Mörder von Juan war, dann würde sie wahrscheinlich keinen Cent erben. Erstens käme Carlos wieder aus dem Gefängnis und zweitens würde der alte de

Silva verhindern, dass sein Geld der Familie zukäme, die seinen Sohn auf dem Gewissen hat. Eigentlich war es auch in meinem Interesse, dass Rebecca sich diesbezüglich zurückhielt. Aber statt die ganze Sache ruhen zu lassen, begab ich mich auf mein Zimmer und nahm mir das Notebook von Hazel vor. Die Standuhr in der Halle schlug zwölf und von meinem Platz am Sekretär konnte ich durch die offenen Vorhänge nach draußen in die dunkle Nacht schauen. Leise rieselten dicke Schneeflocken vom Himmel und wieder einmal überkam mich dieses alberne Gefühl der weihnachtlichen Freude, ganz ohne Grund, denn was vor mir lag, war alles andere als erfreulich.

Hazel machte es mir nicht leicht. Das Notebook war passwortgesichert und ich hätte das als Omen ansehen sollen, meine Finger davonzulassen. Aber mir fiel es schwer, einen einmal eingeschlagenen Pfad zu verlassen. Und dann erinnerte ich mich an eine Begebenheit, die Hazel als wegweisend bezeichnet hatte, tippte das Schlagwort dazu ein und der Safe war geknackt. Auf dem Desktop waren etliche Icons zu sehen, Shortcuts zu Programmen und Dateifoldern. Ein Folder fiel mir auf, da er mit MB_alias_MS gekennzeichnet war. Einen Folder mit dieser Bezeichnung hatte ich mir von Julians Computer heruntergeladen. Ich kramte meinen Speicherstick hervor, öffnete meinen Laptop, steckte ihn in den USB-Port und mir zeigte sich, sobald ich den Folder geöffnet hatte, auf beiden Monitoren der gleiche Inhalt, bestehend aus Zeitungsberichten und Fotos von Mary Bloom alias Mrs. Smith, unserer damaligen Haushälterin. Die Erklärung konnte nur sein, dass sich Julian die Datei von Hazels Notebook kopiert hatte oder umgekehrt. Aber dann fiel mir auf, dass Hazels Datei auf den 24.12. 18:00 vor einem Jahr datiert war, jedoch von wann Julians identische Datei war, konnte ich nicht nachprüfen. Ich hatte nur das Datum, an dem ich sie abgespeichert hatte. Spät abends starb Hazel und am nächsten Tag beschlagnahmte die Polizei den Laptop, daher konnte Julian den Inhalt nicht kopiert haben, er muss ihn an Hazel geschickt, beziehungsweise auf ihren Laptop geladen haben. Was wiederum hieß, dass er wusste, dass Mrs. Smith unter einem falschen Namen bei uns arbeitete und eine verurteilte Mörderin gewesen war. Wollte er Hazel einen Gefallen tun und ihr Material für eine Geschichte zuschustern?

Dass Hazel mit diesem Material an die Öffentlichkeit gehen wollte und ihre Mörderin damit konfrontiert hatte, war nach Ansicht der Polizei Mary Blooms Motiv gewesen, sie zu beseitigen. Aber Mary Bloom konnte nicht wissen, dass Hazel etwas gegen sie in der Hand hatte, wo doch selbst Hazel erst am Heiligabend die Information erhalten hatte. Die Frage stellte sich deshalb, hatte sie den Inhalt überhaupt gelesen? Das wäre zwar möglich gewesen, nur hätte sie nicht mit Mary Bloom darüber sprechen können, dazu war keine Gelegenheit an diesem Abend. Außerdem hätte Hazel mir bestimmt etwas davon erzählt. Viel wahrscheinlicher war es, dass sie erst später, als sie auf ihr Zimmer kam, die Datei entdeckt hätte, wäre sie nicht vorher an dem Stromschlag gestorben. Und je mehr ich darüber nachdachte, umso mehr verstärkte sich die Gewissheit, dass Mary Bloom kein Motiv hatte und nicht Hazels Mörderin sein konnte.

Wer also hatte Hazel auf dem Gewissen? Wenn Julian ihr diese Informationen zukommen ließ, warum sollte er sie dann umbringen, bevor sie die Möglichkeit hatte sie zu lesen?

Rebecca befürchtet, Robert könnte der Mörder sein, weil er von Hazel erpresst wurde und auch Tobi auf dem Gewissen hatte, weil er sehr gezielt Golfbälle schlagen konnte. Eventuell hatte er sogar einen Grund Juan umzubringen, ein bisschen Eifersucht herrschte immer zwischen ihnen und Juan wollte ihn durch einen anderen Manager ersetzen, aber nie und nimmer hätte er Tobias oder Rachel getötet, meiner Meinung nach.

Allerdings hatte auch Tobias ein Motiv, er schuldete Hazel Geld, und warum hatte er sich bereit erklärt, als Zwischenlager für Juans Geschäfte zu fungieren? Wurde er von Juan unter Druck gesetzt und hat sich deswegen seiner entledigt?

Und was war mit Rebecca? Sie wurde ebenfalls von Hazel erpresst und wer wusste schon im Einzelnen, was sich in ihrer Ehe abgespielt hatte. Als gute Schauspielerin war sie jedenfalls in der Lage, jeden von uns zu täuschen. Doch dieser Gedanke war dermaßen absurd, dass ich ihn sofort wieder verwarf.

Ich war vom Hundertsten ins Tausendste gekommen, alle möglichen Mutmaßungen schwirrten in meinem Kopf herum und zu guter Letzt erschien mir nur Rachels tragischer Unfalltod plausible zu sein. Warum nur konnte ich die Todesfälle und deren Aufklärung nicht einfach akzeptieren? Für die Polizei waren diese Fälle jedenfalls abgeschlossen und ich war zu müde, um noch klar denken zu können, daher fuhr ich beide Computer runter und schaute aus dem Fenster. Ich hatte den Eindruck, dass die vorher beschwingt herunterrieselnden Schneeflocken von da oben den Auftrag bekommen hatten, so schnell wie möglich die Landschaft und alles was dazugehört mit einer dicken, weißen Schicht abzudecken. Und nicht nur die Landschaft auch meine Gedanken wurden von dem Anblick, der jetzt wild tanzenden Flocken, eingehüllt. Wie hypnotisiert starrte ich durch und dann auf die Fensterscheibe und beobachtete, wie unzählige Eiskristalle darauf landeten und sofort dahinschmolzen. Nicht jede Verbindung geht auch eine Symbiose ein, dachte ich und ging zu Bett.

Immer wieder schreckte ich aus meinen Träumen auf, sodass ich schlecht und wenig geschlafen hatte, als ich am Morgen aufwachte, aber mit dem Bewusstsein es ist Weihnachten, das Fest der Liebe und Freude. Nur Freude wollte bei mir nicht aufkommen. Vogel Strauß - Kopf in den Sand - dachte ich, und zog mir die Decke über den Kopf. Es wurde mir jedoch schnell zu warm und das Gefühl zu ersticken veranlasste mich, mit einem Ruck aus dem Bett zu springen und zum Fenster zu eilen. Der Blick nach draußen war einzigartig, vor mir erstreckte sich eine Märchenlandschaft. Die kugelrunden Buxbäume auf dem Rasen vor der Terrasse sahen an diesem Morgen wie riesige Golfbälle aus, die, auf einer fluffigen Decke aufgeteet, auf den Abschlag warteten. Einen Moment fühlte ich mich wie Alice im Wunderland. So rein und unschuldig sah die unberührte Schneelandschaft aus, dass man glauben konnte, in dieser Eintracht sei kein Platz für das Böse. Nur eine asymmetrische Form direkt unter meinem Fenster störte ein wenig die Ausgewogenheit des Bildes. Es war unverkennbar der kleine Mini Cooper, den ich am Abend zuvor bereits als Abbildung auf einem Foto geschenkt bekommen, aber noch nicht in natura gesehen hatte. Julian hatte dieses Mal genau das richtige Weihnachtsgeschenk für mich ausgewählt, ich sollte ihm dankbar sein. Mit diesem Vorsatz machte ich mich etwas später auf den Weg nach unten.

Das Haus war wie ausgestorben, und da Joy den Weihnachtstag mit ihrer Familie verbringen wollte, war ich alleine in der Küche zugange. Mit einer Tasse Kaffee und einer Zigarette setzte ich mich an den Küchentisch. Das Holz der massiven Tischplatte war gezeichnet von jahrzehntelanger Küchenarbeit, ein Adventskranz lag in der Mitte, daneben Äpfel und Mandarinen. Ich zündete die Kerzenstummel an und schaute mich um, bis mein Blick an dem verschneiten Kräutergarten hängen blieb, der, durch die mit Eisblumen verzierten Butzenfenster der Küchentür, verwunschen aussah. Alles war so perfekt, mit Überlegung und Geschmack gestaltet, Julian würde das nie aufgeben, egal wie es um die Finanzen stand, dessen war ich mir sicher. Er war jetzt fünfundvierzig, Rebecca vierzig und ich zweiundvierzig, in diesem Alter weiß man, was man will. Ich hoffte in diesem Moment inständig, dass die Bradshaws, zu denen ich auch gehöre, nicht wirklich pleite sind und die Gerüchte nur teilweise der Wahrheit entsprachen. Vor allem aber, dass meine Verdächtigungen, insbesondere Julian und Rebecca betreffend, Hirngespinste waren, entsprungen aus einer emotionalen Überreaktion. Wie dem auch sei, ich wollte nichts mehr davon wissen und die Stille um mich herum verlieh mir langsam ein Gefühl der Entrücktheit. Ich hatte mich innerlich losgelöst von der Realität, bis Julian die Küche betrat.

»Frohe Weihnachten«, sagte ich und lächelte.

»Dir auch frohe Weihnachten«, entgegnete er und schaute mich forschend an. Mein Lächeln beruhigte ihn und er kam auf mich zu, um mir den obligatorischen Begrüßungskuss zu geben. Erst als ich diesen nicht verweigerte, entspannte er sich vollständig.

»Danke noch mal für den Mini, ich dachte er ist schwarz.«

»Warte nur, bis der Schnee runter ist.« Julian goss sich eine Tasse Kaffee ein und setzte sich zu mir. »Warum sitzt du in der Küche?«

»Ich finde es hier sehr gemütlich. Schau aus dem Fenster, wie im Märchen, ist es nicht traumschön?«

Julian folgte meinem Blick. Ich konnte sehen, wie stolz er auf das war, was zwar momentan vom Schnee bedeckt, er aber zu neuem Glanz gebracht hatte. Er schaute mich liebevoll an und ich wusste, ein größeres Geschenk hätte ich ihm an diesem Morgen nicht machen können.

»Es freut mich sehr, dass es dir auf Bradshaw Mansion gefällt. Meiner Mutter hätte es auch gefallen«, sagte er und ergriff meine Hand. In diesem Moment betrat Rebecca die Küche und Julians Hand verkrampfte sich, doch meine Befürchtung, mit ihr würde die Harmonie gestört werden, bewahrheitete sich nicht. Ihr feierliches *'Ein wunderschönes Weihnachtsfest wünsche ich uns und Friede, Freude, Fröhlichkeit'* ließ keinen Zweifel, dass sich Rebecca den Tag nicht mit Animositäten verderben wollte, aber auch, dass sie total bekifft war. Sie setzte sich zu uns an den Küchentisch und Julian goss ihr Kaffee in eine Tasse. Schweigend saßen wir eine Weile zusammen, dann meinte Julian, er hätte noch einige Dinge zu erledigen, stand auf und verließ den Raum.

»Hast du gesehen, dein Mini steht vor der Terrasse, da hat sich mein Bruder aber angestrengt, meinst du nicht auch? Sogar mit Verpackung nur die Schleife fehlt noch.«

Ich nickte und fragte alarmiert: »Du warst hoffentlich nicht draußen und hast den ganzen Schnee zertrampelt?«

»Sabrina, meine Liebste, beruhige dich, so etwas würde ich dir niemals antun. Außerdem, ohne mein Pferd geh ich nirgends hin und das liegt noch neben meinem Bett. Schade eigentlich, ich hätte Lust, nackt durch den Schnee zu reiten«, seufzte sie.

»Da kann man ja froh sein, dass dein Pferd noch nicht im Stall steht, aber vielleicht machst du stattdessen mit mir einen Spaziergang. Täte dir gut.«

Meine Schwägerin kicherte, warf mir eine Kusshand zu und sagte: »Später eventuell, mein Schatz, jetzt genieße ich deinen Anblick und den Kaffee.«

»Auf mich musst du leider verzichten. Ich gehe nämlich in den Salon und kümmere mich um den Kamin«, entgegnete ich und stand auf, woraufhin Rebecca nur sphärisch lächelte. Wenn sie in dieser Verfassung war, war es unmöglich, eine vernünftige Unterhaltung mit ihr zu führen.

Die Halle und die unteren Räume waren seit Neuestem mit Fußbodenheizung ausgestattet, ein Kaminfeuer diente daher nur atmosphärischen Zwecken. Als ich in den

Salon kam, zündete ich zuerst die elektrischen Kerzen am Weihnachtsbaum an und legte eine Weihnachts-CD auf, dann widmete ich mich dem Kamin. Julian hatte bereits die Asche vom Vorabend entfernt, sodass ich, mit kleinen Holzscheiten anfangend, schnell ein Feuer in Gang brachte. Noch einige mittelgroße Äste und zum Schluss zwei große Holzstücke ließen die Flammen auflodern. Meine Arbeit war vorerst getan. Jingle Bells summend ging ich zur Terrassentür, doch statt Glockengeläut und einem Weihnachtsmann auf seinem Schlitten, strahlte mir ein blauer Himmel entgegen und in der Sonne funkelten die Eiskristalle tausendfach im Schnee. Ich konnte die Kälte sehen, wollte sie aber nicht spüren, schon bei der Vorstellung bekam ich eine Gänsehaut. Verlockender hingegen hörte sich das Knistern der lodernden Flammen an. Ich drehte mich um, vor mir lag ein weihnachtlich geschmückter Raum und plötzlich hatte ich das Gefühl, alles hier beschützen zu müssen.

Wir machten an diesem Tag keinen Spaziergang. Rebecca saß stundenlang in der Küche oder lag vor dem Kamin, dann bekam sie Appetit und die Idee zu kochen, von da an war sie bis zum späten Nachmittag bemüht, uns ein festliches Mahl zuzubereiten. Im Endeffekt servierte sie jedoch nur eine in den Ofen geschobene, tiefgefrorene Pizza, ein paar Oliven und zum Nachtisch Käse, denn alle ihre gut gemeinten Anstrengungen landeten im Abfalleimer. Mir machte das nichts aus, auch Julian nahm es mit Humor, allerdings veränderte diese Fehlaktion Rebeccas Stimmung drastisch. Mittlerweile saßen wir festlich gekleidet im Esszimmer, weil sie darauf bestand, wenigstens in einem passenden Ambiente zu dinieren, wodurch das recht unfestliche Mahl noch unpassender erschien. Wir waren nicht einmal beim Käse angelangt, als Rebecca ihr Besteck auf den Tisch warf und Julian herausfordernd anstarrte.

»Stimmt es, dass wir pleite sind und du es auf meine Erbschaft abgesehen hast?«

»Sagt das Sabrina?«

»Nein, ich sage das«, entgegnete Rebecca.

»Ersten sind wir nicht pleite und zweitens interessiert mich deine Erbschaft nicht, obwohl wir dadurch wieder liquide wären.«

»Also doch. Es ist kein Geld mehr auf der Bank, sag schon!«, beharrte Rebecca.

»Ich würde gerne diese köstliche Pizza zu Ende essen, wenn du nichts dagegen hast, dann zeige ich dir, was wir besitzen und wir können in Ruhe bei einem Glas Wein, im Salon darüber reden.« Julians Ton war überheblich, hatte aber gleichzeitig eine beruhigende Wirkung, denn so kannten wir ihn. Souverän und nicht aus der Fassung zu bringen, daher auch vertrauenswürdig.

Rebecca schaute zu mir und ich nickte, was besagte, sie solle sich gedulden, mehr könne man von ihm jetzt nicht erwarten. Wir kannten auch eine andere Seite an ihm, wenn er sich stur stellte, würden wir nichts von ihm erfahren. Für meine Schwägerin ist ein Leben ohne Luxus unvorstellbar. Sie protzte nicht mit Geld, aber sie musste bei Weitem mehr als andere zur Verfügung haben, um sich halbwegs sicher zu fühlen. Da Rebecca der Appetit vergangen war stand sie auf, sagte, sie würde im Salon auf uns warten und schritt majestätisch aus dem Raum.

»Da siehst du, was du angerichtet hast. Es hätte alles so schön sein können, aber du musstest mit diesen blöden Gerüchten aufwarten.«

Dieser Seitenhieb trieb auch mich aus dem Esszimmer. Allerdings nicht so würdevoll wie Rebecca, denn ich nahm unbeholfen die Flasche Wein und unsere Gläser in beide Hände und hatte Probleme die Zwischentür zu öffnen, die Rebecca hinter sich zugeschlagen hatte.

Der beleuchtete Weihnachtsbaum und das hell lodernde Feuer verbreiteten ein angenehmes Licht um den Kamin herum, ließen aber den Rest des Raums im Dunklen, wodurch die Kerzen am Baum auf der Terrasse wie Sterne funkelten. Es war mittlerweile stockdunkel draußen. Eine unheimliche Stille lag über dem ganzen Anwesen, daher zuckte ich erschrocken zusammen, als Rebecca aus ihrer Couchecke sagte: »Ich dumme Kuh, ich hätte wenigstens heute noch meinen Mund halten sollen.«

Ich stellte die Gläser ab, setzte mich ihr gegenüber und schweigend warteten wir auf Julian. Er ließ sich Zeit. Wir waren bereits bei unserem zweiten Glas, als er den Salon betrat.

»Warum ist es hier so dunkel? Man sieht überhaupt nichts«, sagte er und schmiss einen Aktenordner auf den Couchtisch. »Hier ist unsere sogenannte Schrottimmobilie. Schau sie dir an. Sieht doch gar nicht so schlecht aus.«

Es waren zwei riesige Plattenbauten mit gesamt 200 Wohneinheiten und auf dem Foto sahen sie nicht wie Schrott aus. Rebecca schien ganz angetan, wenigstens würde sie nicht ohne ein Dach über dem Kopf enden, und hörte sich die Geschichte an, die Julian dazu zu erzählen hatte.

»Als ich den Schrott kaufte, waren erst zwei Wohnungen renoviert, der Rest in Arbeit. Alles sollte in der gleichen Qualität ausgestattet und von mir, nach der Instandsetzung, als Eigentumswohnungen verkauft werden. Es sah nach einer lukrativen Investition aus. So weit so gut. Ich bin damals noch von Berlin ständig nach Leipzig gefahren, um ein Auge auf die Arbeiten zu werfen und konnte nichts Auffälliges feststellen. Erst einige Monate nach der Fertigstellung kamen die Mängel zum Vorschein. Die Wohnungen waren unverkäuflich.«

»Dann vermiete sie doch«, meinte Rebecca.

»Dann müsste ich noch mehr Geld reinstecken und das will ich nicht, außerdem ist ein Prozess anhängig, den muss ich abwarten.«

»Warum hast du nie etwas davon gesagt? Oder wusstest du etwas davon?«, fragte mich Rebecca.

Ich schüttelte den Kopf. »Julian hat nie mit mir über seine Geschäfte geredet. Warum eigentlich nicht?«

»Warum?«, schrie Julian, »weil schon viel zu viele davon wussten und ich nicht wollte, dass du mir auch noch auf die Nerven gehst.«

Sowohl Rebecca als auch ich waren über die Heftigkeit seines Gefühlsausbruchs schockiert. »Wer ging dir denn auf die Nerven und warum wussten so viele davon?«, fragte Rebecca zögerlich.

Zornesröte stieg langsam in Julians Gesicht. »Unsere lieben Freunde natürlich, die sich alle gerne an dem Geschäft beteiligt haben, weil ich aus zwei Millionen zwanzig machen wollte, sie also das Zehnfache an Einsatz herausbekommen hätten. Dann ging es plötzlich nicht nach Plan und die verfluchten Kleinscheißer wollten ihre paar Kröten zurück.«

»Wer wollte wie viel zurück?«

»Hazel, schlappe zwanzigtausend. Juan, zweihunderttausend, der musste ja auf einmal unbedingt Waffen kaufen. Tobias, stolze fünfundzwanzigtausend, ihm saßen plötzlich der Pleitegeier und ein paar Gangster im Nacken. Sogar Rachel war mit zehntausend dabei und setzte mich unter Druck, die kleine Ratte. Nur Hazel war am Schlimmsten. Sie wollte zusätzlich an die Öffentlichkeit gehen mit einem Artikel, wie Kleinanleger über den Tisch gezogen werden, das schlägt doch dem Fass den Boden aus. Ich stecke mit zwei Millionen in der Scheiße und sie will über die Abzocke der Großinvestoren schreiben und mich anprangern.«

Julian war dermaßen in Rage geraten, dass er erst an unseren Gesichtern feststellte, dass er dabei war, sich um Kopf und Kragen zu reden. Betretene Stille trat ein, dann fragte ich: »Hast du Hazel deswegen umgebracht?«

Julian antwortete nicht.

»Ich habe auf Hazels PC die Zeitungsausschnitte und Fotos von Mary Bloom gefunden, die hat sie von dir, nicht wahr?«

Julian grinste.

»Wie konntest du nur diese Mörderin einstellen, oder hast du alles im Voraus so geplant, damit der Verdacht sofort auf diese Mary Bloom gelenkt wird?«

»Hat doch gut geklappt. Der Polizei ist es jedenfalls nicht aufgefallen, und du hast mir sogar dabei geholfen.«

»Ich? Bist du von Sinnen?«

»Ohne deine Idee wären wir an Weihnachten nicht zusammengekommen, dabei hast du gedacht, ich würde unsere lieben Freunde vermissen. Dass ich nicht lache, eine Scheiße hab ich, aber es war die Lösung eines meiner Probleme. Hazel hat es verdient und mir kann man nichts beweisen, sonst hätte man es getan. Stimmt doch, oder?«

»Und Juan? Hat er es auch verdient?«, schrie Rebecca.

Julian versuchte erst gar nicht zu leugnen. »Dein Mann, meine liebe Schwester, ist der größte Nerd gewesen, den ich kannte. Und hätte er sich an unsere Abmachungen gehalten, dann hätte ich ihm nie eins überziehen müssen. Doch er musste auf einmal den großen Checker spielen, keine Ahnung von Tuten und Blasen, aber ins Waffengeschäft einsteigen und dazu brauchte er das Geld, das er bei mir investiert hatte. Er wollte mich kaltstellen, so ein Schwachsinn. Einfach zum Kotzen.«

Rebecca saß regungslos in ihrer Couchecke, ihre Gesichtsfarbe war von dem weißen Bezug nicht mehr zu unterscheiden.

»Und was war mit Tobias?«

»Die Tunte nervte. Bestand darauf, ich solle seine Einlage mit zu dem Turnier bringen, ein paar Kerle wären hinter ihm her, denen er Geld schulde. Was denken sich diese Idioten? Investieren, wollen große Gewinne machen und mal so mir nichts dir nichts, alles wieder zurückbekommen, bevor der Deal überhaupt abgeschlossen ist. Ich bin doch keine Sparkasse. Das mit dem Golfball hat gut geklappt, hätte aber auch daneben gehen können. Ich war da nicht so verbissen, klappt es - gut, klappt es nicht - dann auch gut.«

»Dann hast du auch Rachel auf dem Gewissen?«, fragte Rebecca fassungslos.

»Was heißt Gewissen, kann man das essen? Sie habe ich nicht wegen des Geldes erschossen, es waren ja nur zehntausend, sondern weil sich die Gelegenheit dazu ergab und ich gleichzeitig damit verhindern konnte, dass sie bei uns einheiratet und auch noch etwas von unserem Kuchen abbekommt. Du hast doch selbst gesagt, sie ist ein Golddigger«, sagte er zu Rebecca gewandt.

Julian war aufgestanden und ging einige Schritte auf die Terrassentür zu, als ich ihn fragte: »Hat Robert auch Geld investiert?«

»Nein, wie kommst du darauf? Aber der Gute wollte die Finca partout nicht verkaufen und wir brauchen Geld, um alles am Laufen zu halten. Dummerweise wusste er zu viel von den Investitionen und machte sich wegen unserer Finanzlage verständlicherweise Sorgen. Rachel hat wohl ihren Mund nicht halten können«, antwortete Julian und schüttelte den Kopf mit Bedauern.

Rebecca war ebenfalls aufgestanden und ging langsam auf ihren Bruder zu.

»Heißt das, er hat sich deinetwegen umgebracht?«

»Naja, nicht ganz. Ich musste schon ein bisschen nachhelfen«, erwiderte Julian mit einem verschmitzten Lächeln und mir war klar, er hatte den Verstand verloren.

Danach überschlugen sich die Ereignisse und ich hätte nicht sagen können, was genau im Einzelnen passierte. Ich sah nur eine schnelle Drehung, hörte einen dumpfen Schlag, dann lag Julian regungslos am Boden und Rebecca, im roten Abendkleid, stand mit erhobenem Arm und einem schweren Silberkerzenständer in der Hand, wie eine Rachegöttin, die sehr der Freiheitsstatue glich, neben ihrem Bruder. Langsam ließ sie ihre Hand wieder sinken und starrte nach unten. Ich wusste nur eins, das durfte nicht das Ende von Rebecca sein und ich hoffte, ihr würde nicht plötzlich bewusst, was sie getan hatte, und dann hysterisch werden. Daher sagte ich behutsam, sobald ich mich gefangen hatte: »Rebecca bleib genau so stehen und rühr dich bitte nicht vom Fleck, bis ich zurück bin.«

Derweil rannte ich aus dem Zimmer. In dem Garderobenraum in der Halle zog ich meine Lederhandschuhe an und rannte ebenso schnell wieder zurück. Vorsichtig nahm ich den Kerzenständer aus Rebeccas Hand, schubste sie nach hinten, stellte mich exakt auf ihren Platz und ließ ihn einfach fallen. Erst dann beugte ich mich nach unten, um den Puls an Julians Halsschlagader zu fühlen. Die Wunde sah eher unbedeutend aus, ich hatte mehr Blut erwartet, aber er war tot, kein Zweifel. Ich nahm Rebecca an der Hand und führte sie in einem großen Bogen um die Leiche herum zu ihrem Platz auf der Couch.

»Warum das Ganze?«, fragte sie verwirrt.

»Es ist besser, wenn deine Fingerabdrücke durch Handschuhabdrücke überdeckt werden, damit unsere Aussage von dem Einbrecher glaubhaft ist.«

»Einbrecher? Wo sind Einbrecher?«

»Lass mich bitte jetzt nachdenken und bleib einfach ruhig hier sitzen, oder willst du die Nacht in einer Zelle verbringen?«, fragte ich etwas ungehalten.

Mein Plan stand sehr schnell fest, ich durfte nur keine Fehler machen. Zuerst ging ich zurück in die Garderobe, nahm mir die Stiefel von Julian, zog sie über, schlüpfte in einen langen Mantel, der griffbereit dort hing, und setzte einen Hut auf. Dann kam ich zurück zum Salon und bevor ich eintrat, warnte ich Rebecca, nicht zu erschrecken. Ich öffnete die Verandatür, machte einen Satz nach draußen, zog die Tür wieder zu und schlug mit meiner Faust die Glasscheibe ein. Ich drehte mich um und lief mit großen Schritten durch den Schnee die Auffahrt hinunter bis zur asphaltierten Straße. Es war keine Menschenseele in Sicht, aber ich beeilte mich trotzdem zurückzugehen, dabei legte ich eine zweite Spur mit den Fußstapfen in Richtung des Hauses. Rebecca saß immer noch in ihrer Ecke. Sie starrte mich an, als ich in meinem Aufzug den Salon wieder betrat und einige wohlüberlegte Fußspuren auch in der Nähe der Leiche platzierte. Dann zog ich den Mantel, Hut und die Stiefel aus, lief barfuß ins nächste Bad, dort säuberte ich die Gummistiefel, trocknete sie und brachte alles zurück an seinen Platz. Immer noch saß Rebecca wie versteinert in ihrer Ecke und ich ließ mich in die andere fallen.

»Und was wird jetzt?«

»Jetzt trinke ich zuerst ein Glas Wein, dann erkläre ich dir den Rest«, antwortete ich und warf die Lederhandschuhe ins Feuer. Ich konnte das Risiko nicht eingehen, dass man meine Handschuhe mit kleinen Glaspartikeln findet. Während ich Rebecca von meinem Plan erzählte, stand ich auf, nahm eine Decke und ging zu Julian.

»Was hast du denn damit vor?«, fragte sie.

»Wir müssen ihn warmhalten.«

»Spinnst du? Er ist tot. So fürsorglich warst du nicht einmal, als er noch lebte.«

»Wir können die Polizei frühesten um Mitternacht anrufen. Ein Glück, dass die Bodenheizung von unten wärmt, die Decke muss den Rest tun, sonst kühlt seine Körpertemperatur runter und der Todeszeitpunkt wird auf zwei Stunden früher festgelegt, und wir müssen dann erklären, weswegen wir so spät anrufen.«

»Und warum rufen wir so spät an?«

»Weil wir schon im Bett gewesen sein müssen. Kein Einbrecher marschiert um zehn Uhr in irgendwelche Häuser.«

»Außer, sie sind nicht bewohnt.«

»Richtig, aber mit dem beleuchteten Weihnachtsbaum hier drinnen und draußen würde das niemand annehmen.«

Ich instruierte Rebecca noch, was sie bei dem Kommissar sagen müsse und hoffte, ich hatte an alles gedacht und dass Joy Spaß bei ihrer Familie hatte und nicht vorzeitig nach Hause kommen würde. Meine Nerven lagen blank, nur mit einem weiteren Glas Wein überkam mich langsam eine angespannte Ruhe, die man hat, wenn ein Werk zwar vollbracht ist, man aber nicht weiß, ob es auch der Prüfung deiner Kritiker standhält. Die Zeit schleppte sich dahin und niemand von uns hatte Lust über das, was passiert war, zu reden. Die Leiche im Raum verbesserte unsere Stimmung nicht, außerdem gab es nichts mehr zu tun, daher schlug ich vor, zu Bett zu gehen.

»Kann ich bei dir bleiben?«, fragte mich Rebecca.

»Aber nur, wenn du dich vorher ausziehst und in dein Bett steigst. Wer weiß, wo die Polizei überall nach dem

Einbrecher suchen wird. Dein unberührtes Bett würde Misstrauen erregen.« Wahrscheinlich hätte ich meiner Schwägerin alles befehlen können, zu diesem Zeitpunkt wäre sie willenlos meinen Aufforderungen gefolgt.

Kurz vor zwölf rief ich auf dem Polizeipräsidium an. Ich informierte den Beamten, dass etwas Schreckliches passiert sei und sie sofort kommen müssten. Am besten mit Chief Inspector Brown, denn mein Mann würde tot im Salon liegen, erschlagen von einem Einbrecher. Ich wollte eigentlich nicht so viele Informationen geben, aber der Beamte ließ nicht locker, was mich veranlasste unbeherrscht zu schreien: »Jetzt kommen Sie doch endlich, vielleicht ist der Einbrecher noch im Haus.«

»Warum schreist du denn so?«, fragte mich Rebecca, als ich den Hörer zur Seite legte.

»Ich hatte das Gefühl dieser Schwachkopf wollte die Untersuchung am Telefon erledigen. Außerdem muss ich aufgebracht sein, immerhin haben wir gerade etwas Furchtbares erlebt, vergiss das nicht.«

Rebecca schaute mich seltsam distanziert an. So sah sie aus, wenn sie den Eindruck hatte, man unterschätze ihre Fähigkeiten, dann sagte sie: »Ich bin Schauspielerin, vergiss du das nicht.«

Sie hatte in der Wartezeit einen Joint geraucht und zusätzlich ein oder zwei Gläser Wein getrunken, was ihr Selbstbewusstsein stärkte. Ich machte mir also keine Sorgen um sie und lächelte: »Ich weiß, dass du es schaffst.«

Zehn Minuten später fuhr ein Polizeiauto nach dem anderen die Auffahrt hinauf und ich dachte, ich hätte mir das Spurenlegen sparen können.

Ich nahm Inspector Brown am Eingang in Empfang und führte ihn durch die Halle in den Salon. Rebecca saß mit gefalteten Händen, das Gesicht dem Kamin zugewandt, auf der Couch und blickte erst in die Richtung des

Inspektors, als er fragte: »Sind Sie alleine im Haus?« Sein Blick ruhte jedoch ununterbrochen auf der Leiche am Boden.

»Es gibt nur noch uns beide«, antwortete Rebecca.

Ich war erstaunt, wie fest ihre Stimme klang und gleichzeitig entsetzt, was ich hörte. Brown sollte aus gutem Grund auf keinen Fall wissen, dass es außer Hazel und Robert, noch andere unnatürliche Todesfälle in unserem Freundeskreis gegeben hatte. Ich wollte ihm erklären, dass unsere Freunde dieses Jahr verhindert seien, doch Rebecca war schneller als ich. Sie fuhr in dem gleichen Tonfall fort: »Mein Bruder Julian dachte, dass nur tote Freunde gute Freunde seien, deswegen habe ich ihn erschlagen.«

Mir zog es den Boden unter den Füßen weg. Ich schaute von meiner Schwägerin zu dem Inspektor, dessen Aufmerksamkeit nun uneingeschränkt Rebecca galt.

»Das sieht mir aber eher wie ein Einbruch aus. Sie stehen unter Schock, soll ich einen Arzt rufen?« Brown blickte daraufhin fragend zu mir.

Ich nickte und erklärte, dass meine Schwägerin betrunken sei und Drogen genommen hatte, das erschien mir in diesem Moment das kleinere Übel.

»Aber ich weiß genau, was ich getan habe. Diesen Einbruch hat meine Schwägerin inszeniert, sie war vollkommen außer sich und wollte mir nur helfen, aber ich habe diesen Psychopathen erschlagen. Sie werden meine Fingerabdrücke auf dem Kerzenständer finden und jetzt verhaften Sie mich, Chief Inspector.«

»Wenn das so ist, dann erzählen Sie mir doch, weswegen Sie Ihren Bruder erschlagen haben.« Brown setzte sich auf die Couch gegenüber von Rebecca. Sein Constable zückte ein Notizbuch und blieb hinter ihm stehen.

»Mein Bruder war ein Mörder, wie ich schon sagte, ein Psychopath. Er hat alle umgebracht, sogar meinen Mann und meinen Bruder Robert. Als ich das erfuhr, habe ich zugeschlagen.«

»Sie hat im Affekt gehandelt, ich war dabei. Es war ein Schock für sie zu erfahren, was Julian getan hatte, außerdem steht sie unter Drogen und Alkohol, sie wusste gar nicht, was sie tat. Glauben Sie mir Chief Inspector«, erklärte ich verzweifelt.

Brown stand auf. »Leider muss ich Ihre Schwägerin mitnehmen. Rebecca de Silva ich verhafte sie wegen des Verdachts auf Totschlag an Ihrem Bruder Julian Bradshaw. Ziehen Sie sich bitte um, eine Beamtin wird Sie begleiten.«

Rebecca lächelte mich traurig an: »Sabrina, ich musste die Wahrheit sagen. Aber es tut mir leid, dass ich dich jetzt hier alleine lassen muss.«

Nachdem Rebecca aus dem Raum geführt worden war, fragte mich Brown: »Habe ich das richtig verstanden, Ihr Mann hat alle seine Freunde umgebracht, auch Hazel Adams?«

»Ja alle, sogar Hazel und seinen Bruder.«

»Und warum, was war sein Motiv?«

»Er muss krank gewesen sein, denn er hat es wegen des Geldes getan. Wer mit Geld Geschäfte macht, verliert sein Gewissen und, wie in Julians Fall, auch den Verstand.«

Der Inspektor sagte mir, er benötige unverzüglich meine detaillierte Aussage über alle Todesfälle. Es täte ihm sehr leid, mir diese Umstände noch zusätzlich bereiten zu müssen, aber ich solle mich ebenfalls anziehen und mitkommen. Er würde einen Beamten im Haus lassen, solange die Tür zur Terrasse nicht repariert sei. Es habe einige Einbrüche in der Gegend gegeben und die Einbrecher wären noch nicht gefasst, dann wandte er sich seinen Kollegen von der Spurensicherung zu.

*

Meine und Rebeccas Aussage über Julians Geständnis brachte in Schottland, Deutschland und Spanien den Kommissaren neue Erkenntnisse und zusätzliche Arbeit. Mit dem Resultat, dass die Akten Rachel Wood und Robert Bradshaw umgeschrieben werden mussten, statt Unfall und Selbstmord stand jetzt Mord als Todesursache darin. Der angebliche Mörder von Tobias Baumann wurde nur für das Tötungsdelikt an dem Polizisten verurteilt, denn Julian konnte nicht mehr gefragt werden, ob er nicht auch diesen erschlagen hatte. Mary Bloom wurde für den Unbekannten im Wald zur Rechenschaft gezogen und bei Carlos de Silva wurde die Anklage auf Brudermord fallen gelassen. Er musste sich allerdings für seine illegalen Waffengeschäfte verantworten. Bedingt durch die ausgezeichneten Beziehungen der Familie fiel die Strafe auf Bewährung aus. Juan Carlos de Silva gab Rebecca keine Schuld am Tod seines Sohnes und enterbte sie nicht. Ganz im Gegenteil, er besorgte ihr den besten Strafverteidiger, außerdem setzte er alles in Bewegung, dass sie noch vor der Verhandlung auf Kaution aus dem Gefängnis entlassen wurde. Meine Aussage, die des Psychologen, die Analyse der Blutprobe, sowie ihr brillanter Anwalt waren ausschlaggebend, dass Rebecca freigesprochen wurde. Der Gerichtspsychologe hielt sie wegen des Alkohol- und Cannabiskonsums in Verbindung mit dem emotionalen Schockzustand, in dem sie sich zum Zeitpunkt der Tat befand, für unzurechnungsfähig. Außerdem konnte ihr Verteidiger die Geschworenen überzeugen, dass wir ebenfalls um Leib und Leben fürchten mussten, nachdem Julian seine Taten gestanden hatte und sie daher sogar aus Notwehr gehandelt hätte.

Der Gedanke, dass wir vielleicht seine nächsten Opfer gewesen wären und ich zudem mit einem unberechenbaren Mörder verheiratet war, machte mir schwer zu schaffen. Sein Tod hingegen weniger. Nur für Rebecca war es nicht leicht den Vorfall, und alles, was danach noch auf sie zukam, zu verkraften. Es dauerte eine Weile, bis wir zur Normalität zurückfanden. Jetzt leben wir sehr glücklich zusammen auf Bradshaw Mansion, in London oder in Spanien. Rebecca kauft Häuser und ich richte sie ganz nach meinem Geschmack ein, danach werden sie wieder verkauft. Es ist ein lukratives Geschäft und wir haben Spaß daran, mehr als an der Schauspielerei, findet Rebecca, die hat sie nämlich an den Nagel gehängt, ebenso ihre Allüren. Die Ereignisse und Abwesenheit ihrer Brüder und Juan haben sie erwachsen werden lassen, und dass sie sich nicht vor der Verantwortung scheut, hatte sie bereits eindrucksvoll demonstriert.

Ich stellte ihr einmal die Frage, warum sie die Tat gestanden hatte und sie erwiderte: »Einige Verdächtige, vor allem Carlos, mussten entlastet werden, ohne mein Geständnis wäre das nicht möglich gewesen. Und als du die Wolldecke von Julian wegnahmst, habe ich die ganzen Fusseln auf seinem Anzug gesehen, man hätte sie schnell identifiziert und uns dann kein Wort mehr geglaubt. Außerdem wurde bei deinem fingierten Einbruch nichts gestohlen. Das hätte man vielleicht noch erklären können, aber die Flusen? Manchmal ist es besser die Wahrheit zu sagen, meinst du nicht auch?«

ENDE

Autorin

Eva Benz wurde in Niedersachsen geboren, studierte in Berlin und ging danach für einige Jahre ins Ausland. Zurück in Deutschland kam sie über Zwischenstationen wieder nach Berlin. Hier lebt und arbeitet sie als freischaffende Autorin.

E-Books von Eva Benz

Von Mord keine Spur – Meine Männer und andere
Probleme

Von Mord keine Spur – Meine Männer und andere
Probleme | Teil 2

Plagiat

———————

Was einmal war

Fluch der Stradivari

Letzte Performance

Eine Familienangelegenheit

———————

Paula Voss | Der Aufbruch

Paula Voss | Der Neubeginn

———————

Taschenbücher

Von Mord keine Spur – Meine Männer und andere
Probleme

Von Mord keine Spur – Meine Männer und andere
Probleme | Teil 2

Plagiat

Nur tote Freunde sind gute Freunde

Was einmal War

Fluch der Stradivari